Como se vingar de um cretino

Suzanne Enoch
Como se vingar de um cretino

TRADUÇÃO DE

THALITA UBA

Rio de Janeiro, 2021

Título original: The Rake
Copyright © 2002 by Suzanne Enoch

Todos os personagens neste livro são fictícios. Qualquer semelhança com pessoas vivas ou mortas é mera coincidência.

Direitos de edição da obra em língua portuguesa no Brasil adquiridos pela Editora HR LTDA. Todos os direitos reservados. Nenhuma parte desta obra pode ser apropriada e estocada em sistema de banco de dados ou processo similar, em qualquer forma ou meio, seja eletrônico, de fotocópia, gravação etc., sem a permissão do detentor do copyright.

Direitos exclusivos de publicação em língua portuguesa cedidos pela Harlequin Enterprises II B.V./ S.À.R.L para Editora HR Ltda.

A Harlequin é um selo da HarperCollins Brasil.

Contatos:
Rua da Quitanda, 86, sala 218 – Centro – 20091-005
Rio de Janeiro – RJ
Tel.: (21) 3175-1030

DIRETORA EDITORIAL: *Raquel Cozer*
GERENTE EDITORIAL: *Alice Mello*
PRODUÇÃO EDITORIAL: *Pérola Gonçalves*
COPIDESQUE: *Anna Beatriz Seilhe*
REVISÃO: *Mônica Surrage*
DIAGRAMAÇÃO: *Ilustrarte Design e Produção Editorial*
DESIGN DE CAPA: *Osmane Garcia Filho*

CIP-BRASIL. CATALOGAÇÃO NA PUBLICAÇÃO
SINDICATO NACIONAL DOS EDITORES DE LIVROS, RJ

E51c
    Enoch, Suzanne
        Como se vingar de um cretino / Suzanne Enoch ; tradução Thalita Uba. - 1. ed. - Rio de Janeiro : Harlequin, 2018.
        288 p. : il. ; 23 cm.

    Tradução de: The rake
    ISBN 978-85-398-2596-7

    1. Romance americano. I. Uba, Thalita. II. Título.

17-46904

CDD: 813
CDU: 821.111(73)-3

Prólogo

LADY GEORGIANA HALLEY ENTROU COMO uma tempestade na sala de visitas.

— Ficaram sabendo do que aquele homem fez desta vez?

Lucinda Barrett e Evelyn Ruddick trocaram um olhar que Georgiana teria compreendido a um quilômetro de distância. É claro que sabiam exatamente de quem ela estava falando. Como não poderiam, sendo *ele* o pior homem da Inglaterra?

— O que foi agora? — perguntou Lucinda, largando as cartas que estava embaralhando.

Sacudindo os pingos de chuva da barra do vestido, Georgiana desabou na terceira cadeira à mesa de jogos.

— Elinor Blythem e sua aia foram surpreendidas pela chuva essa manhã. Estavam indo para casa quando *aquele homem* passou com o coche a toda velocidade, esguichando uma verdadeira cascata de água suja bem em cima delas. — Georgiana tirou as luvas e as bateu na mesa. — Por sorte, a chuva acabara de começar, senão ele poderia tê-las afogado!

— Ele nem sequer parou? — perguntou Evelyn, servindo-lhe uma xícara de chá quente.

— Para se molhar? É claro que não. — Georgiana colocou um punhado de açúcar em seu chá e mexeu vigorosamente. Homens eram tão irritantes! — Se não estivesse chovendo, ele teria parado para oferecer carona a Elinor e sua aia, mas, para a maioria dos homens, a "nobreza" não é um estado de espírito ou de posição hierárquica. Só serve para conforto.

— Um estado de conforto monetário — emendou Lucinda. — Não respingue seu chá.

Evie encheu a própria xícara.

— Embora vocês duas sejam completamente cínicas, preciso concordar que a sociedade parece perdoar a arrogância quando um cavalheiro tem dinheiro e poder. A verdadeira nobreza desapareceu. Na época de rei Arthur, conquistar a admiração de uma mulher era, no *mínimo*, tão importante quanto a habilidade de matar um dragão. Na imaginação otimista da srta. Ruddick, quase tudo se resumia a romances de cavalaria, mas, desta vez, Evelyn tinha razão.

— Sim, isso mesmo — concordou Georgiana. — Quando foi que os dragões se tornaram mais importantes que as donzelas?

— Os dragões protegem o tesouro — disse Lucinda, continuando o uso da analogia —, e é por isso que as mulheres com grandes dotes valem quase tanto quanto os dragões.

— *Nós* é que deveríamos ser o tesouro, com ou sem dote — insistiu Georgiana. — Creio que a dificuldade esteja no fato de que somos mais complicadas do que as jogatinas ou as corridas de cavalo. Compreender uma mulher está além da capacidade da maioria dos homens.

Lucinda deu uma mordida em seu bolinho de chocolate.

— Concordo. Com certeza, é preciso muito mais do que sacudir uma espada à minha frente para ganhar a minha atenção — falou rindo.

— Lucinda! — Corando até ficar toda vermelha, Evie abanou o rosto. — Pelo amor de Deus!

Georgiana inclinou-se para frente.

— Não. A Luce tem razão. Um cavalheiro não pode ganhar o coração de uma dama da mesma forma que ganha uma... uma regata no Tâmisa. Eles precisam saber que as regras são diferentes. Eu, por exemplo, jamais iria querer qualquer coisa com um cavalheiro que tem por hábito partir o coração das mulheres, independentemente de quão bonito fosse ou quanto dinheiro e poder tivesse.

— E um cavalheiro deveria perceber que as mulheres também têm pensamento próprio, ora essa. — Evelyn largou a xícara de chá ruidosamente, como se pontuasse sua colocação com um ponto de exclamação.

Lucinda levantou-se e foi até a escrivaninha do outro lado da sala.

— Deveríamos colocar tudo isso no papel — disse, pegando várias folhas de uma gaveta e retornando para distribuí-las. — Nós três exercemos bastante influência, especialmente sobre os tais *cavalheiros* a quem essas regras se aplicariam.

— E estaríamos fazendo um favor a outras mulheres — concluiu Georgiana, a raiva abrandando à medida que o plano começava a tomar forma.

— Mas uma lista não ajudará ninguém além de nós mesmas. — Evelyn pegou o lápis que Lucinda lhe entregou. — E isso se nos ajudar.

— Ah, ajudará, sim... quando colocarmos nossas regras em prática — retrucou Georgiana. — Proponho que cada uma de nós escolha um homem e lhe ensine o que ele precisa saber para impressionar uma dama adequadamente.

— Sim, por favor. — Lucinda bateu a mão na mesa em concordância.

Enquanto começava a escrever, Georgiana soltou uma risadinha sombria.

— Poderíamos mandar publicar nossas regras. *Lições de amor*, por Três Distintas Damas.

Lista de Georgiana

1. *Nunca parta o coração de uma mulher.*
2. *Sempre diga a verdade, independentemente do que acha que a mulher quer ouvir.*
3. *Nunca brinque com os sentimentos de uma dama.*
4. *Flores são de bom tom, mas certifique-se de que são as favoritas da mulher. Lírios são particularmente adoráveis.*

Capítulo 1

*Pelo comichar do meu polegar, sei que
deste lado vem vindo um malvado.*
— *Macbeth*, Ato IV, Cena I

LADY GEORGIANA HALLEY OBSERVOU o visconde Dare entrar no salão de baile e se perguntou como as solas de suas botinas não exalavam fumaça, visto que aquele homem percorria com bastante frequência a estrada para o inferno. O restante dele fumegava, sombrio e diabolicamente sedutor, enquanto se encaminhava ao salão de jogos. Dare sequer reparou quando Elinor Blythem deu as costas para ele quando passou.

— Eu realmente odeio esse homem — resmungou Georgie.

— Como? — Lorde Luxley trotou ao seu lado, a dança folclórica fazendo-o saltitar em um círculo ao redor dela.

— Nada, milorde. Estava apenas pensando em voz alta.

— Bem, compartilhe seus pensamentos comigo, lady Georgiana. — Luxley tocou em sua mão, virou-se e desapareceu por um instante atrás da srta. Partrey enquanto serpenteavam pela fila novamente. — Nada me encanta mais do que o som de sua voz.

Com exceção, talvez, das moedas de ouro tilintando em minha bolsa. Georgiana suspirou. Estava ficando estafada demais.

— O senhor é extremamente gentil, milorde.

— Nunca se é gentil demais quando se trata da senhorita.

Deram outra volta, e Georgiana fez uma careta para as costas largas de Dare quando o patife sumiu de vista, provavelmente para fumar um charuto e beber com seus amigos vigaristas. A noite estava tão agradável antes de ele aparecer... Sua tia estava promovendo o sarau, então Georgie custava a acreditar que alguém sequer tivesse convidado Dare.

Seu parceiro de dança voltou a se juntar a ela, e Georgiana presenteou o belo barão de cabelo dourado com um sorriso decidido. Precisava afastar o diabólico Dare de seus pensamentos.

— O senhor está com energia hoje, lorde Luxley.

— A senhorita me inspira — respondeu ele, parecendo exausto.

A dança chegou ao fim. Enquanto o barão procurava por um lenço em seu colete, Georgiana avistou Lucinda Barrett e Evelyn Ruddick paradas próximas uma da outra junto à mesa de bebidas.

— Obrigada, milorde — disse ao parceiro, fazendo uma reverência antes que ele pudesse se oferecer para acompanhá-la em uma volta em torno do salão. — O senhor me exauriu ao extremo. Pode me dar licença?

— Ah. Eu... É claro, milady.

— Luxley? — exclamou Lucinda de trás de seu leque marfim quando Georgiana se juntou a elas. — Como foi que isso aconteceu?

Georgiana se rendeu a um sorriso genuíno.

— Ele queria recitar o poema que escreveu em minha homenagem, e a única maneira de interrompê-lo depois da primeira estrofe foi concordando em acompanhá-lo em uma dança.

— Ele lhe escreveu um poema? — Evelyn colocou a mão no braço de Georgiana e as guiou até as cadeiras alinhadas do outro lado do salão.

— Escreveu. — Contente por ver Luxley escolher uma das debutantes como sua próxima vítima, Georgiana aceitou uma taça de vinho Madeira de um dos lacaios. Após três horas de quadrilhas, valsas e danças folclóricas, seus pés doíam. — E você sabe o que rima com Georgiana, não é?

Evelyn franziu o cenho, seus olhos cinza brilhando.

— Não, o quê?

— Nada. Ele colocou "iana" no final de todas as palavras. Em trímetros iâmbicos, no entanto. "Ah, Georgiana, sua beleza é *reluzentiana*; com sua linda cabeleira *douradiana*; sua..."

Lucinda emitiu um ruído sufocado.

— Meu Senhor, pare imediatamente. Georgie, você tem uma habilidade incrível de fazer os homens dizerem e fazerem as coisas mais ridículas.

Georgiana meneou a cabeça, tirando um cacho *douradiano* que se soltara dos grampos de marfim de cima dos olhos.

— Meu dinheiro tem essa habilidade. Não eu.

— Não deveria ser tão cínica assim. Afinal de contas, Luxley se deu ao trabalho de lhe escrever um poema, mesmo que horrível — ponderou Evelyn.

— Sim, você tem razão. É tão triste que eu fique tão cansada dessas coisas com apenas 24 anos, não é?

— Vai escolher Luxley para sua lição? — perguntou Evelyn. — Parece-me que ele está precisando aprender umas coisinhas... especialmente sobre como as mulheres não são fracas.

Tomando um gole do vinho doce, Georgiana sorriu.

— Para ser sincera, não estou certa de que valha o esforço. Na verdade...

Uma movimentação perto da escadaria capturou sua atenção e Dare retornou ao salão de baile com uma mulher enganchada no braço. Não apenas uma mulher qualquer, reparou Georgiana com uma leve careta: Amelia Johns.

— Na verdade, o quê? — Lucinda seguiu seu olhar. — Ah, céus. Quem o convidou?

— Com certeza, não fui eu.

A srta. Johns não devia ter mais que 18 anos, o que a deixava uns bons 12 anos mais nova do que Dare. Em termos de perversidade, no entanto, ele a superava em séculos. Georgiana ouvira rumores de que o visconde estava cortejando alguém e, com o dinheiro de sua família e sua vivaz inocência morena, Amelia sem dúvidas era o alvo, pobrezinha.

Dare pegou as duas mãos da moça e Georgiana rangeu os dentes. O visconde disse algo rápido e, com um sorriso radiante, soltou-a e afastou-se. O rosto de Amelia corou e então empalideceu, e ela saiu correndo do salão.

Bem, aquilo deixou algo bem claro. Georgiana se levantou, voltando-se novamente para as amigas.

— Não, nada de Luxley — afirmou, surpresa com sua determinação tranquila. — Tenho outro estudante em mente, um que precisa seriamente de uma boa lição.

Os olhos de Evie se arregalaram.

— Não está pensando em lorde Dare, está? Você o odeia. Mal se falam.

Do outro lado do salão, a risada intensa de Dare ressoou, e o sangue de Georgiana esquentou até quase começar a ferver. Obviamente, ele não ligava a mínima para o fato de ter magoado os sentimentos de uma jovem garota — ou pior: de ter partido outro coração. Ah, sim, o visconde precisava desesperadamente de uma lição. Ele era, afinal, o motivo pelo qual haviam feito aquelas listas. E Georgiana sabia qual lição ele precisava aprender. Na verdade, não conseguia pensar em alguém mais qualificado do que Dare.

— Sim, *ele*. E, obviamente, vou precisar partir o coração daquele homem para fazê-lo, apesar de não ter certeza se ele sequer tem um. Mas...

— Shh — sibilou Evelyn, interrompendo-a com as mãos.

— Quem sequer tem um o quê?

Com a espinha enrijecendo ao ouvir aquela fala arrastada, Georgiana se virou.

— Não estava falando com o senhor, milorde.

Tristan Carroway, visconde de Dare, a encarou, os olhos azuis-claros entretidos. Ele não podia ter um coração se conseguia dar aquele sorriso charmoso e sensual logo após reduzir uma mulher às lágrimas e à fuga.

— E cá estava eu — disse Dare —, aproximando-me apenas para dizer que a senhorita está particularmente bela esta noite, lady Georgiana.

Georgie sorriu, fervendo por dentro. Ele a elogiava, enquanto a pobre Amelia estava, sem sombra de dúvida, em algum canto escuro, chorando.

— Eu, de fato, escolhi este traje pensando no senhor, milorde — respondeu, alisando a saia de seda bordô. — O senhor gostou mesmo?

O visconde não era tolo e, apesar de sua expressão não ter mudado, deu um pequeno passo para trás. Georgiana não havia levado um leque consigo aquela noite, mas seria fácil pegar o de Lucinda, caso mudasse de ideia quanto a castigá-lo ali mesmo.

— Gostei, milady.

O olhar arrebatador dele a examinou da cabeça aos pés, deixando-a com a sensação inquietante de que Dare sabia se sua combinação era de seda ou de algodão.

— Então é este que usarei em seu funeral — disse Georgiana com um sorriso doce.

— Georgie... — murmurou Lucinda, pegando seu braço.

Dare ergueu uma sobrancelha.

— Quem disse que a senhorita será convidada? — Com um sorriso diabólico, se virou. — Boa noite, senhoritas.

Ah, como ele precisa aprender uma lição!

— Como estão suas tias? — perguntou Georgiana para as costas do homem.

Dare parou e, com uma leve hesitação, se virou.

— Minhas tias?

— Sim. Não as vi esta noite. Como estão?

— Tia Edwina está bastante bem — respondeu com uma expressão desconfiada. — E tia Milly está se recuperando, embora não tão rápido quanto gostaria. Por quê?

Rá. Georgie não tinha intenção alguma de explicar o motivo por trás de sua pergunta. Dare que ficasse matutando até ela ter os detalhes de seu plano definidos.

— Por nada. Por favor, cumprimente-as por mim.

— Cumprimentarei. Senhoritas.

— Lorde Dare.

Assim que ele não estava mais em vista, Lucinda soltou o braço de Georgiana.

— Então é assim que se faz um cavalheiro se apaixonar. Sempre me perguntei o que eu estava fazendo de errado.

— Ah, cale-se. Não posso simplesmente me atirar nos braços dele. O visconde perceberia que algo está errado.

— Então como vai conseguir essa proeza? — Até mesmo a geralmente otimista Evelyn estava cética.

— Antes de mais nada, preciso conversar com uma pessoa. Contarei o que puder a vocês amanhã.

Dito isso, ela foi procurar Amelia Johns. Dare desaparecera, mas Georgiana permaneceu atenta à presença de sua figura alta mesmo assim. Uma de suas características mais irritantes era o fato de que ninguém sabia quando ele podia aparecer.

Droga. Isso a lembrava de não ter perguntado a ele se fora convidado esta noite ou se tinha ido de penetra à festa de sua tia.

Uma busca minuciosa não revelou sinal algum da bela e jovem debutante, então, franzindo o cenho de preocupação, Georgiana foi procurar a tia e reassumir suas funções de anfitriã. Ser a acompanhante que morava com tia Frederica tinha tanto privilégios quanto algumas responsabilidades, e passar a noite sendo simpática em vez de subir para maquinar seu plano era uma delas.

Fazer Tristan Carroway se apaixonar por ela era arriscado por mais de um motivo, mas era uma lição que ele precisava desesperadamente aprender. O visconde havia brincado com o coração de mulheres demais, e Georgiana garantiria que isso não aconteceria mais. Nunca mais.

Capítulo 2

Bom é mau e mau é bom.
—*Macbeth*, Ato I, Cena I

Tristan Carroway, visconde de Dare, ergueu os olhos de seu exemplar do *Times* quando a aldrava de bronze ressoou em sua porta. O preço da cevada estava caindo mais uma vez, apenas dois meses antes de sua safra de verão estar pronta para a colheita.

Suspirou. As perdas provavelmente aniquilariam o lucro que conseguira arrancar da colheita do final da primavera. Estava na hora de outra reunião com seu advogado, Beacham, para falar sobre vender para o mercado americano.

A aldrava ressoou novamente.

— Dawkins, a porta — gritou Tristan, tomando um gole do café quente e forte. Ao menos uma coisa boa viera das Colônias. E dados os preços que ele pagava pelo café e pelo tabaco, a Colônia deveria conseguir comprar sua maldita cevada.

Quando a aldrava ecoou mais uma vez, Tristan dobrou o jornal e se levantou. As excentricidades de Dawkins eram divertidas, mas era bom que o mordomo estivesse polindo a prataria em algum lugar, e não dormindo em uma das salas de estar, como tinha enorme tendência a fazer. Quanto ao restante da criadagem, sem dúvida estavam ocupados, com toda a família na residência. Era isso, ou todos haviam desertado sem se dar ao trabalho de avisar.

Do jeito que sua sorte andava ultimamente, uma manada de advogados e cobradores estaria à porta esperando para prendê-lo pelas contas não pagas.

— Pois não? — atendeu, abrindo a porta. — Mas que...

— Bom dia, lorde Dare. — Lady Georgiana Halley fez uma reverência, com a saia de seu vestido matutino verde-escuro a rodeando e o *bonnet* de mesma cor emoldurando seu cabelo dourado como o sol.

Tristan fechou a boca imediatamente. Em um bom dia, ter uma mulher tão bela à sua porta seria uma coisa estupenda. No entanto, não havia nada de bom com relação a Georgiana Halley.

— Que diabos está fazendo aqui? — perguntou, reparando que a aia aguardava alguns passos atrás dela. — Não está armada, está?

— Apenas com minha perspicácia — respondeu Georgiana.

Tristan já havia sido *atingido* pela perspicácia dela mais de uma vez.

— Repito minha pergunta: por que está aqui?

— Porque gostaria de falar com suas tias. Por favor, afaste-se.

Segurando a saia, Georgiana passou por ele e entrou no saguão.

A pele dela cheirava a lavanda.

— Gostaria de entrar? — perguntou Tristan, com tardiamente e com sarcasmo.

— O senhor é um péssimo mordomo, sabia? — disse ela por cima do ombro. — Traga suas tias até mim, por favor.

Cruzando os braços no peito, Tristan se recostou no batente da porta.

— Já que sou um péssimo mordomo, sugiro que a senhorita as procure por conta própria.

Para falar a verdade, ele estava fervendo de curiosidade para descobrir por que Georgiana tinha escolhido visitar a Residência Carroway. Ela sabia de sua localização havia anos, mas esta era a primeira vez que se dignava a aparecer por ali.

— Alguém já lhe disse que o senhor é insuportavelmente rude? — retrucou, virando-se novamente para ele.

— Ora, já. A própria senhorita, em várias ocasiões, pelo me que recordo. Se quiser se desculpar por isso, contudo, ficarei feliz em acompanhá-la aonde desejar.

O rubor subiu pelas bochechas femininas, corando a pele marfim delicada.

— Jamais me desculparei — ralhou ela. — Pode ir se encontrar diretamente com Hades.

Não esperava que Georgiana se desculpasse, mas não podia evitar sugeri-lo de vez em quando.

— Muito bem, então. Segundo piso, primeira porta à esquerda. Estarei com Hades, se precisar de mim.

Virando-se, Tristan deixou o corredor, seguindo na direção do salão de café da manhã e de seu jornal.

À medida que os passos dela subiam a escada, podia ouvi-la praguejando baixinho. Tristan permitiu-se um leve sorriso enquanto voltava a se sentar com o jornal fechado à sua frente. Georgiana Halley atravessara Mayfair para visitar suas tias, embora as tivesse visto em sua própria casa havia menos de duas semanas, pouco antes da crise de gota de tia Milly.

— Que diabos ela está tramando? — murmurou.

Dado o passado dos dois, Tristan não confiava nem um pouquinho em Georgiana. Ele se levantou novamente, deixando o restante do café da manhã na mesa para o caso de algum dos criados decidir aparecer e levá-lo embora. Maldição, onde estavam todos esta manhã?

— Tia Milly? — chamou, subindo a escada e dobrando à esquerda. Quando Tristan convidou as tias para morarem com ele três anos atrás, abrira mão do domínio do salão matinal, e as duas se aproveitaram ao máximo desse fato, abarrotando-o com toda a bombazina e toda a renda imaginável. — Tia Edwina? — Abriu a porta do salão claro e repleto de frufrus. — Ora, não percebi que as senhoras tinham visita. E quem seria esta adorável senhorita?

— Ora, cale-se — bufou Georgiana, dando lhe as costas.

Millicent Carroway, adornada com uma espécie de quimono oriental berrante que contrastava com todos os outros tons do salão, apontou a bengala para ele.

— Você sabe muito bem quem veio nos visitar. Por que não me disse que Georgiana nos mandou seus cumprimentos ontem à noite, seu menino travesso?

Tristan desviou da bengala e se aproximou para dar um beijo na bochecha redonda e pálida da tia.

— Porque a senhora estava dormindo quando voltei, e tinha dito a Dawkins que eu não deveria perturbá-la esta manhã, minha borboleta colorida.

Uma risada borbulhante explodiu do peito largo dela.

— Disse mesmo. Pegue um biscoito para mim, Edwina, querida.

A sombra angulosa no canto próximo se moveu.

— É claro, irmã. E você, Georgiana, já tomou café da manhã?

— Já, sra. Edwina — respondeu Georgie, com tanta amabilidade em sua voz doce que Tristan ficou perplexo. Ele, ela e a amabilidade não costumavam aparecer juntos no mesmo lugar. — E, por favor, permaneça onde está. Servirei a sra. Milly.

— Você é um tesouro, Georgiana. Já disse isso várias vezes à sua tia Frederica.

— A senhora é muito gentil, sra. Edwina. Se eu realmente fosse um tesouro, as teria visitado antes, em vez de fazê-la atravessar Mayfair para ver a mim e a tia Frederica. — Georgiana se levantou, pisando com força no dedo de Tristan ao se encaminhar até a bandeja de chá para pegar o prato de biscoitos. — Como quer seu chá, sra. Milly? Sra. Edwina?

— Ora, vamos parar com essa formalidade de "senhora isso", "senhora aquilo", por favor. Sou apenas uma velha solteirona. — Milly riu novamente. — E a pobre Edwina é ainda mais velha.

— Que sandice — interrompeu Tristan com um sorriso, contendo-se para não se abaixar e massagear o pé. Aparentemente, Georgiana começara a usar sapatos com salto de ferro, pois não poderia pesar mais do que 50 quilos, no máximo. Era alta, porém magra, com os quadris arredondados e os seios empertigados que tanto apreciava em uma jovem mulher. Especialmente nela — o que fora o motivo pelo qual se encrencara com Georgiana, afinal de contas. — As duas são tão jovens e belas como a primavera.

— Lorde Dare — começou Georgiana, soando agradável e gentil enquanto distribuía o chá e os biscoitos, apesar de não ter oferecido a ele —, tive a impressão de que o senhor não estava com a menor vontade de se juntar a nós esta manhã.

Então Georgiana queria se livrar dele. Mais um motivo para Tristan permanecer ali, apesar de não ter intenção alguma de permitir que ela percebesse que tinha qualquer interesse no que quer que fosse que estava sendo fofocado por ali.

— Estava procurando por Bit e Bradshaw — improvisou. — Eles deveriam me acompanhar até o Tattersall's agora pela manhã.

— Acho que os ouvi no salão de baile mais cedo — contou Edwina. Com suas roupas sempre pretas e sentada em um canto do salão onde o sol da manhã não batia, parecia uma das famigeradas sombras de Shakespeare com óculos. — Por algum motivo, todos os lacaios também estavam lá.

— Humm. Espero que Bradshaw não esteja tentando explodir alguma coisa novamente. Com sua licença, senhoritas.

Ao voltar para seu lugar, Georgiana tentou pisar no pé dele novamente, mas Tristan estava preparado e recuou até a porta antes que ela pudesse tocá-lo. Estava decidido a descobrir por que Georgiana queria conversar com suas tias, mas teria uma chance melhor mais tarde, depois que ela fosse embora. Naquele momento, precisava informar a seus irmãos de que o acompanhariam ao mercado de cavalos.

Ao alcançar o patamar da escada que levava ao terceiro piso, onde ficavam o salão de baile e o salão de música, o som de aplausos chegou a seus ouvidos. Isso explicava onde a criadagem estava, mas não aliviava sua ansiedade quanto ao que Bradshaw poderia estar aprontando. Escancarou as portas duplas do salão de baile sem cerimônia — e quase levou uma flechada na cabeça.

— Maldição! — berrou, abaixando-se reflexivamente.

— Jesus! Você está bem?

Largando o arco, o segundo tenente Bradshaw Carroway, da Marinha Real de Sua Majestade, o Rei, atravessou o amplo salão vazio, afastando os criados, e segurou Tristan pelo ombro.

Dare o afastou.

— Obviamente — ralhou —, quando eu disse para não acender pólvora dentro de casa, esqueci-me de explicar que também estava proibindo o uso de armas mortais no salão de baile. — Apontou o dedo na direção da figura imóvel sentada no peitoril profundo de uma das janelas, seu irmão Bit. — E é melhor você não rir.

— Não estou rindo.

— Ótimo. — Um movimento capturou sua atenção quando os criados começaram a se dispersar pelas outras saídas. — Dawkins!

O mordomo parou abruptamente.

— Sim, milorde?

— Cuide da porta da frente. Temos uma convidada com as tias.

Ele fez uma reverência.

— Sim, milorde.

— Quem está aqui? — perguntou Bradshaw, arrancando a flecha da porta e examinando a ponta.

— Ninguém. Guarde seu novo brinquedo em algum lugar onde o Nanico não o encontre e venha comigo. Vamos ao Tattersall's.

— Você vai me dar um cavalo?

— Não, vou dar um pônei ao Edward.

— Você não pode bancar um pônei.

— Precisamos manter as aparências. — Olhou para os fundos do salão de baile novamente. — Você vem, Bit?

Sem causar surpresa alguma, a figura de cabelo escuro meneou a cabeça.

— Tenho de tratar de algumas correspondências com Maguire.

— Pelo menos saia para dar uma caminhada com Andrew esta tarde.

— Provavelmente não.

— Ou um passeio de coche.

— Talvez.

Tristan franziu o cenho enquanto descia as escadas ao lado de Shaw.

— Como ele está?

O irmão deu de ombros.

— Você é mais próximo dele do que eu. Se não fala com você, imagine comigo...

— Fico achando que é algo que fiz, e que ele está conversando com outras pessoas.

Shaw meneou a cabeça.

— Bit é esquivo com todos, pelo que sei. Mas acredito que tenha sorrido quando quase matei você, se serve de consolo.

— É alguma coisa, suponho.

Por mais preocupado que estivesse com a reticência contínua de seu irmão do meio, a presença de Georgiana Halley na casa era mais perturbadora. Algo estava acontecendo, e tinha a sensação de que seria melhor descobrir o quê o quanto antes.

Naquele momento, no entanto, precisava comprar um pônei para seu irmão mais novo com um dinheiro que não tinha. Mas se a família tinha uma orgulhosa tradição era a habilidade com cavalos, e ele já havia deixado o Nanico esperando por mais tempo do que gostaria.

— Então, quem está com nossas tias? — perguntou Shaw novamente.

Tristan reprimiu um suspiro. Todos descobririam, eventualmente.

— Georgiana Halley.

— Geor... Ah. Por quê?

— Não faço ideia. Mas, se ela pretende demolir a casa, prefiro estar em outro lugar.

Aquilo era um exagero, mas quanto menos falassem sobre ele e Georgiana, melhor.

―⚜―

Apesar de, há muito tempo, ter decidido manter a maior distância possível dos Carroway, Georgiana sempre gostara de Milly e Edwina.

— Então, agora que Greydon se casou — explicou —, minha tia não tem necessidade real de uma acompanhante. Ela e a nora, Emma, estão se relacionando de forma esplêndida, e não quero atrapalhá-las.

— Mas você não pensa em voltar para Shropshire, não é, querida? Não durante a temporada.

— Ah, não. Meus pais ainda têm outras três filhas aguardando para debutar. Com certeza, não me querem por lá importunando e dando um mau exemplo. Até mesmo Helen os apoquenta, e ela é casada.

Edwina fez um carinho em seu braço.

— Você não é um mau exemplo, Georgiana. Milly e eu nunca nos casamos, e nunca sofremos por não termos marido.

— Não que nos faltassem pretendentes, é claro — completou Milly. — Apenas nunca encontramos a pessoa certa. Não sinto falta alguma do casamento. Embora precise admitir que, com este meu pé ruim, sinto falta de dançar.

— É por isso que estou aqui. — Georgiana se inclinou para a frente, respirando fundo. Chegara a hora; o primeiro movimento no tabuleiro de xadrez para começar o jogo. — Pensei que as senhoras talvez gostassem de ter alguém para ajudá-las a se locomover por aí, e eu gostaria de me sentir ao menos um pouquinho útil, então eu...

— Ah, sim! — interrompeu Edwina. — Ter outra mulher na casa seria maravilhoso! Com todos os meninos Carroway em Londres até a noite de São João, seria um alívio ter alguém civilizado com quem conversar.

Georgiana sorriu, segurando a mão de Milly.

— Então, Milly, o que me diz?

— Tenho certeza de que você tem coisas melhores a fazer do que sassaricar para lá e para cá com duas velhas solteironas.

— Besteira. Ajudá-la a voltar a dançar seria minha missão — respondeu Georgiana com firmeza. — E um enorme prazer.

— Ah, aceite, Milly. Nós nos divertiremos tanto!

Milly Carroway sorriu, o rubor corando suas bochechas pálidas.

— Então eu aceito.

Georgiana uniu as mãos em uma palma, mascarando seu alívio com entusiasmo.

— Maravilha!

Edwina se levantou.

— Vou pedir a Dawkins que prepare um quarto para você. Receio que, com todos os irmãos na cidade, os quartos da ala oeste estejam todos ocupados. Você se incomoda com o sol da manhã?

— Nem um pouco. Levanto cedo.

Não que fosse dormir muito, sabendo que Tristan Carroway estava sob o mesmo teto. Ela devia estar louca por pensar naquilo. Mas, se não tomasse uma atitude, quem o faria?

Enquanto a irmã saía apressadamente do salão, Milly permaneceu na poltrona bem estofada em meio a uma pilha imponente de almofadas excessivamente cheias, com o pé enfaixado e apoiado em um banquinho igualmente bem estofado.

— Estou tão feliz por você ficar conosco — disse, bebericando o chá. Seus olhos escuros fitaram Georgiana por cima da borda de porcelana. — Mas tive a impressão de que você e Tristan não se entenderam muito bem. Tem certeza de que quer fazer isso?

— Seu sobrinho e eu temos nossas diferenças, sim — admitiu Georgiana, escolhendo as palavras com muita cautela. Tinha certeza de que Dare importunaria as tias depois para obter informações sobre sua visita, e ela precisava começar a coser os fios de sua armadilha. — Isso não é motivo, contudo, para que eu evite passar um tempo com a senhora e Edwina.

— Se está certa disso, minha querida...

— Sim, estou. A senhora me deu um propósito novo. Detesto me sentir inútil.

— Preciso escrever à sua tia para pedir a permissão para sua mudança de endereço?

Georgiana puxou o ar bruscamente.

— É claro que não! Tenho 24 anos, Milly. E tia Frederica ficará feliz em saber que estou com a senhora e com Edwina. — Dando um último sorriso, Georgie se levantou. — Na verdade, preciso contar a ela e resolver umas outras coisas esta manhã. Gostaria que eu estivesse aqui esta noite?

Milly riu.

— Ainda me pergunto se faz ideia de onde está se metendo, mas, sim, esta noite seria ótimo. Pedirei à sra. Goodwin para colocar um prato a mais na mesa.

— Obrigada.

Georgiana chamou sua aia e retornou à carruagem da tia.

Milly Carroway foi mancando até a janela para observar a carruagem da duquesa viúva ir embora.

— Sente-se, Millicent! — exclamou Edwina ao retornar ao salão. — Você arruinará tudo!

— Não se preocupe, Winna. Georgie foi buscar as coisas dela e Tristan está no Tattersall's.

— Mal consigo acreditar que foi tão simples.

Retomando seu lugar na poltrona, Milly não pôde evitar um sorriso ao ver a expressão satisfeita e ansiosa da irmã, a despeito das próprias ressalvas.

— Bem, a menina nos poupou o trabalho de procurar Frederica para pedi-la "emprestada" para a temporada, mas tente não ficar muito esperançosa.

— Ah, bobagem. A briga que Georgie e Tristan tiveram foi há seis anos. Você preferiria que ele se casasse com uma daquelas debutantes sonsas? Aqueles dois formam o casal perfeito.

— Sim, como pólvora e fogo.

— Ah, você verá, Milly. Você verá.

— É disso que eu tenho medo.

Aquilo correra tão bem que Georgiana mal podia acreditar que tinha mesmo conseguido. Havia apenas sugerido se mudar para a Residência Carroway, e Milly e Edwina fizeram o restante. Enquanto retornava à Residência Hawthorne, contudo, a realidade começou a pesar.

Concordara em morar por tempo indeterminado na Residência Carroway, onde veria Tristan todos os dias. E iria colocar em prática um plano que não sabia ao certo se teria coragem de seguir até o fim. Um esquema que colocaria Dare em seu devido lugar e o ensinaria as consequências de partir corações por aí.

— Bem, ninguém merece essa lição mais do que ele — resmungou.

Sua aia, sentada no banco oposto da carruagem, piscou.

— Milady?

— Nada, Mary. Estava apenas pensando alto. Você não se importa em mudar de residência por um tempo, se importa?

— Não, milady. Será uma aventura.

Fazer a aia se conformar com seus planos era uma coisa; convencer tia Frederica, contudo, era outra completamente diferente.

— Georgiana, você enlouqueceu!

Frederica Brakenridge, a duquesa viúva de Wycliffe, largou a xícara de chá na mesa com tanta força que o líquido fumegante transbordou.

— Achei que a senhora gostasse de Milly e Edwina Carroway — protestou Georgiana, tentando manter uma expressão de surpresa inocente.

— Eu gosto. Achei que *você* não gostasse de lorde Dare. Há seis anos reclama que ele lhe roubou aquele beijo para vencer uma aposta, ou alguma besteira dessas.

Georgiana precisou se controlar ao máximo para não corar.

— Isso parece um tanto trivial após tanto tempo, não acha? — retrucou com delicadeza. — Além disso, a senhora não precisa de mim, e meus pais precisam menos ainda. A sra. Milly está precisando de uma acompanhante.

Tia Frederica suspirou.

— Precisando ou não, Georgiana, gosto da sua companhia. Esperava perdê-la apenas quando você se casasse. Com seus rendimentos, não há motivo algum para migrar de uma velhota para outra até estar enferma o suficiente para você mesma precisar de uma acompanhante.

Havia um motivo forte para isso, mas não pretendia revelá-lo a ninguém. Nunca.

— Não desejo me casar, e também não posso me alistar no exército ou entrar para um seminário. O ócio não combina comigo. Ser acompanhante de uma amiga parece ser a ocupação mais suportável, ao menos até eu chegar a uma idade em que a sociedade aceitará que não desejo me casar e pretendo devotar meu tempo e meu dinheiro à caridade.

— Bem, você parece ter tudo planejado. Quem sou eu para interferir? — perguntou Frederica, abanando a mão. — Vá, então, e mande meus cumprimentos a Milly e Edwina.

— Obrigada, tia Frederica.

Para a surpresa de Georgie, a tia segurou sua mão e a apertou.

— Você sabe que é bem-vinda aqui sempre que quiser retornar. Por favor, lembre-se disso.

Georgiana se levantou e deu um beijo no rosto da tia.

— Eu me lembrarei. Obrigada.

Ainda precisava conversar com Amelia Johns no baile de Ibbottson na quinta-feira, mas, até lá, tinha um plano para colocar em ação.

Capítulo 3

*Ah Deus! De quanto dano os maus são causa,
provocando, dessa arte, a própria ruína?*
— *Henrique VI,* Parte II, Ato II, Cena I

Enquanto Tristan descia a escada para o jantar, a casa parecia incomumente quieta. Era verdade que a família já estava reunida na sala de jantar para comer, mas o silêncio não parecia ser aquele provocado pela falta de caos. Em vez disso, era quase como se a Residência Carroway estivesse prendendo a respiração.

Ou, mais provavelmente — como decidiu enquanto endireitava o casaco e abria a porta da sala de jantar —, foi a visita de lady Georgiana Halley que deixara seus sentidos transtornados. Tristan entrou na sala... e parou.

Ela estava sentada ali, rindo de algo que Bradshaw dissera. A surpresa deve ter transparecido em seu rosto, pois Georgiana ergueu uma sobrancelha quando o olhar encontrou o dele.

— Boa noite, milorde — disse Georgie, o sorriso inalterado, embora os olhos verdes tenham esfriado.

Duvidava que qualquer pessoa além dele mesmo tivesse reparado na mudança. Tristan cerrou o maxilar.

— Lady Georgiana.

— Você está atrasado para o jantar — reclamou Edward, seu irmão mais novo. — E Georgie disse que isso é rude.

Nanico nunca tinha visto a fedelha antes, mas já estavam se tratando pelo primeiro nome. Tristan tomou seu lugar na ponta da mesa, notando que algum idiota a colocara bem à sua direita.

— Ficar para o jantar sem ser convidada também é.

— Ela *foi* convidada — afirmou Milly.

Ao ouvir aquilo, Tristan reparou que suas tias estavam presentes no jantar pela primeira vez em dias. Praguejando baixinho por Georgiana ter desviado a sua atenção da própria família, ele se levantou outra vez.

— Tia Milly. Bem-vinda novamente ao caos. — Tristan deu a volta na mesa para dar um beijo em no rosto da tia. — Mas a senhora deveria ter me chamado. Eu teria ficado feliz em carregá-la até aqui.

Corando, a tia o dispensou com a mão.

— Ora, que sandice. Georgiana retornou com uma engenhoca com rodas, então ela e Dawkins me arrastaram até a sala de jantar. Foi bastante divertido.

Tristan se endireitou, voltando a encarar Georgiana.

— *Retornou?* — repetiu ele.

— Sim — respondeu ela com doçura. — Estou me mudando para cá.

A boca de Tristan começou a se abrir novamente, mas ele apertou o maxilar com força.

— Não está, não.

— Estou, sim.

— Não es...

— Ela está, sim — interrompeu Edwina. — Veio para ajudar Milly, então fique quieto e sente-se, Tristan Michael Carroway.

Ignorando os risinhos de seus irmãos mais novos, Tristan voltou a olhar para Georgiana. E aquela mulher ultrajante estava sorrindo para ele.

Evidentemente, o mal que provocara durante sua vida fora tão tremendo que o castigo eterno estava começando cedo. A eternidade não era longa o suficiente nesse caso. Estampando um sorriso indiferente no rosto, ele voltou a se sentar.

— Entendo. Se a senhora acha que ela pode auxiliá-la, tia Milly, então não tenho objeção alguma a fazer.

Georgiana se enfezou.

— Não tem objeção alguma? Ninguém perguntou...

— Entretanto, gostaria de observar, lady Georgiana — continuou ele —, que a senhorita decidiu se hospedar em uma residência com cinco homens solteiros, três deles adultos.

— Quatro — corrigiu Andrew, corando. — Tenho 17 anos. Sou mais velho que Romeu quando se casou com Julieta.

— E é mais novo que eu, que é o que conta — retrucou Tristan, olhando com severidade para o irmão.

A falta de disciplina não costumava perturbá-lo, mas, maldição, Georgiana não precisava de mais munição contra ele. Ela já tinha um bocado.

— Não se preocupe com minha reputação, lorde Dare — disse Georgiana, embora Tristan tenha reparado que ela evitou olhá-lo. — A presença de suas tias me provê toda a respeitabilidade de que preciso.

Por algum maldito motivo, Georgiana estava decidida a ficar. Mais tarde descobriria por quê, quando não tivesse meia dúzia de pessoas prestando atenção em cada palavra que os dois trocariam.

— Então fique — disse, lançando um olhar sombrio a ela. — Mas não diga que não avisei.

Embora estivesse longe de ser imune ao charme considerável de Georgiana, ele desenvolvera o talento de parecer indiferente. Bradshaw, dois anos mais novo e com uma reputação que falava por si só, não era tão talentoso assim. Por outro lado, Robert, com seus 26 anos, parecia estar jantando sozinho, dada a atenção que dispensava a todos. Andrew apenas babava, enquanto Edward parecia subitamente fascinado em aprender boas maneiras à mesa.

Tristan sobreviveu ao jantar sem sofrer uma apoplexia, então escapuliu para a sala de bilhar para fumar e se lamentar. Qualquer coisa que houvera entre ele e Georgiana havia chegado ao fim — ela tinha deixado isso total e repetidamente claro. Qualquer que fosse a tramoia que estava se desenrolando, ele não estava gostando. E gostava menos ainda do fato de ter que recorrer a Georgiana para conseguir respostas — a menos que as arrancasse de Milly e Edwina, que também haviam sucumbido ao charme da jovem e não faziam ideia do que ela estava tramando.

— Lady Georgiana foi se deitar.

Dare deu um pulo. Bit estava apoiado no batente da porta, os braços cruzados em cima do peito. Tristan o fitou enfezado, perguntando-se por um breve instante há quanto tempo o irmão estaria ali.

— O que foi? Robert, o Inescrutável, resolveu falar sem ser solicitado? É um milagre ou você está tentando causar problemas?

— Apenas achei que você deveria saber, caso estivesse cansado de se esconder. Boa noite.

Robert se endireitou e desapareceu pelo corredor.

— *Não* estou me escondendo.

Tristan apenas tinha regras para si mesmo quando se tratava de lady Georgiana. Se ela atacasse, responderia na mesma moeda. Se ela se insinuasse em um grupo do qual ele já fazia parte, não se oporia. E Georgiana podia quebrar seus malditos leques nos dedos dele sempre que bem entendesse, porque em sua opinião o que ela realmente queria, por algum motivo, era continuar tocando-o. O contato raramente provocava mais do que um tremor, e dava a Tristan a oportunidade de comprar leques substitutos para ela — o que, é claro, a irritava ainda mais.

Mas essa insistência de Georgiana em viver sob seu teto era diferente. Não havia páginas para isso nesse livro de regras, e ele precisava desesperadamente criar algumas antes que qualquer coisa acontecesse.

Tristan apagou o charuto e subiu para o andar superior.

Georgiana sentou-se diante da lareira em seu quarto com um livro fechado no colo. Não dormira nada na noite anterior — refletir sobre seu plano a manteve desperta e agitada até o amanhecer. Esta noite, contudo, era ainda pior. *Ele* estava na mesma casa, talvez a apenas um andar de distância, ou a apenas um corredor de distância.

Uma batida leve ressoou em sua porta, e Georgie quase caiu da cadeira.

— Acalme-se, pelo amor de Deus — murmurou para si mesma. Pedira a Dawkins, o mordomo, um copo de leite morno; não era como se Dare fosse aparecer em seu quarto em plena luz do dia, muito menos a essa hora da noite. — Entre.

A porta se abriu e o visconde entrou no quarto.

— Está confortável? — perguntou ele com sua voz arrastada, parando diante da lareira.

— O que... Saia daqui!

— Deixei a porta aberta — disse Tristan em um tom baixo —, então, se não quiser uma plateia, mantenha a voz baixa.

Georgiana respirou fundo. Ele tinha razão: se sucumbisse a seu pânico repentino por estar sozinha no quarto com Dare, garantiria sua própria ruína e destruiria qualquer chance de ensinar a lição de que ele desesperadamente precisava.

— Está bem. Falarei mais baixo, então: *saia daqui*.

— Primeiro me conte o que diabos você está tramando, Georgiana.

Ela nunca soubera mentir, e Dare estava longe de ser um bobalhão.

— Não sei por que acha que estou "tramando" alguma coisa — retrucou ela. — Minhas circunstâncias mudaram no último ano e...

— Então está aqui por mera bondade, para cuidar das titias — comentou ele, apoiando um braço na cornija.

— Sim. — Georgiana gostaria que ele não parecesse tão à vontade em seu quarto, e tão pecaminoso o tempo todo. — O que mais sugeriria que eu fizesse, dadas as circunstâncias?

Tristan deu de ombros.

— Case-se. Vá torturar um marido e fique longe de mim.

Georgiana largou o livro e se levantou. Não queria discutir aquele assunto em particular; preferiria, na verdade, que ele jamais o tivesse mencionado. Se não respondesse, contudo, Dare jamais acreditaria em qualquer palavra gentil que lhe dissesse agora ou no futuro, muito menos se apaixonaria por ela.

— O casamento, lorde Dare, não é mais uma opção para mim, não é mesmo?

Tristan a fitou por um bom momento, a expressão sombria e ilegível.

— Para ser franco, Georgiana, a quantia dos seus rendimentos é mais importante do que sua virgindade para a maioria dos homens. Poderia citar uns cem homens que se casariam com a senhorita em um piscar de olhos, se tivessem a chance.

— Certamente não preciso, e nem quero, um homem que deseje apenas o meu dinheiro — respondeu acaloradamente. — Além disso, fiz um acordo com suas tias. *Eu* cumpro com minha palavra.

Dare se endireitou da pose desleixada. Ele parecia mais alto do que Georgiana se lembrava e, antes que pudesse se conter, ela deu um passo atrás. Um músculo na bochecha masculina se contraiu, e ele virou para a porta.

— Dê-me a fatura daquela cadeira de rodas — disse por cima do ombro — que a reembolsarei.

— Não há necessidade — respondeu ela, tentando recuperar a compostura. — É um presente.

— Não aceito caridade. Entregue-me a fatura amanhã.

Georgiana abafou um suspiro irritado.

— Está bem.

Depois que a porta se fechou, ela permaneceu onde estava por um bom tempo. Na noite em que Dare tirara sua virgindade, Georgiana achava estar apaixonada. Descobrir no dia seguinte que ele o fizera para ganhar uma aposta — o prêmio sendo uma de suas meias, ainda por cima — doera mais do que achava ser possível.

Georgiana jamais o perdoara, independentemente dos motivos que o levaram a não se vangloriar da vitória à sociedade. Agora lhe mostraria o quanto doía ser traído. Então, quem sabe, ele entenderia o que significava ser honrado, e poderia ser um marido decente para alguma pobre e ingênua garota, como Amelia.

Com isso em mente, Georgie se deitou na cama e tentou dormir. Amelia Johns precisava ser incluída no plano, ou ela mesma se provaria tão fria quanto Tristan Carroway fora. Talvez devesse resolver isso de uma vez; esperar até o baile de Ibbottson apenas daria a Dare mais três dias para arruinar a vida da srta. Johns.

Amelia Johns pareceu surpresa ao ver Georgiana na porta da Residência Johns na manhã seguinte. Com o cabelo escuro preso em um belo coque, com cachos estrategicamente soltos acariciando o pescoço e as bochechas, e o vestido matinal de musseline da cor do sol, ela parecia o retrato da inocência dos contos de fadas.

— Lady Georgiana — cumprimentou Amelia, fazendo uma reverência, com os braços cheios de flores.

— Senhorita Johns, obrigada por me receber esta manhã. Posso ver que está ocupada... Por favor, não permita que eu atrapalhe seus afazeres.

— Ah, obrigada — respondeu a garota, sorrindo, enquanto colocava as flores ao lado do vaso mais próximo. — Estas rosas são as preferidas de mamãe. Eu odiaria que murchassem.

— São lindas. — A garota não a havia convidado a se sentar, mas Georgiana não queria parecer impaciente, então se acomodou lentamente em um sofá no meio do amplo salão matinal.

Amelia permaneceu em frente ao vaso, sua sobrancelha alva se franzindo enquanto ajeitava os botões amarelos para lá e para cá, buscando o ângulo perfeito. Por Deus, aquela garota não tinha chance alguma contra Dare.

— Gostaria de um chá, lady Georgiana?

— Não, mas obrigada. Para falar a verdade, gostaria de discutir algo com a senhorita. Algo de natureza... pessoal.

Georgie deu uma olhada para a criada que ajeitava as almofadas dos móveis excessivamente estofados.

— Natureza pessoal? — Amelia deu uma risadinha cativante. — Minha nossa, isso parece muito intrigante. Hannah, isso é tudo por ora.

— Sim, senhorita.

Assim que a criada se foi, Georgiana se deslocou para um assento mais próximo a Amelia.

— Sei que isso parecerá extremamente incomum, mas tenho um motivo para perguntar — disse ela.

Amelia parou de arrumar as flores.

— O que é?

— A senhorita e o lorde Dare. Há uma conexão entre vocês, não há?

Os grandes olhos azuis de Amelia se encheram de lágrimas.

— Ah, não sei! — choramingou.

Georgiana apressou-se em levantar e colocou o braço em torno dos ombros da jovem.

— Calma, calma — falou com sua voz mais alentadora. — Era isso que eu temia.

— Te... Temia?

— Ah, sim. Lorde Dare é conhecido por ser difícil.

— Sim, ele é. Às vezes, acho que vai me pedir em casamento, e então ele muda o rumo da conversa até eu não saber mais se sequer gosta de mim ou não.

— Mas a senhorita espera um pedido de casamento, não é?

— Lorde Dare está sempre falando que precisa se casar, e dança comigo mais do que com qualquer outra garota, e me levou para uma volta de coche pelo Hyde Park. É claro que espero um pedido de casamento. Toda a minha família espera.

Amelia parecia quase indignada por Georgiana ter dúvidas quanto às intenções de Dare.

— Sim, acho que isso seria bastante justo. — Georgiana conteve uma careta. Dare fizera o mesmo com ela, seis anos atrás, e Georgie esperara a mesma coisa. Tudo que ganhara, contudo, fora a ruína, uma meia roubada e um coração partido. — E, nesse caso, preciso confidenciar algo à senhorita.

Amelia secou os olhos com um belo lenço bordado que combinava com seu vestido.

— Precisa?

— Sim. Lorde Dare, como a senhorita deve saber, é o melhor amigo de meu primo, o duque de Wycliffe. Por conta disso, tive inúmeras oportunidades, ao longo dos anos, de observar o comportamento do visconde em relação às mulheres. Preciso dizer que, sem exceção, sempre o achei deplorável.

— Excessivamente deplorável.

Até agora, indo bem.

— Por isso, decidi que lorde Dare precisa aprender uma lição sobre como se comportar diante de uma mulher.

A confusão ficou clara no rosto inocente de Amelia.

— Uma lição? Não estou entendendo.

— Bem, eu, por acaso, estou hospedada na Residência Carroway por um curto período de tempo, para ajudar a tia de lorde Dare a se recuperar da crise de gota. Planejo aproveitar essa oportunidade para demonstrar a ele como seu comportamento com relação à senhorita tem sido péssimo. Poderá parecer um pouco estranho. Poderá até parecer, por um breve período, que Dare é afeiçoado a mim. Mas lhe garanto que meu único propósito é ensinar a ele uma lição que, no fim das contas, tanto o encorajará a pedi-la em casamento quanto fará dele um marido melhor.

Parecia lógico — para ela, de toda forma. Georgiana observou a expressão transparente de Amelia para ver se a garota também achava.

— A senhorita faria isso por mim? Nós mal nos conhecemos.

— Somos ambas mulheres e condenamos o comportamento de Dare. E eu ficaria imensamente satisfeita em ver que ao menos um homem aprendeu a tratar uma mulher de forma adequada.

— Bem, lady Georgiana — disse Amelia lentamente, voltando a mexer nas chamativas rosas —, acho que, se a senhorita puder ensinar uma lição a Tristan que o convenceria a se casar comigo, isso seria muito bom. — Pausou, franzindo o cenho de leve. — Porque, se estamos sendo sinceras uma com a outra, preciso admitir que ele me confunde com bastante frequência.

— Sim, Dare é mestre nisso.

— A senhorita o conhece melhor do que eu, e tem uma idade mais próxima da dele, então suponho que seja mais sábia também. Por fim, ficarei feliz se puder ensinar uma lição a ele. Quanto antes, melhor, pois estou decidida a me tornar a viscondessa de Dare.

Ignorando o insulto à sua idade, Georgiana sorriu.

— Então temos um acordo. Como eu disse, no início, as coisas podem parecer um tanto estranhas, mas seja paciente. Tudo dará certo no final.

Georgiana cantarolava enquanto ela e sua aia subiam na carruagem contratada e retornavam à Residência Carroway. Dare não saberia o que havia acontecido até que fosse tarde demais. Depois que tivesse terminado, ele jamais *pensaria* em mentir para jovens vulneráveis sobre seus sentimentos, ou em roubar suas meias enquanto dormiam. Depois disso, ele ficaria feliz em aceitar Amelia Johns como esposa, e nunca sequer pensaria em olhar para os lados.

— Então, Beacham, conte-me as novidades.

O advogado parecia inquieto sentado de frente para Tristan, mas Dare não considerou isso um mau sinal. Nunca vira Beacham *não* parecer nervoso.

— Fiz o que o senhor me solicitou, milorde — contou Beacham, folheando uma pilha de papéis até encontrar o que queria. — No último relatório, a cevada estava sendo vendida, nas Américas, por sete xelins a mais, a cada cem libras, do que aqui.

Tristan fez uns cálculos rápidos.

— Isso dá 140 xelins por tonelada, com os custos de envio a quanto, cem xelins por tonelada? Não acredito que valha o tempo e o esforço para um lucro total de 12 libras, Beacham.

O advogado fez uma careta.

— Esses não são os números exa...

— Beacham, vamos partir para outra.

— Ah. Sim, milorde. Para onde partiremos?

— Para a lã.

Beacham tirou os óculos, limpando-os com um lenço. Essas tiradas de óculos costumavam ser um bom sinal.

— Com exceção da lã de carneiro Cotswold, o mercado está bastante fraco.

— Eu crio carneiros Cotswold.

O advogado recolocou os óculos.

— Sim, eu sei, milorde.

— Todos sabemos. Providencie isso. Toda a produção de verão será enviada às Américas, teremos menos gastos.

O advogado não tirou os óculos dessa vez, e Tristan pensou que passara tempo demais fazendo apostas, buscando pelas fraquezas de seus oponentes e sinais traiçoeiros. Por outro lado, no último ano ganhara mais dinheiro para as propriedades com as apostas do que pelos meios convencionais.

— Prevejo um lucro de aproximadamente 132 libras.

— Aproximadamente.

— Sim, milorde.

Tristan soltou o ar dos pulmões, mas o prendeu novamente quando uma figura feminina de musseline amarelo e cor-de-rosa passou pela porta aberta do escritório.

— Ótimo. Vamos prosseguir, então.

— Ah, *ainda* é um risco, milorde, quando acrescentarmos o tempo e a distância à equação.

Com um sorrisinho, Tristan se levantou.

— Gosto de riscos. E sim, sei que não é o bastante para fazer qualquer diferença na minha situação. Mas vai parecer que estou ganhando dinheiro, o que é tão importante quanto.

O advogado concordou com a cabeça.

— Se puder ser sincero, milorde, gostaria que seu pai tivesse tido uma compreensão tão perspicaz sobre os rendimentos.

Ambos sabiam que o pai de Tristan gastara dinheiro onde deveria ter poupado e tinha sido avarento com itens pequenos e insignificantes, o que servira apenas para alarmar e desassossegar tanto os credores quanto seus colegas. O resultado fora um desastre completo.

— E sou grato por você ser o único advogado a serviço de Dare a não espalhar boatos. — Tristan se encaminhou para a porta. — É por isso que ainda trabalha para mim. Prepare a correspondência, por favor.

— Sim, milorde.

Tristan alcançou Georgiana na porta do salão de música.

— E aonde a senhorita foi esta manhã? — perguntou.

Ela deu um pulo, a culpa óbvia em seu belo rosto.

— Não é da sua conta, Dare. Vá embora.

— Esta é a minha casa. — A reação assustada o intrigou, e Tristan mudou o que ia dizer. — Tenho um coche e uma carruagem. Ambos estão à sua disposição. A senhorita não precisa contratar alguém de fora.

— Não me espione. Farei como bem entender. — Georgiana hesitou, como se quisesse entrar no salão de música, mas não quisesse que ele a seguisse. — Estou auxiliando suas tias como uma amiga. Não sou sua criada, e com quem falo, onde, quando e como vou a algum lugar cabe a mim decidir. Não ao senhor, milorde.

— Menos na minha casa — ponderou ele. — O que a senhorita quer no salão de música? Minhas tias não estão aí.

— Estamos, sim — ecoou a voz de Milly. — Comporte-se.

Para a surpresa de Tristan, Georgiana deu um passo em sua direção.

— Decepcionado, Dare? — sussurrou. — Tinha alguma expectativa de poder me atormentar mais um pouquinho?

Ele sabia como jogar esse jogo.

— Qualquer "expectativa" com relação à senhorita já foi satisfeita, no meu caso, não?

Tristan tocou em um dos cachos que emolduravam o rosto da moça.

— Então vou lhe dar outra expectativa — respondeu Georgiana, apertando o maxilar.

Ele mal teve tempo para reparar que ela estava segurando um leque antes que atingisse seus dedos.

— Maldição! Sua garota abusada — grunhiu, recolhendo a mão enquanto o marfim quebrado e o papel caíam no chão. — Não pode sair por aí batendo nos cavalheiros.

— Nunca bati em um cavalheiro — ralhou Georgiana, desaparecendo no salão de música.

Tristan desceu novamente a escada, recusando-se a massagear os dedos latejantes. Agora teria que encurtar seu almoço no White's para comprar outro maldito leque para ela. Deu um sorriso sombrio. Por mais vazio que seu bolso estivesse, comprar leques para Georgiana era um hábito que se recusava a abandonar. Nada a irritava mais do que os presentes dele.

Tristan olhou para o rebanho de jovens solteiras amontoadas em um canto do salão de baile de Ibbottson. As não tão jovens estavam mais perto da mesa de aperitivos, como se a proximidade da comida fosse torná-las mais atraentes para a alcateia de lobos machos. Ainda não vira Georgiana perto daquele mercado de carnes, a não ser que estivesse conversando com algum pobre infeliz que tivesse se juntado a elas.

O que jamais conseguiria imaginar, mesmo em seus sonhos mais loucos, era ver a filha de cachos dourados do marquês de Harkley relegada à seção de solteironas desesperançosas. A ideia de que ela talvez fosse forçada a estar ali por causa de suas atitudes seis anos atrás era ridícula. Georgiana era inteligente, bem-educada, perspicaz, alta e linda. Também era incrivelmente abastada, o que, por si só, bastava para atiçar a maioria dos pretendentes.

Ora, se soubesse, naquela época, da péssima situação em que seu pai deixaria as propriedades e o título de Dare, talvez tivesse levado — teria levado — mais a sério as afeições dela. Se Georgiana não tivesse descoberto a aposta idiota e se convencido de que aquele era o único motivo pelo qual a seduzira, talvez suas circunstâncias atuais fossem imensamente diversas.

— Aquela não é a sua Amelia? — perguntou tia Edwina atrás de Tristan.

— Ela não é *minha* nada. Por favor, deixemos isso claro.

Tudo de que não precisava era outro desentendimento entre ele e uma potencial esposa. Com seus infortúnios financeiros, ele mesmo estava prestes a se tornar um pretendente indesejável. Na verdade, estava mais pretenso a acabar ao lado da vasilha de ponche e dos doces do que Georgiana.

— Então você se definiu por outra? — Tia Edwina segurou lhe o braço e ficou na ponta dos pés. — Qual?

— Pelo amor de Deus, tia, nenhuma delas. Pare de bancar o cupido. — Edwina olhou para baixo e Tristan suspirou. — Provavelmente será a Amelia. Mas gostaria de ter a chance de avaliar toda a cesta de frutas antes de escolher o meu pêssego.

Ela riu.

— Você está começando a aceitar o casamento.

— Como a senhora pode saber?

— Mês passado, o casamento se resumia a farmácias e veneno. Agora, são cestas de frutas e pêssegos.

— Sim, mas pêssegos têm caroço.

Uma cadeira de rodas passou por cima dos dedos dele e parou.

— O que tem caroços, querido? — perguntou Milly.

Milly Carroway era uma mulher robusta, e seu peso, combinado com o da cadeira de rodas, foi suficiente para fazê-lo ver estrelas. A condutora da cadeira, Georgiana, sorriu para ele, os olhos brilhando de maldade. Mantendo o olhar fixo no dela, Tristan colocou a mão sobre a dela nas costas da cadeira e empurrou.

Georgiana se encolheu como se tivesse apanhado, mas a roda se moveu e Dare pôde respirar de novo. Tristan supunha que tê-la esmagando seus dedos dos pés era melhor do que ser atacado com leques, mas isso não levava em consideração tias pesadas e grandes cadeiras de rodas.

— Pêssegos — respondeu ele.

— E o que isso tem a ver com qualquer coisa?

— Tristan vai se casar com um pêssego — explicou Edwina. — E tem medo de caroços.

— Eu *não* tenho medo de caroços — retrucou ele. — É apenas uma questão de sabedoria.

— Então uma mulher é uma fruta? — intrometeu-se Georgiana. — O que isso faz do senhor, lorde Dare?

Ele ergueu uma sobrancelha.

— Mantenhamos essa questão retórica, sim? — sugeriu com sua fala arrastada.

— Que graça há nisso?

Georgiana estava bem-disposta. Em qualquer outra ocasião, ele teria se regozijado com a discussão, mas como estava decidido a passar a noite convencendo a si mesmo de que poderia tolerar o pêssego conhecido como Amelia Johns, não queria desperdiçar a energia necessária para fazer jus à sua algoz.

— Por que não continuamos com essa brincadeira mais tarde? — sugeriu, fazendo um carinho no ombro de tia Milly. — Com sua licença, senhoras.

Tristan seguiu na direção do rebanho de moças que aguardavam. Havia várias herdeiras entre elas, prontas e dispostas a trocar seus dotes por um título para a família. Amelia Johns parecia a menos ofensiva, embora todas compartilhassem de uma mediocridade pudica.

— Milorde.

Tristan parou abruptamente ao som da voz feminina atrás dele.

— Lady Georgiana — respondeu, virando-se.

— Eu, humm, me lembro, de vários anos atrás, que o senhor fazia algo muito bem — disse ela baixinho, um rubor tocando suas bochechas macias.

Georgiana não podia estar falando do que achava que estava.

— Como é? — perguntou ele, o que pareceu mais seguro do que pôr seus dedos em risco novamente.

— Dançar a valsa — respondeu, sua voz aguda e abrupta, corando ainda mais. — Lembro-me que o senhor dança a valsa muito bem.

Tristan inclinou a cabeça, tentando ler a expressão dela.

— Está sugerindo que a convide para dançar?

— Pelo bem de suas tias, acho que devemos ao menos fingir que somos amigos.

Aquilo era inesperado, mas, por ora, estava disposto a entrar no jogo.

— Correndo o risco de ser rejeitado, lady Georgiana, a senhorita dançaria esta valsa comigo?

— Sim, milorde.

Ao estender a mão, reparou que os dedos da mulher tremiam.

— Prefere esperar pela quadrilha? Pareceremos igualmente amistosos.

— É claro que não. Não tenho medo do senhor.

Com isso, Georgiana segurou os dedos dele e permitiu que Dare a guiasse até a pista de dança. Tristan hesitou ao virar-se para ela, segurando sua mão com mais firmeza e envolvendo com cautela a cintura fina com o braço. Ela tremeu novamente, mas colocou a mão livre em seu ombro.

— Se não tem medo — murmurou, iniciando a dança —, por que treme?

— Porque não gosto do senhor, lembra-se?

— A senhorita não me permitiu esquecer.

Por um instante, os olhos se encontraram, então Georgiana os abaixou novamente focando sua gravata. Do outro lado do salão, Tristan avistou o primo dela, o duque de Wycliffe, olhando para os dois com uma surpresa óbvia, mas ele não tinha resposta alguma a não ser dar de ombros.

— Acho que Wycliffe vai desmaiar — comentou, para ter algo a dizer.

— Eu disse que deveríamos dançar para garantir a suas tias que podemos nos entender — respondeu. — Isso não significa que o senhor precise conversar comigo.

Se não conversariam, ao menos ele estava gostando de dançar com ela. Georgiana era ágil e graciosa, e dançar com ela era tão prazeroso quanto seis anos antes. Aquele era parte do problema de tê-la em sua casa agora: jamais deixara de desejá-la totalmente. Ela era voraz, bem-disposta e intensa, e Tristan se sentia perversamente satisfeito por ter sido o primeiro a tê-la, mesmo com a eternidade de tortura que ela parecia decidida a lhe infligir por isso.

— Se vamos ser amistosos, permita-me recomendar que não aperte seus lábios com tanta força — murmurou Tristan.

— Não olhe para meus lábios — ordenou Georgie, fitando-o enraivecida.

— Devo olhar para seus olhos, então? Ou para seu nariz? Para seu belo colo?

Ela corou ao extremo, e então ergueu o queixo.

— Para minha orelha esquerda — determinou.

Tristan riu.

— Muito bem. É uma bela orelha, preciso admitir. E bastante parelha à direita. No geral, aceitável.

Os lábios femininos estremeceram, mas ele fingiu não perceber. Afinal de contas, estava olhando para a orelha dela. E, apesar de não estar olhando para o restante, podia senti-la. A saia azul-celeste roçava em suas pernas, os dedos apertavam e afrouxavam nos seus, e, quando a girava pelo salão, seus quadris se tocavam.

— Não me aperte tanto — murmurou Georgiana, os dedos apertando os dele novamente.

— Desculpe — disse Tristan, retomando a distância adequada entre eles. — Hábito antigo.

— Não dançamos a valsa há seis anos, milorde.

— A senhorita é difícil de esquecer.

O verde-esmeralda frio dos olhos dela voltaram a encará-lo.

— Isso é para ser um elogio?

Meu Deus, acabaria sendo assassinado.

— Não. Apenas uma constatação. Desde que... nos distanciamos, a senhorita quebrou dezessete leques em mim, e agora me deixou com dois dedos do pé esmagados. Isso é difícil de esquecer.

A valsa terminou e Georgiana se afastou rapidamente.

— Fomos amistosos o suficiente para uma noite — afirmou, fazendo uma reverência e distanciando-se.

Tristan observou o movimento dos quadris arredondados enquanto ela se afastava. Amistosa ou não, conseguiu fazê-lo se esquecer de que deveria ter dançado a primeira valsa da noite com Amelia. Agora aquela garota tola provavelmente o ignoraria pelo resto da noite.

Ele a observou até Georgiana sumir atrás dos outros casais de dançarinos. Apenas um dedo esmagado e uma valsa esta noite. E, se suas suspeitas estivessem corretas, o caos apenas começara.

Capítulo 4

*Nobre dama, os defeitos do homem são gravados no bronze,
mas as boas qualidades escrevemo-las na água.*
— *Henrique VIII*, Ato IV, Cena II

As amigas de Georgiana a abordaram assim que ela saiu da pista de dança.

— Então é verdade!

— Ouvi dizer que...

— Você realmente conseguiu, Georgie? Não consigo acreditar...

— Por favor — disse Georgiana. — Preciso de um pouco de ar.

Juntas, Lucinda e Evelyn praticamente a arrastaram até a janela mais próxima. Abrindo-a, Georgie inspirou fundo o ar fresco da noite.

— Melhor? — perguntou Evelyn.

— Quase. Dê-me um instante.

— Leve todos os instantes de que precisar. Também necessito de um tempinho, depois de vê-la dançando a valsa com Dare. Ele até *sorriu* para você, sabia?

— Eu também vi. Dare já está apaixonado por você?

— Fale baixo — reprimiu Georgiana, fechando a janela e sentando-se. — E não, é claro que não. Ainda estou montando a armadilha para capturar a atenção dele.

— Quase não acreditei quando Donna Bentley me contou que você havia se mudado para a Residência Carroway. Você disse que iria nos contar o que tinha planejado.

Georgiana percebeu a repreensão na voz de Lucinda, mas não havia muito o que pudesse fazer para remediar a situação.

— Eu sei, mas aconteceu mais rápido do que eu esperava — disse.
— Sem dúvida. Mas e os rumores?
— As tias dele são grandes amigas da duquesa — explicou Georgiana. — Estou ajudando a sra. Milly enquanto se recupera da crise de gota.
— Faz todo o sentido, quando colocado dessa forma — concordou Evie, parecendo aliviada. — E não ouvi nada de diferente.

Lucinda sentou-se ao lado da amiga.

— Georgie, você tem certeza de que quer seguir até o fim? Sei que fizemos aquelas listas, mas isso é bem real.

— E todos sabem que você odeia o lorde Dare.

E todos achavam que era apenas por causa de um beijo roubado para vencer uma aposta. Ninguém sabia da verdade: nem sua tia, nem as amigas, nem os nobres cavalheiros da alta sociedade — ninguém além de Tristan Carroway. E Georgiana pretendia manter assim.

— Não acha que esse é um motivo ainda maior para eu ensinar uma lição a ele? — perguntou.

— Suponho que sim, mas pode ser perigoso, Georgiana. Ele é um visconde, com várias propriedades grandes. E também tem certa reputação.

— E eu sou prima do duque de Wycliffe, e filha do marquês de Harkley.

Dare tivera a oportunidade de ferir sua reputação seis anos antes, mas não o fizera. A vingança dele depois que descobrisse seu atual plano, contudo, era algo totalmente diferente. Georgiana estremeceu. Se Dare tinha alguma noção do que era um jogo justo, nada aconteceria.

— Preciso admitir — disse Evelyn, segurando sua mão — que é, de certa forma, excitante. Saber do seu plano quando ninguém mais sabe.

— E ninguém mais *pode* saber, Evie — lembrou Lucinda, olhando por cima do ombro como se temesse que alguém as estivesse ouvindo naquele momento. — Se perceberem que se trata de um jogo, Georgiana pode ser arruinada.

— Eu jamais diria qualquer coisa — protestou Evelyn.

Georgiana apertou a mão dela.

— Não estou preocupada com isso. Vocês são minhas amigas mais queridas.

— É só que o subterfúgio é tão atípico para nós — continuou Evelyn.

Ela tinha razão quanto àquilo. Georgiana sorriu.

— Apenas não se esqueçam de que são as próximas a fazerem isso.

— Estou esperando para ver se você vai sobreviver — comentou Lucinda, com os olhos escuros sérios, a despeito do sorriso. — Tome cuidado, Georgie.

— Tomarei.

— Lady Georgiana.

O cavalheiro que se aproximou era o oposto completo de Dare, ainda bem. Não estava disposta a encarar outra batalha agora.

— Lorde Westbrook — cumprimentou, o alívio fazendo-a sorrir.

O marquês fez uma reverência.

— Boa noite. Senhorita Barrett, srta. Ruddick, meus cumprimentos às duas.

— Lorde Westbrook.

— Fiquei sabendo que a senhorita assumiu uma nova tarefa — comentou, retornando o calmo olhar castanho para Georgiana. — Os Carroway devem estar gratos por seu auxílio.

— A gratidão é mútua, lhe garanto.

— Estou sendo otimista demais em pensar que a senhorita teria um espaço vago em sua pauta de danças para mim?

Georgie fitou o belo marquês de cabelo castanho por um instante. Como Dare deveria se apaixonar por ela, precisava fingir estar, de certa forma, enamorada também, mas gostava de John Blair, o lorde Westbrook. Ele era mais cavalheiro do que a maioria de seus outros pretendentes — e muito mais do que o abusado visconde de Dare.

— Eu por acaso estou livre para a próxima quadrilha — respondeu ela.

Westbrook sorriu.

— Retornarei em alguns minutos, então. Minhas desculpas, senhoritas, por interromper sua conversa — falou ao se afastar.

— Já esse homem — observou Lucinda, olhando para lorde Westbrook até ele desaparecer na multidão — não precisa de lição alguma.

— Por que acham que ainda não se casou, então?

Lucinda olhou para Georgiana.

— Talvez esteja de olho em alguém em específico, e está apenas esperando que a dama se decida.

— Ora, que sandice — retrucou Georgiana, levantando-se para procurar por Milly e Edwina.

— Então por que está corando?

— Não estou. — Além de tudo, Westbrook não precisava de seu dinheiro. Então sem essa tentação, talvez a considerasse menos interessante se descobrisse sobre sua indiscrição com Dare. — Venham comigo para conversar com a sra. Milly e a sra. Edwina. Elas dizem que estão precisando muito de conversa feminina civilizada.

— Ah, nossa especialidade — disse Lucinda, pegando seu braço.

— Aonde estão indo?

Georgiana tentou não pular de susto enquanto acomodava Milly na cadeira de rodas na manhã seguinte. Alguns lacaios, que estavam de ambos os lados da senhora e ofegavam com o esforço, tinham carregado Milly e a cadeira de rodas escadaria abaixo até o térreo da casa. Georgie terminou de enfiar o cobertor por debaixo dos quadris e do pé machucado de sua amiga e então se endireitou para encarar o visconde.

— Vamos dar um passeio no parque — explicou, agradecendo aos criados com um aceno de cabeça e virando a cadeira na direção da porta. Edwina aceitou um xale preto e uma sombrinha de Dawkins e se preparou para sair junto. — E eu achava que já tivéssemos combinado que o senhor não me espiaria o tempo todo.

O olhar de Dare deslizou até seus pés e então retornou ao rosto; breve, porém minucioso, como se não conseguisse conter os instintos excessivamente masculinos o suficiente para manter-se olhando-a nos olhos.

— Aqui — disse Tristan após um instante, enfiando a mão no bolso do casaco e pegando uma caixa longa e fina. — Isto é para você.

Georgiana sabia o que era; ele lhe dava o mesmo "presente" havia seis anos.

— Tem certeza de que é prudente continuar me armando? — perguntou, tomando o cuidado de não tocar nos dedos dele enquanto pegava a caixa e a abria.

O leque era azul-claro, com um pombo desenhado no delicado papel de arroz. O fato de que o visconde sempre sabia do que ela gostava a incomodava.

— Ao menos dessa forma saberei o que posso esperar — respondeu Tristan, dando uma olhada para as tias e voltando a olhar Georgiana. — Por falar nisso, não acha melhor pegar o caleche?

— Queremos nos exercitar, e não os seus cavalos.

— Poderíamos nos exercitar juntos.

Georgiana ruborizou ao extremo. Com as tias dele presentes, não ousava dar a resposta que Dare merecia — e o maldito sabia.

— Nesse caso, pode ser que o senhor se machuque — foi o melhor que conseguiu dizer, fazendo cara feia enquanto abria e fechava o leque.

— Talvez eu esteja disposto a arriscar. — Tristan se apoiou na porta do salão matinal, os olhos azuis cheios de divertimento. — E a senhorita pode acabar se exercitando mais do que gostaria, de toda forma, empurrando essa engenhoca pelo Hyde Park.

— Agradeço sua preocupação — disse ela —, mas não se faz necessária.

Precisava tentar ser gentil, lembrou Georgiana.

O visconde se endireitou.

— Irei com vocês. O fato de que não é necessário me confere ainda mais créditos.

O irmão de oito anos de Dare, Edward, desceu as escadas correndo.

— Se vocês vão ao Hyde Park, eu também vou. Quero andar no meu novo cavalo.

Um músculo no maxilar de Dare se contraiu.

— Faremos isso mais tarde, Edward. Não posso lhe dar aulas de hipismo e empurrar a cadeira da tia Milly ao mesmo tempo.

— Eu posso ensiná-lo a montar — interrompeu Bradshaw do patamar da escada.

— Achei que tivesse se alistado na marinha, não na cavalaria.

— Só porque já sei tudo que há para se saber sobre cavalos.

Dare começava a parecer irritado, então Georgiana lhe deu um sorriso genuíno.

— Quanto mais gente, melhor, é o que sempre digo.

Georgie se afastou, empurrando-o para trás da cadeira de rodas.

Quando desceram os degraus da frente da casa e chegaram até a viela de entrada para se juntar a Edward, a seu cavalo e a Bradshaw, já compunham um grupo de oito pessoas, incluindo os cinco irmãos Carroway. Tristan olhou por cima do ombro para o irmão Andrew, que saltitava pela viela, com Robert seguindo logo atrás, mancando de leve.

— Bradshaw está ensinando Edward a montar — grunhiu, empurrando a tia para a rua de pedras —, mas o que é que vocês estão fazendo aqui? – perguntou aos irmãos.

— Sou o assistente de Bradshaw — respondeu Andrew alegremente, posicionando-se do outro lado de Edward.

— E você, Bit?

O irmão do meio dos Carroway manteve-se na retaguarda do grupo.

— Estou caminhando.

— Ah, isto é ótimo — disse Milly, unindo as mãos em uma palma. — Toda a família saindo para um passeio, exatamente como quando todos eram garotos travessos.

— Não sou travesso — afirmou Edward de cima de seu pônei cinza. — E nem o Príncipe George.

— Alguns discordariam de você, Edward — disse Tristan, sorrindo de leve —, mas tenho certeza de que o príncipe aprecia o gesto de leal...

— Príncipe George é o nome do meu cavalo, Tristan — esclareceu o mais jovem Carroway.

— Talvez seja melhor você reconsiderar. Quem sabe apenas George.

— Mas...

— Você poderia chamá-lo de Tristan — sugeriu Georgiana, tentando não rir da discussão. — Ele é castrado?

Bradshaw emitiu um ruído engasgado.

— Dare tem razão, Edward. Dar nomes de monarcas atuais ou futuros a animais não costuma ser algo bem-aceito.

— Mas então como o chamarei?

— Rei? — sugeriu Andrew.

— Demônio? — foi a proposta de Bradshaw.

— Temporal — contribuiu Georgiana. — Ele é cinza, afinal de contas, como uma nuvem de tempestade.

— Ah, sim. Parece um nome indiano, vindo das Colônias. Gosto de Temporal.

— É claro que gosta — resmungou Dare.

Com seu humor melhorando, Georgiana se abaixou para ajeitar o cobertor de Milly.

— Está confortável?

— Mais do que qualquer um de vocês — respondeu a senhora, rindo. — Céus, acho que vou até tirar um cochilo.

— Não, insisto que aprecie a natureza — falou Tristan, abaixando-se para dar um beijo no rosto da tia. — O sol e o ar fresco lhe farão bem. Dormir é para os fracos.

Georgie analisou o perfil do visconde por um bom tempo. Ele fazia aquilo sem pensar, beijar e provocar as velhas tias. Não esperava tal afeição por parte dele, nunca o achara qualquer outra coisa que não arrogante, cínico e egocêntrico. Não fazia sentido. Se tinha sentimentos e compaixão, jamais a teria usado de maneira tão vergonhosa. A ideia de que Dare tinha mudado, contudo, era ainda mais absurda do que acreditar que tinha um coração.

Eles deviam compor uma bela visão quando chegaram ao Hyde Park: três cavalheiros extremamente atraentes na companhia de dois jovens – um dos quais montado em um pônei – duas senhoras idosas e uma acompanhante feminina. Só o que faltava era um cachorro que atravessasse argolas pulando e um elefante e eles seriam um verdadeiro circo.

— Georgie, a senhorita tem um cavalo? — perguntou Edward.

— Tenho, sim.

— Como ele se chama?

— *Ela* — corrigiu Georgiana, sentindo que quanto mais mulheres naquele grupo, melhor — se chama...

— Sheba. Uma bela égua árabe preta — completou Dare.

— Ah, que incrível. Ela está em Londres?

Georgiana cruzou os braços e olhou para Dare.

— Pergunte a seu irmão. Ele parece estar me excluindo da conversa.

O visconde encaminhou a cadeira para a trilha de Rotten Row.

— Sim, Sheba está na cidade. Fica nos estábulos da Residência Brakenridge com os animais do duque de Wycliffe, embora talvez a senhorita devesse trazê-la para cá também, visto que está hospedada conosco.

— Sim — concordou Edward com entusiasmo, agitando-se na sela. — A senhorita pode passear com ela, e serei seu acompanhante.

— E quem será o *seu* acompanhante, rapazinho?

— Não preciso de um acompanhante. Monto tão bem que chega a doer.

Os olhos de Tristan reviraram.

— Seu traseiro é que vai doer, se continuar sacolejando em cima da montaria desse jeito.

— Aqui — ofereceu-se Bradshaw, aproximando-se —, deixe-me apertar esses estribos. E quando quiser montar, Georgiana, Edward e eu ficaremos felizes em acompanhá-la.

Ela percebeu a careta de Tristan, rapidamente contida.

— Sim, isso seria adorável — resmungou ele. — Homem, mulher e criança, todos cavalgando juntinhos, como percevejos. Isso não gerará rumores, é claro.

— Ora, é só prender minha cadeira em um dos cavalos — sugeriu Milly, rindo. — Eu garantirei alguma respeitabilidade.

Georgiana não pôde evitar uma risada ao imaginar a cena.

— Fico grata por sua disposição em se sacrificar em nome dos bons costumes, Milly, mas estou aqui para ajudá-la, não para colocar sua vida em risco.

A despeito da risada geral, Georgiana ficou surpresa com a preocupação de Dare com sua reputação. Contudo, muito provavelmente ele não queria que sua família se envolvesse com ela mais do que o necessário. Bem, não estava atrás da família dele; mesmo *gostando* deles, seu negócio era diretamente com o visconde.

No caminho de volta do Hyde Park, Tristan viu Georgiana enganchar o braço no de tia Edwina, conversando, rindo e sorrindo com a família. Nos últimos anos, ela sempre parecia determinada a não se divertir, ao menos na presença dele. Naquele dia, radiava calor e bom humor.

Tristan não conseguia entender. Na noite anterior, uma valsa. E hoje, quando achava que conseguiria encurralá-la para que revelasse alguma coisa do real propósito, toda a família havia se convidado para ir junto e arruinara seus planos.

Se Georgiana estivesse apenas procurando uma maneira de se ocupar, a alta sociedade tinha várias outras senhoras idosas que precisavam de acompanhantes voluntárias. Ela não podia se sentir confortável ou feliz debaixo do teto dele; Georgiana vinha de uma das famílias mais ricas da Inglaterra, afinal de contas, enquanto a sua família ainda conseguia se manter respeitável, mas os banquetes suntuosos e os saraus extravagantes se extinguiram com a morte de seu pai.

Tristan decidiu tentar a sorte.

— Quase esqueci. O marquês de St. Aubyn me ofereceu o camarote na ópera esta noite. Tenho quatro lugares, se alguém quiser ir. Acredito que *A flauta mágica* seja a peça.

Andrew bufou.

— Posso entender por que Saint se rendeu, mas *você* indo à ópera? Voluntariamente?

— Perdeu uma aposta, ou algo assim? — perguntou Bradshaw.

Maldito Bradshaw, mencionando apostas na frente de Georgiana.

— Levantem as mãos os que quiserem ir, por favor.

Como ele esperava, Bradshaw e Andrew ergueram as mãos, seguidos por Edwina e Milly. Georgiana não ergueu, embora gostasse de ópera. Mas ela não era a única que podia jogar esse joguinho de blefes.

— Muito bem, os quatro irão. Apenas não se comportem demais, ou arruinarão minha reputação.

— O senhor não vai? — perguntou Georgiana, a compreensão começando a clarear em seus olhos.

Tristan ergueu uma sobrancelha, regozijando-se na ideia de que triunfara dessa vez.

— Eu? Na ópera?

— Mas Milly precisará de assis...

— Andrew e eu daremos conta — afirmou Bradshaw amigavelmente.

— Podemos amarrar a cadeira dela no coche.

— Ah, céus! — Milly riu novamente quando chegaram ao início da viela de entrada. — Vocês, meninos, serão a minha morte.

A despeito dos protestos de Milly, as bochechas dela estavam rosadas e os olhos cor de mel, límpidos. Era o melhor estado nas últimas semanas, e Tristan não pôde evitar um sorriso enquanto ele e Bradshaw a erguiam da cadeira no início da escada e a carregavam até o salão matinal, com Andrew e um lacaio os seguindo com a cadeira. Aquela engenhoca fora uma ótima ideia e, ao menos por esse motivo, ficava feliz por Georgiana ter ido visitá-los.

Todas as mulheres se recolheram na sala de estar, e Tristan atravessou o corredor até o escritório. Odiava fazer contas, mas, na situação precária em que se encontravam, precisava se envolver em todos os aspectos financeiros. Comprar o pônei de Edward e reembolsar Georgiana pela cadeira de rodas representava a quantia total de seus fundos emergenciais para o mês inteiro — e ainda estavam no início do mês. A venda de lã ajudaria, mas não podia esperar ver a cor desse dinheiro antes do próximo trimestre, na melhor das hipóteses.

Fora idiota em oferecer o estábulo para a égua de Georgiana. Já estava bancando o novo pônei de Edward, além dos quatro cavalos do caleche e da carruagem, e de sua montaria e as de seus irmãos. Um exuberante cavalo árabe comeria o dobro do que o pequeno Temporal.

— Que maravilha — murmurou, anotando o gasto estimado.

Foi por isso que deu ouvidos às tias quando sugeriram que ele procurasse por uma herdeira rica que estivesse atrás de um título. Era por isso que estava cortejando Amelia Johns, a despeito de seu desejo desesperado de fugir na direção oposta.

Tristan fez uma careta ao se afastar da mesa. Mal falara com Amelia nos últimos dias e, na última vez que o fizera, era para informá-la de que não iria, sob circunstância alguma, comparecer ao seu maldito recital de canto. Precisava ser mais atento, antes que algum conde abastado a abocanhasse e ele tivesse que recomeçar o cortejo com alguma outra moçoila, ainda mais empertigada.

Dawkins bateu de leve à porta.

— Correspondência, milorde — anunciou, estendendo uma bandeja de prata carregada de cartas.

— Obrigado.

Depois que o mordomo saiu, Tristan analisou a grande pilha de papéis. Além da enxurrada usual de cartas dos colegas de escola de Andrew, o gestor das propriedades de Dare Park enviara o relatório semanal, assim como Tomlin, em Drewsbyrne Abbey. Apenas duas contas, ambas as quais já esperava, graças a Deus, e uma carta perfumada para Georgiana.

Perfumada, não; decidiu ao cheirá-la novamente, com mais atenção. Impregnada de colônia masculina. Que tipo de janota perfumaria a própria correspondência? Ele a virou, o cheiro forte fazendo-o espirrar, mas o correspondente omitira seu endereço.

Não ficou surpreso com o fato de os conhecidos de Georgiana saberem que deviam enviar suas correspondências para a Residência Carroway. Após apenas uma noite, toda a sociedade devia saber quantas peças de roupa ela trouxera e o que comera no café da manhã. Mas não esperava ter de entregar a ela cartas de seus admiradores.

— Dawkins! — O mordomo, que esperava ser chamado, enfiou a cabeça novamente pela porta. — Informe Andrew e lady Georgiana que eles têm correspondência, por favor.

— É claro, milorde.

Andrew apareceu galopante primeiro, então sumiu com sua pilha de cartas. Vários minutos se passaram antes de Georgiana aparecer. E quando entrou no escritório, Tristan ergueu os olhos das contas nas quais não estava conseguindo se concentrar enquanto tentava imaginar quem é que enviara uma carta a ela.

Se havia uma coisa que Tristan não queria era parecer interessado, então empurrou o papel fedorento com o lápis e voltou a rabiscar números. Quando Georgiana estava saindo do escritório, no entanto, ele ergueu os olhos.

— De quem é? — perguntou, tentando parecer não se importar se era uma carta do irmão dela ou do presidente das Américas.

— Não sei — respondeu Georgie, sorrindo.

— Então abra.

— Abrirei.

Com isso, ela saiu.

— Maldição — grunhiu Tristan, apagando o desenho da galinha que fizera em seu livro-razão.

Do lado de fora do escritório, Georgiana conteve o riso enquanto enfiava a fedorenta carta no bolso. Enviar cartas para si mesma era tão... juvenil — mas, nesse caso, funcionara.

Capítulo 5

Vai; entra para o convento! — *Hamlet*, Ato III, Cena I

Quando a família terminou de jantar e o quarteto partiu para a ópera, Georgiana estava pronta para reconsiderar suas obrigações para com as Carroway. Não tinha compromisso algum naquela noite, visto que os afazeres perante Milly e Edwina deveriam prevalecer sobre saraus e bailes.

E agora que fora abandonada pelas tias, tinha uma noite inteira de nada para fazer além de estar sozinha em uma casa enorme com Tristan Carroway.

Ele era um homem arrogante e impossível; e a pior parte era que ainda conseguia entender como Amelia Johns poderia estar apaixonada por ele. Se esquecesse por um minuto como Dare fora terrível, até conseguia se imaginar com ele outra vez, em seus braços, com as mãos espertas e a boca ousada...

— Georgie — chamou o jovem Edward, galopando biblioteca adentro, onde se refugiara —, a senhorita sabe brincar de Vinte e Um?

— Minha nossa. Não jogo há anos.

— Não interrompa lady Georgiana — disse a voz arrastada de Dare, vinda da porta. — Ela está lendo.

— Mas precisamos de quatro jogadores!

Ela forçou um sorriso, mas pôde sentir o rubor subindo pelas bochechas.

— Mas você e eu somos apenas dois.

— Não. Bit, Tristan e eu somos três. Precisamos de você.

— Sim, precisamos — repetiu Tristan.

Georgie tentou ler a expressão do visconde para ver se havia algum sinal que não fosse de inocência para poder retaliar, mas não sabia dizer o que ele estaria pensando por trás daqueles olhos azuis-claros.

Se recusasse o convite de Edward, pareceria covarde e esnobe, ou pior: Dare a chamaria de uma ou das duas coisas, visto que não tinha tendência alguma a ser um perfeito cavalheiro. Um dos dois precisaria dar o braço a torcer... antes ela do que ele.

— Está bem — consentiu Georgiana, fechando o livro e levantando-se. — Eu adoraria jogar.

Ela acabou na sala de visitas, sentada entre Edward e Robert, o que significava que precisaria encarar o olhar de Dare a noite toda.

Enquanto Edward dava as cartas, ela se virou para Robert, em sua maior parte para evitar olhar para Tristan. Sabia pouco sobre o irmão do meio, apenas que, anos antes, era muito falante e engraçado. Todos tinham conhecimento de que ele quase fora morto na guerra, e ela o vira em público em raras ocasiões desde o retorno. Com exceção de um leve coaxar, Robert parecia tão perfeito quanto sempre fora.

— Como conseguiu ser convencido a isso? — perguntou ela com um sorriso.

— Sorte.

— Desculpe por perguntar — continuou, a despeito da resposta nada comunicativa —, mas como conseguiu seu apelido? Bit, não é?

— *Eu* dei esse apelido a ele — contou Edward, largando o restante do baralho e examinando as próprias cartas. — Quando eu era um bebê, era assim que falava o nome dele.

O jovem Edward devia achar que ela e os irmãos eram anciões.

— Você tem apelidos para os seus outros irmãos?

O caçula piscou os olhos cinza, concentrando-se.

— Bem, Tristan é Dare e, às vezes, Tris; e Bradshaw é Shaw; e às vezes chamamos o Andrew de Drew, mas ele não gosta muito.

— Por que não?

— Diz que parece nome de menina, e aí Shaw o chama de Drusilla.

Georgiana tentou não rir.

— Entendo.

— Todos me chamam de Nanico.

— Isso é horrível!

Georgiana olhou raivosa para Tristan. Aquilo era típico dele, usar um apelido pejorativo para um membro da própria família.

— Mas sou nanico! Eu gosto!

Edward endireitou-se rapidamente, sentando-se sobre as pernas dobradas para ganhar mais altura perto dos irmãos altos.

— Ele gosta — repetiu Tristan com sua fala arrastada, pegando outra carta da pilha no centro da mesa e colocando diante dela.

— Não consigo imaginar por quê — resmungou Georgie.

— Vinte e um — disse Bit, mostrando as cartas a todos.

Tristan fez uma careta para o irmão, seus olhos azuis revirando.

— Nunca confie nos mais quietinhos.

Ali estava novamente: aquele olhar afetuoso que ele lançava aos membros da família de tempos em tempos. Georgiana pigarreou, surpresa por perceber que a intimidade e a tranquilidade entre os irmãos a faziam se sentir constrangida — e irritada com Dare por parecer ter aquelas boas qualidades.

De uma maneira estranha, aquilo o tornava mais... atraente. Era ela quem estava seduzindo, Georgiana lembrou a si mesma. Não estava ali para ser seduzida.

— Fico surpresa por o senhor não estar em um de seus clubes esta noite, milorde. Certamente sua habilidade com as cartas poderia ser mais bem utilizada.

Tristan deu de ombros.

— Isso é mais divertido.

Aparentemente, jogar cartas com um menino de 8 anos e um rapaz quase mudo também era mais divertido que ir à ópera, ou aos Jardins de Vauxhall, ou visitar uma de suas amantes, ou qualquer que fosse a maneira como Dare costumava passar as noites. No entanto, se ele estava tentando impressioná-la com a domesticidade, era um esforço em vão. Nada que fizesse, pelo resto da vida, a impressionaria, porque Georgiana sabia exatamente que tipo de homem Tristan era.

— Então a senhorita um dia contará quem lhe enviou aquela carta esta tarde? — perguntou o visconde depois que estavam jogando havia mais de uma hora.

— Não estava assinada — respondeu, reunindo o baralho para dar as cartas.

— Um mistério, então — disse Tristan, inclinando-se para a frente para pegar o copo de conhaque. — Algum suspeito?

— Tenho... Tenho minhas suspeitas — disse Georgiana enquanto dava duas cartas para cada um, viradas para cima.

Pelo amor de Deus, só queria plantar a ideia de que talvez tivesse alguns pretendentes dispostos a encarar a fortaleza masculina da Residência Carroway, não esperava provocar a Inquisição Espanhola.

— Quem?

Tristan apoiou o queixo na mão, olhando-a, enquanto Robert pegava mais uma carta.

O primeiro instinto de Georgiana foi lembrá-lo de que aquilo não era da conta dele. O propósito daquela missão, contudo, era fazê-lo se apaixonar. Sendo esse o caso, precisava parar de insultá-lo a cada instante.

— Eu não gostaria de levantar falsas suspeitas — falou por fim, tentando não soar maliciosa. — Preservarei minha resposta, portanto, até que novas evidências surjam.

— "Novas evidências" — repetiu Tristan. — Quer dizer o rapaz em si? Por favor, peça-o para nos visitar.

Georgiana fez uma careta.

— Ele não *o* visitaria, pelo amor de...

— Vinte e um! — gritou Edward, pulando. — Vocês dois nunca vão ganhar se continuarem flertando a noite toda.

Robert emitiu um ruído engasgado.

— Bem — disse ela em uma voz extremamente aguda, sentindo-se ainda menos eloquente que Bit —, você me deixou sem esperanças de ganhar, Edward. Acho que vou me recolher, cavalheiros.

Os homens se levantaram quando Georgiana se levantou, Tristan acenou com a cabeça rigidamente enquanto ela saía de forma digna — ou assim esperava. Quando chegou ao corredor, juntou a saia com os punhos e correu escadaria acima.

— Georgiana!

A voz grave de Tristan a deteve no patamar.

— Ora, ora. — Ela se virou, decidida a levar o comentário de Edward na brincadeira. — Aquilo foi uma surpresa, não foi?

— Ele tem apenas 8 anos — disse Dare secamente enquanto subia a escada. — E, se continuar desse jeito, não chegará aos 9. Não deixe que uma criança a aborreça.

— Eu... Eu... — pigarreou. — Como eu disse, fiquei apenas surpresa. Não estou chateada. Mesmo.

— A senhorita não está chateada — repetiu ele, fitando-a ceticamente.

— Não.

— Ótimo. — Fazendo uma careta, Tristan passou os dedos pelo cabelo escuro, um gesto que ela um dia achara muito atraente. — Porque não é verdade. Quero que a senhorita saiba disso.

Com o tom sério, Georgiana se apoiou no corrimão.

— O que o senhor gostaria que eu soubesse, milorde?

— Que não estou flertando. Estou pensando em me casar, para falar a verdade.

Ahá!

— Está? Quem é ela? Enviarei minhas felicitações.

— Não faça isso — disse Tristan, rápido demais, a expressão se transformando em uma careta.

Georgiana conteve um sorriso.

— Por que não?

— Eu ainda... não... a pedi em casamento.

— Ah. Bem, fico feliz por termos esclarecido tudo, de qualquer forma. Boa noite, milorde.

Enquanto continuava a subir a escada, Georgiana podia sentir o olhar dele em suas costas. Pobre Amelia Johns. Um coração partido faria muito bem a Tristan Carroway, nem que fosse somente para ensiná-lo a não brincar com os sonhos e os corações das outras pessoas.

Quando chegou ao quarto, Georgiana escreveu outra carta para mandar a Lucinda e anexou uma segunda, com uma letra mais bruta e escrita com outra caneta, endereçada a ela mesma. Esperava que Lucinda fosse mais contida com a colônia. O aroma da primeira missiva ainda pairava no ar, e podia jurar que, quando jogara a carta na lareira, as chamas haviam ficado azuis.

Georgiana se levantou cedo. Para a sorte de sua missão, tanto Milly quanto Edwina tendiam a dormir até mais tarde. Depois de uma noite na ópera, ela não as veria antes do meio-dia. Após chamar Mary e colocar seu vestido de montaria, desceu a escada apressadamente. O cavalariço de seu primo a esperava do lado de fora, com Sheba já selada e pronta ao seu lado.

— Bom dia, John — cumprimentou, sorrindo, enquanto ele a ajudava a montar.

— Bom dia, lady Georgiana — respondeu o jovem, remontando em seu capão cinza. — Acho que Sheba está pronta para uma boa cavalgada esta manhã.

— Fico feliz em saber, porque Charlemagne também se sente assim. — Dare, montado em seu esplêndido e esguio baio, apareceu de trás da casa e parou ao lado. — E eu, também. Bom dia, John.

— Lorde Dare.

A despeito da irritação, Georgiana precisava admitir que Dare estava muito atraente. Ela praticamente conseguia ver o próprio reflexo nas botas pretas dele, e com sua pele morena e os olhos azuis-claros, o casaco ferrugem lhe conferia uma grandiosidade quase medieval. As calças pretas não tinham um único amassado, e o visconde montava Charlemagne como se tivesse nascido no dorso de um cavalo. Havia rumores de que fora concebido ali mesmo.

— Levantou-se cedo esta manhã. – Maldição, Georgiana queria um pouco de ar fresco para arejar a cabeça. Dare e uma cabeça arejada eram incompatíveis.

— Não conseguia dormir, então desisti. Vamos? Regent's Park, quem sabe?

— John me escoltará. Não preciso da sua assistência.

— John me escoltará também. Não queremos que eu caia da sela e quebre meu pescoço, não é mesmo?

Georgie ardia para dar uma resposta curta e grossa, mas, quanto mais tempo perdessem discutindo, menos tempo duraria a cavalgada.

— Ah, está bem. Se o senhor insiste em nos acompanhar, vamos.

Fazendo uma grande reverência de cima do cavalo, Tristan emitiu um ruído estalado para Charlemagne.

— Como eu poderia recusar um convite desses?

Partiram na direção de Regent's Park, lado a lado, e John a alguns metros atrás. *Flerte*, lembrou ela. *Diga algo agradável*. Infelizmente, nada vinha à mente.

— Bradshaw pretende seguir com sua carreira na marinha? — perguntou finalmente.

— Ele diz que sim, mas já está ansiando por se tornar capitão do próprio navio. Se isso não acontecer logo, todos supomos que vá se tornar um pirata e roubar uma embarcação.

Dare falou aquilo em um tom tão natural que Georgiana soltou uma risada antes que conseguisse se conter.

— O senhor já o informou dessa teoria?

— Edward já o fez. O Nanico quer ser primeiro-marinheiro.

— E Robert voltará para o exército?

O rosto fino e magro ficou sombrio por um momento.

— Não. Não permitirei.

Aquele tom nada característico e a escolha de palavras a deixaram sem fala. Conciliar os dois lados de Tristan Carroway estava se tornando confuso: ele parecia tão zeloso com relação aos irmãos e às velhas tias, mas, quando se tratava de mulheres como Amelia, comportava-se como um libertino sem coração.

Qual dos dois era o verdadeiro lorde Dare? E por que ela estava fazendo aquela pergunta, quando sabia a resposta? Ele partira seu coração e arruinara suas esperanças para o futuro. E nunca pedira desculpas por isso.

Tristan se deu conta que era um idiota. Eles estavam tendo uma conversa agradável, até a fizera *rir*, ora essa, e então soltara aquela resposta sobre Bit antes de conseguir fechar a boca.

Qualquer que fosse o plano de Georgiana, parecia envolver ser gentil com ele, e Tristan não tinha objeção alguma a isso. Mas sabia muito bem que ela o odiava, e não conseguia pensar em nenhuma razão para ter mudado de ideia sobre aquilo.

Esse jogo seria mais fácil de decifrar se não permitisse que seu desejo enevoasse todos os pensamentos e as conversas. Seis anos não haviam apagado a sensação da pele nem o gosto da boca de Georgiana de seus sentidos, e ele percebera, havia muito tempo, que nem a passagem dos anos, nem uma legião interminável de amantes, seria capaz de apagar. Aquilo era tremendamente frustrante, e tê-la dormindo sob o mesmo teto estava piorando as coisas.

— Tia Milly melhorou desde que você chegou — comentou, tentando mudar de assunto antes que seu cérebro já superaquecido o fizesse dizer algo de que se arrependeria.

— Fico feliz em ou...

— Georgiana! Ei, lady Georgie!

Tristan olhou para a rua. Lorde Luxley, aquele maldito rostinho bonito cheio de si, galopou na direção deles, derrubando um carrinho de laranjas em sua pressa em alcançá-los. Se fora aquele idiota quem mandara a carta que deixou Georgiana tão convencida, Tristan iria comer o seu chapéu. O barão sofria de uma carência lamentável de inteligência.

Ele viu o olhar de Georgiana migrar das laranjas que rolavam pela rua para o rosto de Luxley.

— Bom dia, milorde — cumprimentou ela com o tom de voz gélido que costumava reservar para Tristan.

— Lady Georgiana, a senhorita parece um anjo. Fico imensamente feliz por encontrá-la esta manhã. Tenho — ele começou a remexer em seus vários bolsos — algo para lhe entregar.

Sem mudar de expressão, Georgiana ergueu a mão, comandando-o a parar.

— Acho que o senhor também tem algo a dar àquela vendedora de rua.

— Hum? O quê?

Enquanto Tristan continuava a observá-la, intrigado, ela apontou para a velha parada ao lado do carrinho virado, chorando enquanto o tráfego matinal intenso de carruagens e coches esmagava sua colheita, transformando-a em bagaço na Park Road.

— Ali. Lorde Dare, quanto está custando uma laranja hoje em dia?

— Dois pences cada, acredito — respondeu Tristan, triplicando o preço.

Georgiana olhou irritada para ele, ciente do exagero, então voltou sua atenção novamente para o barão.

— Acho que o senhor precisar dar àquela senhora pelo menos dois xelins, lorde Luxley.

Finalmente, Luxley olhou para sua vítima.

— A mulher das laranjas? — O lábio se contorceu de desgosto. — Acho que não. Ela não devia ter deixado o carrinho no meio da rua daquele jeito.

— Muito bem, então. Não há nada do senhor que eu queira receber — respondeu Georgiana friamente.

Colocando a mão no bolso, ela tirou uma moeda de ouro no valor de uma libra esterlina. Comandando Sheba a andar, Georgiana passou pelo perplexo e enrubescido barão e se abaixou para entregar o dinheiro à mulher.

— Ah, que Deus a abençoe, milady — agradeceu, entre lágrimas, a senhora, segurando a mão encoberta pela luva de Georgiana e pressionando-a contra o rosto. — Que Deus a abençoe, que Deus a abençoe.

— Lady Georgiana, preciso protestar! — explodiu Luxley. — A senhorita deu dinheiro demais. Não vai querer mimar uma...

— Acho que lady Georgiana fez exatamente o que queria fazer — interrompeu Tristan, posicionando Charlemagne entre ela e o barão. — Tenha um bom dia, Luxley.

Eles voltaram a se locomover, deixando o barão boquiaberto para trás. Após um momento de silêncio, Georgiana lançou a Dare um olhar por debaixo da aba de seu *bonnet* azul.

— Provavelmente foi bom você tê-lo interrompido naquele momento, Tristan, ou eu precisaria esmurrá-lo.

— Estava apenas pensando nas lesões que sofreria se tivesse que separar uma briga entre vocês dois. E no estrago que a senhorita causaria no pobre Luxley, é claro.

O sorriso que ela deu se refletiu em seus olhos.

— É claro.

Minha nossa, Georgiana o havia presenteado com dois sorrisos em uma só manhã. E o chamara pelo seu nome de batismo pela primeira vez em seis anos. Ainda bem que ele saíra para combinar um piquenique com Amelia, ou teria perdido a chance de passar essa manhã com Georgie.

Tristan se perguntou o que ela pensaria se soubesse que guardara, por todos esses anos, a meia da aposta em uma caixa de mogno na primeira gaveta de sua cômoda. Pelo que a sociedade sabia, ele vencera a primeira parte da aposta ao conseguir um beijo, e fracassara tremendamente na segunda parte. Seu silêncio podia ter resguardado a reputação de Georgiana, mas não salvara o que florescera entre os dois.

Tristan se sacudiu.

— Vamos?

Ele bateu o joelho em Charlemagne.

Rindo, Georgiana disparou com Shelba como uma bala.

— Até as árvores! — gritou ela, o vento removendo o *bonnet* de cima de seus cachos dourados.

— Meu pai do céu — murmurou Tristan, pasmo com aquela visão.

Seu grande baio era mais forte e mais rápido que Sheba, mas até mesmo Charlemagne percebeu que estavam ali apenas pela disputa, não pela vitória.

Se Georgiana estava fazendo algum tipo de jogo, era um extremamente interessante.

Ela chegou primeiro às árvores. Rindo em triunfo, o encarou quando Tristan se aproximou.

— Meu caro lorde Dare, acho que o senhor me deixou vencer.

— Não sei ao certo como responder a isso — disse ele, acariciando o pescoço de Charlemagne —, então apenas direi que a senhorita e Sheba cavalgam como se tivessem sido feitas uma para a outra.

Georgiana ergueu a sobrancelha fina.

— Um elogio, então. Estou quase tendendo a ficar impressionada com as suas maneiras. Na próxima vez que disputarmos uma corrida, contudo, esforce-se mais.

Tristan sorriu.

— Então receio que esta seja sua última vitória.

— Eu apostaria meu dinheiro em lady Georgiana sem pestanejar — disse uma voz vinda das árvores, e o marquês de Westbrook apareceu na trilha, por debaixo dos galhos, enquanto se aproximava em seu capão cinza.

O sorriso dela vacilou.

— Não participo de apostas, milorde — disse Georgie, com um leve tremor na voz.

Westbook nem sequer piscou.

— Então apostarei apenas minha confiança na senhorita.

Tristan estreitou os olhos com aquela resposta bajuladora. O marquês devia saber da aposta que envolvia ele e Georgiana — todos sabiam. Então cometera aquele "deslize" deliberadamente.

— Obrigada, lorde Westbrook.

— John, por favor.

Os lábios de Georgiana se curvaram para cima.

— Obrigada, John — emendou.

Os dois pareciam ter esquecido que Tristan estava ali. Ele afrouxou as rédeas com os dedos e moveu o pé direito. Charlemagne deu um passo para a direita, atrapalhando o cavalo de Westbrook.

— Perdoe-me — falou Tristan quando o cavalo cambaleou.

— Controle seu animal, Dare — disse o marquês em um tom irritado, fazendo a volta com seu cavalo.

— Acho que Charlemagne não gostou de ouvi-lo dizer que a minha Sheba poderia derrotá-lo — comentou Georgiana.

Quando ela o olhou, Tristan não teve dúvidas de que Georgiana sabia o que ele acabara de fazer. No entanto, não o denunciara.

— Charlemagne não gosta de elogios deliberados — respondeu Tristan, virando-se para olhar para Westbrook.

— Sua montaria deveria ser relembrada de que é apenas um cavalo. Animais devem conhecer seu lugar.

Ah, então é guerra, pensou Tristan, o sangue esquentando com aquele insulto.

— Charlemagne conhece seu lugar, como lady Georgiana apontou. É o mais alto do pódio, pelo que me consta.

— E *eu* acho que lady Georgiana estava apenas sendo gentil. Ela certamente reconhece a qualidade inferior do animal em questão.

— Se não se importar, lorde Westbrook — disse Georgie —, prefiro tirar minhas conclusões sozinha.

Pobre criatura, já retornando de "John" para "lorde Westbrook". Tristan teria corrido atrás da vitória, mas não queria que Georgiana também ficasse zangada com ele. Quando o marquês o olhou enraivecido, apenas sorriu. Assim que Georgiana olhou na direção de Westbrook, Tristan mudou de expressão.

— Minhas desculpas, lady Georgiana — disse o marquês. — Não era minha intenção ofendê-la.

— É claro que não. Lorde Dare costuma ter um efeito adverso nas pessoas.

— É verdade — concordou Tristan. Aquela descrição era a mais polida que a ouvira dar.

Ela o fitou novamente, então voltou sua atenção mais uma vez para Westbrook.

— Se me der licença, milorde, preciso retornar à Residência Carroway. As tias de lorde Dare estarão em pé em breve.

— Então eu me despeço. Tenha um bom dia, milady. Dare.

— Westbrook.

Assim que o marquês desapareceu de vista, Georgie virou Sheba na direção da borda do parque.

— Para que aquilo? — perguntou, olhando para a trilha.

— Sou malévolo.

Os lábios dela se contorceram.

— Obviamente.

Capítulo 6

Os santos e os devotos não têm boca?
— *Romeu e Julieta*, Ato I, Cena V

— Ninguém morreu ainda? Estou pasmo.

O duque de Wycliffe estava parado ao lado de um conjunto decorativo de vasos de palmeiras.

Tristan olhou para a esposa *mignon* de Wycliffe, que dançava uma música folclórica com o filho do conde de Resdin, Thomas.

— Emma parece bem — disse. — Suponho que ela e sua mãe tenham feito as pazes?

— Fizeram no momento em que minha mãe percebeu que eu pretendia me casar — falou o duque com a fala arrastada e grave. — Não mude de assunto. Que diabos Georgiana está fazendo na Residência Carroway?

— Ela se voluntariou para ajudar tia Milly. E fico grato por isso, fez uma diferença enorme.

— Você é grato. A Georgie. Minha prima. A mesma mulher que quase o perfurou com uma sombrinha alguns verões atrás.

Tristan deu de ombros.

— Como você disse, Grey, ninguém morreu ainda. Não houve nenhuma mutilação ou amputação, também.

Com exceção do estrago lamentável de seus dedos das mãos e dos pés, a estadia de Georgiana em sua casa estava sendo surpreendentemente livre de lesões.

O duque se endireitou, olhando por cima do ombro de Tristan.

— Não olhe agora, mas ela está se aproximando. Que as mutilações comecem.

A tensão familiar que acompanhava a presença de Georgiana se espalhou pelo corpo de Tristan. Ela o mantinha na linha, por assim dizer. E agora era duplamente complicado, visto que não queria começar uma briga, se Georgie estava propondo uma trégua.

— Grey — cumprimentou ela, ficando na ponta dos pés para dar um beijo no rosto do primo —, vocês dois não estão fofocando, estão?

— Para falar a verdade — disse Tristan antes que Grey pudesse lembrar Georgiana de seu antagonismo mútuo —, estávamos admirando o corte do casaco de lorde Thomas. Quase parece que ele tem ombros e um pescoço esta noite.

Ela seguiu-lhes o olhar.

— Pobrezinho. Não tem culpa se é uma imagem espelhada do pai.

— Resdin deveria ter consciência e não se reproduzir — comentou Grey. — Se me derem licença, vou resgatar Emma.

Georgiana suspirou quando o primo se encaminhou na direção dos dançarinos.

— Meu primo parece feliz, não parece?

— O casamento combina com Grey. Achei que a senhorita estivesse conversando com suas amigas.

— Tentando se livrar de mim? Isso o deixaria aqui sozinho, milorde. Como eu poderia lhe fazer tal desfeita?

Tristan congelou por um segundo. Lady Georgiana Halley estava flertando. Com ele, dentre todas as pessoas.

— Então talvez a senhorita queira dançar novamente? — perguntou, preparando-se para a recusa desagradável, ou para que um raio atingisse e matasse um deles.

— Adoraria.

Ele analisou a expressão feminina enquanto pegava-a pela mão para levá-la à pista de dança, mas não percebeu nada que indicasse que talvez Georgiana pretendesse machucá-lo fisicamente. O violeta-claro de seu vestido escurecia os olhos verdes-claros para um tom esmeralda maravilhoso, e, se Deus tivesse alguma compaixão, a próxima dança seria uma valsa.

A orquestra começou a tocar uma quadrilha. Aparentemente, Deus tinha senso de humor.

— Vamos?

Assim que começaram a dançar, outra dúzia de casais correu para a pista. Antes de as notícias das péssimas habilidades financeiras de seu pai terem chegado a cada canto da sociedade, Tristan talvez tivesse pensado que tal movimento se dera por sua causa. As damas costumavam ser conhecidas por brigar por ele. Esta noite, os cavalheiros estavam na dianteira, e pareciam ter as atenções voltadas a Georgiana.

Era assim desde que ela fizera 18 anos. Nos últimos anos, ele alegava sentir pena da pobre alma que Georgiana escolhesse para se casar. Seus sentimentos pessoais permaneceram menos claros, até mesmo para ele. Esta noite, no entanto, os olhares cobiçosos o estavam irritando profundamente.

Ela passou bailando, então pegou sua mão quando mudaram de direção.

— Alguém pisou no seu pé? — perguntou. — O senhor está tão sério.

— Não permito que ninguém, além da senhorita, pise em mim — respondeu Tristan, sorrindo quando se afastaram de novo.

Havia algo de errado com ele. *Sabia* que Georgiana estava tramando algo: nada nos últimos seis anos o levara a acreditar que ela poderia perdoá-lo pela trapaça e a estupidez deplorável. Entretanto, ali estava ele, enraivecendo-se com os outros homens do grupo como se tivesse algum tipo de reivindicação sobre Georgie. E quase surrara Westbrook mais cedo simplesmente por elogiá-la.

Tristan se virou para pegar a mão da próxima dama do grupo e piscou.

— Amelia.

— Lorde Dare. O senhor parece bem esta noite.

— Obrigado. — Ela não estava brava? Não pensara em Amelia praticamente a semana inteira e, pelo que se lembrava, estava lhe devendo um piquenique e um passeio a cavalo no Hyde Park. — E a senhorita está muito bela.

— Obrigada.

Ela foi levada para o outro lado na onda dos dançarinos, e Georgiana voltou para o seu lado. As bochechas estavam coradas, e parecia que estava se esforçando ao máximo para não rir.

— O que foi? — perguntou Tristan.

— Ah, nada.

Aquilo não servia.

— O que aconteceu? — repetiu, encarando-a enquanto davam a volta nos outros dançarinos.

— Se quer mesmo saber — disse Georgiana, ofegando —, lorde Raymond me pediu em casamento.

Tristan se virou e se deparou com o imbecil de braços dados com uma moça com metade da sua idade.

— Agora?

— Sim. Não pareça tão surpreso. Acontece o tempo todo.

— Mas pensei...

O sorriso desapareceu do rosto de Georgiana.

— Não ouse — ralhou ela.

— A senhorita precisará esclarecer depois, então.

Aquilo era extremamente confuso. Georgiana disse que nunca conseguiria se casar, mas agora descobria que os homens a pediam em casamento o tempo todo?

A dança terminou e Tristan ofereceu o braço a ela. Para sua surpresa, Georgiana aceitou. Enquanto se dirigiam na direção das tias, que haviam se juntado a um grupo de amigas ao lado da enorme lareira de pedras nos fundos do salão, aproveitou para inquirir Georgiana.

— Explique — disse quando a multidão em torno diminuiu.

— Por que deveria?

— Porque vive me culpando por algo que...

— Eu conseguiria me casar, mas com alguém que só me quer pelo meu dinheiro — confessou em uma voz baixa e estrangulada. — E já lhe disse que não me casarei por esse motivo. Mas também não posso me casar por amor.

— Uma pessoa que a ama entenderia.

Parando e ficando alarmantemente pálida, Georgiana puxou a mão bruscamente do braço dele.

— Eu jamais voltarei a confiar em alguém que diz que gosta de mim. Já ouvi isso antes e sei como termina.

Com aquilo, Georgiana se juntou às tias dele, deixando-o sozinho ao lado da mesa de bebidas. Aparentemente, Tristan destruíra muito mais que sua virgindade. Acabara com a capacidade de confiar em seu próprio coração — ou no de qualquer outra pessoa.

— Preciso de uma bebida — resmungou.

—⁂—

Dare parecia lúgubre ao se aproximar da mesa de bebidas e pedir um uísque. Georgiana se enfezou. A ideia dessa noite era flertar, mas acabara discutindo com ele de novo. Estava tão acostumada com aquilo que *não* brigar era difícil.

— Você e Tristan formam um belo casal, minha querida — comentou Edwina, segurando lhe o braço e puxando-a para que se sentasse em uma das cadeiras ao lado da lareira. — Não quero me intrometer, é claro, mas agora que estão se entendendo, qualquer coisa pode acontecer.

— Claro que não — protestou Georgiana, forçando uma risada incrédula e desejando que tivessem escolhido um outro lugar que não fosse tão perto daquele calor opressor. Depois do esforço da dança, aquilo era sufocante.

— Ah, sei que vocês tiveram aquela briga muitos anos atrás, mas você era apenas uma criança, e Tristan era tão rebelde...

— Muito perverso — complementou Milly —, antes de Oliver morrer e deixar toda aquela bagunça para ele.

— Eu... — Do outro lado do salão, Amelia fez um gesto chamando Georgiana. — As senhoras me dão licença por um instante? — perguntou rapidamente, levantando-se de novo e agradecendo em dobro pela distração.

— É claro, minha querida. Vá ver suas amigas.

— Volto logo.

Olhando na direção de Dare para se certificar de que ele não estava vendo, Georgie escapuliu pelas beiradas do salão, seguindo Amelia, enquanto a garota se enfiava no corredor. A srta. Johns tinha certo senso de perigo, de toda forma. Se o visconde pegasse as duas juntas, suspeitaria de algo. Georgiana não podia permitir que isso acontecesse — não agora, quando estava quase conseguindo impressionar aquele cabeça-dura.

— Senhorita Johns?

— Como isso está me ajudando? — perguntou a garota, fazendo bico enquanto brincava com um de seus cachos castanhos. — Ele praticamente me ignorou por uma semana.

— Estou ensinando-o a perceber que as outras pessoas também têm sentimentos e que não pode pisar nelas quando bem entender. — Georgiana aproximou-se, baixando a voz. — Quando a viu durante a dança, agiu de forma diferente do usual?

— Bem, pareceu quase culpado por um momento. Preciso admitir, Tristan nunca fez isso antes.

— Então já está funcionando. Confie em mim, srta. Johns. Quando eu terminar, ele não irá querer nada mais além de se casar com a senhorita e ser um ótimo marido.

— Está bem — disse a garota lentamente. — Mas talvez a senhorita possa fingir não estar se divertindo tanto na companhia dele.

Georgiana empalideceu. *Deus do céu.* Parecia que estava se divertindo? Algo estava terrivelmente errado, então. Ou talvez, em sua inocência, Amelia tenha interpretado mal as coisas. Devia ser isso.

— Farei meu melhor — concordou.

Apertando brevemente a mão da garota, Georgiana voltou ao salão de baile.

Tristan parecia estar na metade de seu segundo uísque. Isso jamais daria certo. Ela falara demais e jamais pretendera lhe contar o quanto a magoara. Não queria que Dare soubesse o quanto costumava gostar dele. Endireitando os ombros, foi até a mesa de bebidas.

— Milorde, acho que sua tia Milly deve estar muito cansada depois de todas as atividades dos últimos dias — arriscou.

Ele concordou com a cabeça, entregando o copo a um lacaio.

— Eu a levarei para casa, então. Fique, se quiser. Edwina e eu daremos conta.

— Confesso — disse Georgiana, seguindo-o enquanto o visconde caminhava na direção das tias — que também estou pronta para ir.

Tristan desacelerou.

— Tem certeza? Não quero arruinar mais nada para você, Georgiana.

— Não seja rabugento. Faço o que quero.

— Rabugento. Essa é nova.

Se havia algo pelo qual podia elogiar lorde Dare era o fato de ele sempre prestar atenção no que ela dizia.

Milly pareceu bastante contente em ir embora do baile, e Georgiana engoliu uma pontada de culpa. As tias nunca lhe fizeram nada de mal, e precisava prestar mais atenção nelas. Se tratasse as duas senhoras como uma mera desculpa, mesmo que temporariamente, então seria tão sem coração quanto Dare.

Na porta da frente da casa, Georgie segurou a cadeira de rodas com firmeza enquanto Tristan erguia a tia e a colocava dentro do coche. Milly não era uma mulher pequena, mas o visconde não pareceu sentir dificuldades em carregá-la. E a maneira como os músculos dele se remexeram por baixo do paletó preto justo... Georgiana inspirou rapidamente e desviou o olhar.

Obviamente, a noite também a havia exaurido. Caso contrário, jamais estaria pensando nos músculos masculinos, ou na maneira como os olhos azuis ficaram sérios quando estupidamente revelara não confiar em ninguém.

— Pode entrar primeiro, minha querida.

Georgiana se assustou quando Edwina a empurrou na direção da porta aberta do coche. Tristan desceu, estendendo a mão para ela segurar.

— Tem certeza de que não quer ficar? — murmurou ele, fechando os dedos nos dela.

Georgiana confirmou com um aceno, alarmes ressoando em sua cabeça. Já vira aquele olhar sombrio e sedutor antes. Era um olhar muito perigoso; um que lhe custara a virgindade. Sentando-se no canto do coche, repousou as mãos cruzadas no colo. Dare sentou-se de frente para ela, ao lado de Edwina. Todo o trajeto até a Residência Carroway foi incomumente silencioso. Georgiana podia sentir os olhos do visconde fitando-a, meio escondidos na escuridão.

O que fizera para ganhar tanta atenção, além de ter aumentado um pouquinho seu flerte e, depois, ter perdido a concentração e ralhado com ele? Dare *deveria* se sentir lisonjeado, e as interações com ela deveriam ficar mais agradáveis. Nada disso explicava por que sua boca ficara seca ou por que o coração batia tão rápido.

— Espero não termos exaurido a senhora demais, tia Milly — disse Tristan com a fala arrastada quando pararam na Residência Carroway.

— Ah, um pouquinho, mas me sinto como se estivesse enclausurada há anos. Foi maravilhoso. — Milly riu. — Tenho certeza de que vocês todos se cansarão de mim antes que eu consiga voltar a andar.

— Jamais — garantiu Georgiana. — Quero ver a senhora dançando de novo, lembra-se?

Enquanto os lacaios colocavam a cadeira de rodas no topo da escada de entrada, Tristan pegou Milly no colo e a carregou até a casa. Georgiana ajudou Edwina a entrar na residência, mas a Carroway mais velha hesitou no pé da escadaria.

— Não estou nem um pouco cansada — falou. — Venha comigo até a biblioteca, Georgiana. Pedirei a Dawkins que nos traga um pouco de chá.

Aquilo parecia melhor do que se esconder no quarto e torcer para que Tristan não aparecesse. Ele jamais tocaria em qualquer assunto delicado na presença de Edwina.

— Que ideia maravilhosa! Descerei logo depois que ajudar Milly.

— Não precisa — disse a outra tia de Tristan por cima do ombro dele.
— Eu tenho uma aia, querida. Vá tomar um chá. Nos veremos amanhã de manhã.

— Boa noite, então.

Georgiana e Edwina se acomodaram na biblioteca, e levou vários minutos até ela conseguir se acalmar o suficiente para ler o livro que estava em suas mãos. Tristan não dissera nada sobre se juntar a elas. Provavelmente, iria para algum de seus clubes passar o resto da noite. Ainda estava cedo, para os padrões masculinos. Depois que o visconde saísse, Georgie poderia subir a escada em segurança, sem se preocupar em encontrá-lo nos corredores.

Fez uma careta. Estava sendo tola. Tudo estava se desenrolando exatamente como planejara. Dare fora gentil esta noite, mas ela não se sentia confortável com aquilo ainda.

— Acho que a senhorita não está lendo.

A voz não era mais do que um sussurro caloroso em seu cabelo. Georgiana saltou da poltrona, com um grito engasgado na garganta ao se virar para encarar o visconde.

— Não faça isso!

— Faça silêncio, assim acordará tia Edwina.

Dare riu.

Ela se virou. Edwina dormia, com a cabeça jogada para trás e a boca aberta, um ronco delicado emanando de seu peito a cada respiração. Georgiana franziu o cenho.

— Então é melhor o senhor ir.

— Por quê?

Ele deu a volta na poltrona.

— Porque nossa acompanhante está dormindo.

— A senhorita precisa de uma acompanhante? Achei que não tivesse mais medo de mim.

— Nunca tive medo de você, Dare.

Tristan cruzou os braços em cima do peito.

— Ótimo. Então podemos conversar.

— Não quero conversar — protestou Georgiana, recuando até a porta. — Quero me deitar.

— Eu sinto *muito*, sabia?

Ela desacelerou, o coração disparado.

— Sente pelo quê?

— Por tê-la enganado. Havia coisas que eu não estava...

— Não quero ouvir. Você está seis anos atrasado, Tristan.

— Você não teria me ouvido seis anos atrás. E eu era extremamente idiota. Então, agora, quero ao menos pedir desculpas. Você não precisa aceitar, nem espero que aceite.

— Ótimo.

Georgiana deu as costas para ele e saiu da biblioteca. Mal havia dado dois passos, contudo, quando a mão firme e máscula segurou seu ombro e a virou.

— O quê...

Ele se abaixou e tocou os lábios dela com os seus, e então se foi. Georgiana apoiou-se na parede escorregando de forma inerte até o chão, controlando a respiração. Por mais breve que tenha sido o contato, ainda podia sentir o calor da boca dele na sua.

Por algum motivo, pensara que sentiria dor, algo físico, se Dare a tocasse daquele jeito novamente. Mas o beijo fora... agradável. Muito agradável. E ela não era beijada fazia muito tempo.

Lentamente, se ergueu e subiu a escada até o quarto. De alguma forma, não tinha percebido que seu esquema teria tal efeito *nela mesma*. Ainda bem que sabia que não podia confiar no coração, a despeito da cabeça. Especialmente quando se tratava de Tristan Carroway.

De toda forma, trancou a porta do quarto antes de se deitar. Um minuto depois, levantou-se novamente e apoiou uma das poltronas pesadas contra a porta.

— Bem melhor — murmurou, enfiando-se debaixo das cobertas.

Na biblioteca, Edwina esperou até tudo ficar quieto no andar de cima. Depois de ter certeza de que Georgiana se deitara em segurança, se endireitou e retomou a leitura.

Milly podia ter suas ressalvas quanto a juntar Tristan e Georgie, mas ela não tinha nenhuma. Todos gostavam da companhia de Georgiana. A jovem era calorosa, esperta, e gentil — muito melhor do que aquelas menininhas afetadas que Tristan se sentia obrigado a cortejar.

Edwina se rendeu a um sorriso. Independentemente do que tinha acontecido entre os dois anos atrás, eles pareciam estar resolvendo, graças a Deus. Se Milly conseguisse permanecer na cadeira de rodas por mais alguns dias, poderiam muito bem ter êxito em formar um par que agradaria a todos.

Capítulo 7

*Justos os deuses sempre são, e instrumento
de castigo fazem de nossos vícios agradáveis.*
— Rei Lear, Ato V, Cena III

A DESPEITO DE SUA REPUTAÇÃO, Tristan sempre gostara de participar das sessões da Câmara dos Lordes. Era um tanto reconfortante ver que, embora fosse descuidado com sua vida pessoal antes de herdar o título, na vida pública e na política se saía bem fazendo frente a alguns dos idiotas desprezíveis que ajudavam a determinar o curso do país.

Esta manhã, contudo, enquanto se acomodava em seu lugar entre o duque de Wycliffe e o raramente presente marquês de St. Aubyn, não conseguia se concentrar o suficiente para se lembrar de qual era o aumento da carga tarifária que estavam votando. Torcia para que não fosse a América, visto que estava tentando vender lã para eles. Ergueu a mão e disse "sim" quando Wycliffe acotovelou suas costelas, mas, fora isso, seus pensamentos estavam em Georgiana.

Já havia pensado, inúmeras vezes, em ir até ela e beijá-la, mas o bom senso sempre prevalecera. Na noite passada, contudo, a lembrança do gosto da boca doce e macia, fora avassaladora. E então a havia beijado pela primeira vez em seis anos. E o que era mais surpreendente é que Georgiana permitira.

— Como está seu cortejo à srta. Johns? — perguntou Wycliffe baixinho, recostando-se na cadeira quando os Conservadores começaram a discutir sobre alianças comerciais e St. Aubyn começou a desenhar o velho duque de Huntford usando o vestido noturno preferido de sua esposa.

— Continuo esperando que ela se torne subitamente interessante — respondeu Tristan, suspirando.

Amelia não parecia tão insossa logo que a conhecera. Porém, agora, todas as mulheres pareciam... sem vida. Com exceção de uma. Talvez esse fosse o problema — precisava parar de comparar todas as mulheres a Georgiana. Era óbvio que qualquer inocente e bondosa moça ficaria ofuscada com tal comparação.

— Apenas se lembre de que você não é o único a cortejá-la, meu rapaz. Ela é uma herdeira e tanto.

— Daí minha persistência no cortejo. — Tristan franziu a testa. — Se meu pai tivesse morrido uns dois ou três anos antes, talvez eu tivesse conseguido tirar a família da lama sem ter que recorrer a algo tão heroico e tão trágico quanto o autossacrifício.

Saint Aubyn riu, erguendo os olhos de sua obra de arte.

— Você poderia tentar vender seus irmãos.

— Já pensei nisso. Mas quem é que compraria Bradshaw?

— Bem pensado.

— O que você está fazendo aqui, afinal, Saint? — perguntou Dare, procurando por qualquer coisa que distraísse seus pensamentos do corpo esguio de Georgiana. — O Parlamento não costuma ser seu refúgio.

— Eu me registrei para votar no início da Sessão. Se não aparecer de vez em quando, tentam declarar que morri e confiscam minha propriedade. É bastante irritante.

— Vou para o Gentleman Jackson's esta tarde — avisou Wycliffe. — Querem me acompanhar?

Tristan meneou a cabeça.

— Tenho tentado chamar Amelia para um piquenique há uma semana. Pensei em tentar novamente hoje.

— Qual a dificuldade?

Georgiana.

— Pensamentos persistentes de autopreservação.

— Se você é tão resistente assim em relação a ela, é melhor proceder com menos imprudência que o normal. Se a transgredir, você *terá* de se casar. Não há escapatória possível.

— Não me esquecerei disso.

Wycliffe o olhou de um jeito um tanto estranho, mas se havia uma pessoa a quem Tristan não pretendia jamais contar sobre seu verdadeiro relacionamento com Georgiana seria para o primo enorme e louco por boxe. Contudo, como era estranho que as coisas não tivessem dado certo com ela nesse sentido. Georgiana ficara tão furiosa quando soube da aposta que tudo em que Tristan conseguira pensar fora em manter a história em segredo. Caso contrário, talvez eles estivessem casados hoje. É claro que ela também o teria envenenado há muito tempo, então essa questão era contestável.

Assim que a sessão matinal terminou, Tristan passou na rua Bond e, então, voltou para casa para preparar o piquenique. Sem dúvida, não era o único solteiro pensando em fazer uma refeição no parque naquele dia. Dawkins abriu a porta da frente, após *apenas* cinco batidas. Era típico do mordomo dos Carroway deixar a porta trancada durante o dia e esquecer-se de trancá-la à noite.

— Estão todos em casa? — perguntou enquanto tirava o chapéu e as luvas.

Não estava preocupado com a presença de "todos", mas não podia perguntar se Georgiana estava por ali sem levantar suspeitas até mesmo em Dawkins.

— Os senhores Bradshaw, Andrew e Edward foram cavalgar — relatou o mordomo. — Todos os demais estão presentes.

E o melhor cavaleiro de todos permanecera recluso nas entranhas da casa. Robert se recuperaria a seu tempo. Tomara.

— Esplêndido. Peça para a sra. Goodwin preparar um almoço de piquenique para dois, por favor.

— É claro, milorde.

Correu para o andar de cima para se trocar. Ao sair do quarto, quase trombou em Georgiana, que descia o corredor.

— Bom dia — cumprimentou, estendendo a mão para que ela não atingisse a parede.

— Bom dia.

A menos que estivesse enganado, Georgiana estava enrubescida e os olhos verdes se focaram em sua boca. Meu Senhor, será que ela tinha gostado do beijo? Ele também não conseguia pensar em mais nada. O leque

que comprara como uma proposta de paz estava em seu bolso. Nunca esperou não precisar do presente.

— Estava procurando por mim?

Ela pigarreou, dando um passo lento para trás.

— Para falar a verdade, sim, estava. Conversei com Milly esta manhã e ela gostaria de tentar caminhar no parque. Pensei que talvez um piquenique para celebrar os esforços de sua tia seria... apropriado.

Tristan franziu o cenho, mas parou rapidamente antes que ela pudesse perceber.

— O que a fez pensar em um piquenique?

— O dia hoje está tão lindo...

Tristan a encarou e, após um instante, Georgiana olhou para o vaso na mesa lateral. Ela sempre mentira muito mal.

— Então, essa sua sugestão não tem nada a ver com o fato de eu já estar planejando um piquenique com outra pessoa? — indagou.

Georgiana ergueu uma sobrancelha.

— É claro que não. Eu não sabia. Se o senhor tem um compromisso mais importante do que sua tia, por favor, vá. *Eu* providenciarei um piquenique para aqueles que se importam com elas.

— Muito sutil. Está pensando em minhas tias ou está tentando me manter longe de Amelia Johns?

— Ame... Então é ela que o senhor está cortejando, pobrezinha. Faça como achar melhor, Dare. — Georgiana se virou, seguindo na direção da escada. — Sempre o faz, de qualquer jeito.

Hummm. Aquilo fora bastante óbvio. E atípico de Georgiana. Ela devia saber, àquela altura, quem ele estava cortejando; todos em Londres sabiam. Talvez *estivesse* tentando mantê-lo longe de Amelia. Conhecendo-a, ela consideraria sua obrigação proteger a moça dos interesses malignos dele. Por outro lado, talvez — muito talvez —, ela estivesse com ciúmes.

— Dawkins — chamou quando começou a descer a escada —, peça para prepararem o piquenique para quatro pessoas, por favor. Aqueles que se importam com essa família estarão no Hyde Park esta tarde.

— Está bem, milorde.

Passar a tarde com Amelia seria mesmo uma tortura. Um piquenique com Georgiana era outro tipo de tortura, mas uma pela qual ansiava.

Eles saíram no coche de Dare, o único veículo que podia acomodar as tias, Tristan, ela, uma cesta de piquenique, um lacaio e a cadeira de rodas. Georgiana se permitiu sentir um pouquinho de culpa pelo fato de a pobre Amelia estar presa em casa em uma tarde tão linda. Por outro lado, estava salvando a pobre garota de uma vida inteira de dor e humilhação nas mãos do impenitente visconde de Dare. Uma tarde de solidão parecia ser uma troca justa.

Não que o obstinado Tristan fosse *totalmente* ruim. Poderia tolerar um ou dois beijos dele, pensou Georgiana, se fosse necessário para que se apaixonasse por ela.

Georgie o olhou, do outro lado do coche, sentado com a cesta de tricô de Edwina no colo e conversando com as tias animadas sobre quem não comparecera ao Parlamento. Ela jamais o imaginaria daquela forma: a domesticidade e Tristan Carroway sempre pareceram opostos. Algo naquilo era atraente, especialmente com a lembrança do beijo ainda quente em seus lábios.

— Estava querendo lhe dizer, minha querida — disse Edwina, capturando sua atenção —, que nunca a vi nesse vestido antes. É lindo.

Georgiana olhou para a musseline prateada e verde.

— Vi o tecido na Willoughby's no início da temporada, e praticamente tive que arrancá-lo das mãos de lady Dunston. Madame Perisse faz maravilhas, não faz?

— Não sei se é a costureira ou a pessoa que está usando o vestido — observou Milly. — Não concorda, Tristan?

Ele concordou com a cabeça, um sorriso lento curvando seus lábios.

— Destaca seus olhos.

— Há tempos quero um vestido de Madame Perisse — confessou Edwina com um suspiro. — Algo azul, acho.

O olhar de Georgiana se fixou no de Tristan, que se inclinou para a frente.

— Azul? A senhora disse "azul", tia Edwina?

— Bem, a amada Tigresa já se foi há um ano. E Georgiana sempre está deslumbrante. Fiquei inspirada.

— "Tigresa"? — fez Georgiana com a boca.

— A gata dela — murmurou Tristan em resposta.

Ela assentiu com a cabeça.

— Sabe, Edwina, a gata preta de Lucinda Barrett acaba de ter filhotes. Depende da senhora, é claro, mas, se quiser, posso perguntar se ainda tem algum disponível.

Edwina ficou em silêncio por um bom tempo.

— Pensarei no assunto — decretou, por fim.

O coche parou com um sacolejo.

— Está pronta, tia Milly? — perguntou Tristan, entregando a cesta a Georgiana para poder se levantar.

— Ah, céus. Está lotado demais?

O lacaio, Niles, abriu a porta e puxou a escadinha. Tristan saiu, então ajudou Edwina a descer.

— Eu pedi a Gimble que escolhesse um local isolado — respondeu ele, voltando a colocar o tronco para dentro do coche. — Apenas alguns homens a cavalo do outro lado da lagoa e uma governanta com as crianças jogando pão para os patos.

— Então acho que estou pronta.

Com Georgiana a apoiando por trás e Tristan e o lacaio segurando seus braços, Milly desceu na grama.

— Segure-se, minha borboleta, vou pegar Georgiana e sua bengala — instruiu Dare, estendendo a mão para Edwina.

Georgiana lhe entregou a cesta e a bengala de Milly. Ao segurar na mão de Tristan e sair do coche, ele sorriu para ela. Antes que pudesse se conter, Georgiana sorriu de volta.

— Espero que tudo corra bem. — Ora essa, não devia estar sorrindo acidentalmente para o visconde. — Não quero que Milly fique desencorajada.

— Ela é difícil de desencorajar — garantiu Tristan, continuando a segurar a mão dela de leve.

— Lamento por tê-lo impedido de ir ao seu compromisso hoje — acrescentou Georgie, puxando a mão de volta.

— Eu não lamento. Não com uma companhia tão agradável.

O calor subiu pelas bochechas femininas. Uma ou duas semanas atrás, ela teria uma resposta astuta e mordaz. Agora, não fazia ideia do que dizer.

Eles estiveram brigados por tanto tempo que, quando Dare dizia algo gentil ou elogioso, Georgiana se sentia como se aquele homem soubesse o que estava pensando e tramando. Ela esperava que Tristan só estivesse gracejando até o momento em que começaria a rir e diria que nunca poderia se apaixonar e que ela era tola por pensar que isso aconteceria.

— Georgie?

Ela se sacudiu.

— Sim?

Tristan a estava fitando com um ar de especulação alarmante, que nunca vira antes.

— Onde a senhorita estava? — perguntou.

Ela deu de ombros, afastando-se.

— Estava apenas lembrando que tento não repetir meus erros.

— Eu também tento, Georgiana. — Antes que pudesse decifrar aquilo, Tristan se virou para a tia. — Vamos, minha querida?

Com a bengala em uma mão e apoiando-se firmemente no braço do sobrinho com a outra, Milly deu um único passo hesitante na grama. Georgiana e Edwina, com Niles e Gimble, vibraram, e ela deu um segundo passo, e um terceiro.

— Eu sabia que a senhora conseguiria! — exclamou Georgiana, rindo.

— Fico tão feliz por você ter sugerido isso, Georgie — comentou Edwina, sorrindo. — É um milagre.

Tristan lhe lançou um olhar penetrante, então voltou a guiar a tia em um amplo círculo em torno do coche. Quando Milly alegou estar exausta, pegaram a cadeira de rodas e a colocaram debaixo de uma árvore. Niles estendeu os cobertores e colocou a cesta com comida no chão enquanto Georgiana cuidava de sua amiga.

— O almoço está servido, milorde — anunciou Niles, fazendo uma reverência.

Eles se acomodaram em um semicírculo em torno de Milly enquanto o lacaio lhes oferecia vinho Madeira e sanduíches. Gimble conseguira, de fato, encontrar um lugar tranquilo em um canto do parque. Georgiana concluiu que era muito agradável poder se sentar, rir e conversar sem outras três ou quatro dúzias de homens tentando fazer contato visual ou montando seus cavalos da forma mais extravagante possível para chamar sua atenção.

— Então, a quem a senhora reservará a primeira dança depois que se recuperar? — perguntou ela, aceitando uma laranja de Edwina.

— Acho que chamarei o duque de Wellington. Considerei chamar o Príncipe George, mas não quero que ele se apaixone por mim.

— Eu gostaria de um gatinho, se ainda houver um disponível — decidiu Edwina.

— Mandarei um recado a Lucinda esta tarde — prometeu Georgiana.

Enquanto Niles recolhia o almoço e Milly e Edwina pegavam seus bordados, Tristan se levantou.

— Se as senhoras estiverem confortáveis, pensei em esticar as pernas um pouquinho — disse, tirando uma folhinha de sua calça cinza. — Georgiana, gostaria de me acompanhar?

Não pensara, infelizmente, em trazer nada para bordar ou um livro para ler, então ficaria parecendo idiota e covarde se recusasse e tivesse de permanecer sentada na grama, olhando para as próprias mãos.

— Eu adoraria — respondeu, permitindo que Tristan a ajudasse a se levantar.

Dare lhe ofereceu o braço e, após hesitar brevemente, ela envolveu a manga do casaco dele com os dedos.

— Não vamos longe — garantiu Tristan às tias, seguindo na direção da trilha da beira da lagoa.

— Espero que o senhor não se importe por eu ter comentado do gatinho com Edwina — disse Georgiana antes que o visconde pudesse perguntar qual erro ela não iria repetir, ou por que, de fato, o coagira a vir a este piquenique. — Como vocês já têm um gato na residência, pensei que não se importariam com mais um.

— Com quatro irmãos mais novos, gatos são a última das minhas preocupações. Por que a senhorita sugeriu este passeio hoje? — indagou Dare, inabalável. — Foi porque queria que me desculpasse por ontem à noite?

O calor correu por suas veias.

— Mal me lembro da noite passada. Estava tarde, e nós dois estávamos cansados.

— Eu não estava cansado. Queria beijá-la. E acho que você se lembra.

— Tristan tirou uma caixinha do bolso e a entregou. — Foi por isso que pensei que talvez precisasse disto aqui hoje.

Georgiana abriu a caixa. O leque era ainda mais bonito que o anterior, com pequenas flores brancas salpicadas entre as varetas de marfim. Ela se perguntou se Dare sabia que os leques que ela quebrava em seus dedos nunca eram os que ele lhe dera. Esses ficavam guardados em uma gaveta, onde podia fingir ignorá-los.

— Tristan, isso tudo é muito confuso para mim — disse Georgie, feliz por, ao menos dessa vez, poder falar a verdade.

E percebeu, um tanto tardiamente, que estavam escondidos das tias por uma curta fileira de olmeiros. Não havia mais ninguém à vista.

— Não precisa ser — murmurou, erguendo o queixo dela com os dedos.

Com o pânico crescendo rápido o suficiente para sufocá-la, Georgiana se afastou. Podia culpar Tristan pelo primeiro beijo; um segundo seria culpa igualmente sua.

— Por favor, não.

Tristan congelou, então extinguiu o espaço entre eles com um passo lento.

— Se você se lembra da maneira como danço valsa, deve se lembrar de outras coisas também.

Aquele era o problema.

— Tem certeza de que quer me lem...

Tristan se abaixou e beijou os lábios dela com uma delicadeza tremenda, saboreando-a como se nunca tivessem se beijado antes. Georgiana suspirou e deslizou os dedos pelo cabelo escuro e ondulado dele. Senhor, como sentira falta daquilo. Falta dele, da sensação dos braços fortes em torno do seu corpo e da boca curiosa e atraente. Ele intensificou o beijo. Um ruído leve escapou de dentro de seu peito.

O que estava fazendo? Georgiana se afastou de novo.

— Pare! Pare, Dare!

Ele a soltou.

— Ninguém está nos vendo, Georgiana. Somos apenas nós dois.

— Foi isso que você disse antes — ofegou ela, endireitando o xale e encarando-o cheia de raiva. Por mais bonito que seu novo leque fosse, estava tentada a enfiá-lo na cabeça dele.

— E você também cedeu — ponderou Tristan, dando um leve sorriso.

— Não pode culpar apenas a mim. São necessárias duas pessoas para fazer aquilo, e pelo que me lembro...

Um rugido furioso explodiu do peito dela, e Georgiana deu um passo a frente e empurrou o peito de Tristan.

— Maldição!

O visconde perdeu o equilíbrio e caiu de costas na lagoa.

Ao se levantar apressadamente, com a água pela cintura e a folha de um lírio-d'água escorregando por um ombro, parecia bravo a ponto de cuspir fogo. Georgiana segurou a saia com os punhos e correu.

— Niles! — gritou ao chegar à comitiva. — Gimble! O visconde caiu na lagoa! Por favor, ajudem-no!

Enquanto Tristan saía da lagoa e pisava na margem enlameada, seus criados desceram a trilha correndo.

— Está bem, milorde? — perguntou Gimble, parando abruptamente e quase derrubando os três na água. — Lady Georgiana disse que o senhor caiu.

Ainda resmungando palavrões, Tristan sacudiu os ombros para afastar a mão do criado.

— Estou bem — grunhiu. — Deixe-me.

Sem dúvidas, Georgiana havia afogado a libido dele. Droga. Com Niles e Gimble logo atrás, Tristan marchou até o coche. Ela ficou parada, aparentemente explicando a trapalhada dele para suas tias. Mas ao vê-lo, empalideceu.

Seu primeiro pensamento foi arrastá-la até a beirada da lagoa e jogá-la ali dentro, só para que ficassem quites.

— Coloque tudo de volta no coche — ordenou. — Vamos embora.

— Tristan, você está... — perguntou Edwina.

— Estou bem. — Ele encarou Georgiana, furioso. — Eu caí.

A surpresa marcou os olhos verdes enquanto ela levava Milly até o coche. Não sabia o que aquela mulher esperava — ele não iria berrar aos quatro ventos que a beijara e Georgiana o empurrara na lagoa.

Tristan parou. Qualquer outra mulher teria gostado do beijo. Então, supunha que, de certa forma, o que *ela* fizera era... reconfortante. Se Georgiana estava planejando alguma coisa desleal, não teria arriscado irritá-lo derrubando-o na água. Dado o passado dos dois, Tristan não teria ficado surpreso se ela acertasse suas partes íntimas com o joelho. Ser empurrado na lagoa de patos era, provavelmente, a reação mais amena que poderia esperar. Céus, Georgie *estava* se afeiçoando a ele.

— De volta para a Residência Carroway — disse, com menos raiva, ajudando Milly a entrar no coche.

Georgiana subiu as escadas sozinha enquanto ele acomodava a tia. Tristan se recostou no assento, torcendo a água do paletó cinza.

— Tem certeza de que está bem? — perguntou Edwina, fazendo um carinho em seu joelho molhado.

— Sim. Acho que mereci, afinal de contas, por ter provocado os patos. — Ele secou a água que estava em seus olhos. — Os tolinhos não perceberam que eu não queria lhes fazer mal.

Não foi nada sutil, mas a garantia pareceu funcionar. Georgiana relaxou os punhos cerrados, embora tenha ficado olhando-o atentamente durante todo o trajeto até entrarem em casa.

Logo após Milly se acomodar, Tristan saiu do salão matinal para se trocar. Georgiana estava parada na porta, e ele desacelerou ao passar.

— Eu compreendo a comunicação verbal — murmurou em seu ouvido. — Na próxima vez, vou perguntar.

Ela se virou, seguindo-o.

— Na próxima vez — começou, surpreendendo-o e fazendo-o parar —, talvez o senhor se lembre de que está cortejando outra pessoa. Amelia Johns, não é?

Ele a encarou.

— *Esse* é o seu problema? Ainda não disse nada a Amelia. Estou testando a extensão da minha paciência com o rebanho de debutantes.

— Mas e o que *ela* espera? Já pensou nisso, Tristan? Você pensa em alguma outra pessoa que não você mesmo?

— Penso em você, o tempo todo.

A despeito daquela abertura, Georgiana não disse nada quando ele continuou subindo a escada para o quarto. Interessante. E ele lhe dera algo mais para refletir, de toda forma.

Tristan riu enquanto tirava o paletó e o valete entrava no quarto, choramingando pela destruição de sua roupa. Quem diria que ser empurrado em uma lagoa de patos poderia ser algo bom?

Milly andava para lá e para cá no salão matinal.

— Viu? E você disse que aquilo era romântico, quando eles saíram juntos.

Com os olhos cautelosos fixos na porta, Edwina indicou novamente que a irmã se sentasse.

— Os dois disseram que foi um acidente. Além disso, *tiveram* alguma briga anos atrás — lembrou. — É de se esperar que haja um ou outro percalço no caminho.

— As coisas pareciam mesmo estar progredindo. Contudo, isso definitivamente é um revés, Wina.

— Um pequeno revés. Dê-lhes um tempo.

— Ora. Estou ficando cansada de ficar sentada o dia todo.

— Milly, se você não ficar naquela cadeira, Georgie não terá mais motivo algum para permanecer conosco.

Milly suspirou e desabou novamente em seu ninho cheio de almofadas.

— Eu sei, eu sei. Só espero não ter crise de gota novamente antes que isso termine. E aquelas cartas anônimas que ela tem recebido?

— Bem, teremos de descobrir a respeito disso, não é?

Milly se animou.

— Acho que teremos.

Capítulo 8

Ímã de coração endurecido, sou por vós atraída.
— *Sonho de uma noite de verão*, Ato II, Cena I

ENTÃO TRISTAN PENSAVA NELA. ÓTIMO. Essa era a intenção. Mas Georgiana duvidava que ele tivesse qualquer coisa boa em mente, e se havia alguém que sabia que não devia se render aos charmes desse libertino em particular, era ela.

Talvez Tristan acreditasse que ainda não oficializara nada com Amelia Johns, mas a srta. Johns achava que ele quase o fizera. E independentemente de o visconde estar mentindo ou não sobre a seriedade de seu comprometimento, o coração da garota seria o próximo que partiria. Então, a despeito do arrepio que descia por seus braços quando pensava no beijo do demasiadamente experiente Dare, Georgiana não se esqueceria do motivo pelo qual se infiltrara na Residência Carroway. O coração nunca mais regeria a cabeça quando se tratasse de qualquer homem.

Quando a agitação do dia passou, ela se acomodou no salão matinal com Edwina e Milly. Se estivesse na Residência Hawthorne com tia Frederica, ocuparia a tarde cuidando da correspondência da duquesa viúva e respondendo às dezenas de convites que chegavam diariamente. Gastar uma ou duas horas lendo parecia deliciosamente indecente.

— Você sabe que não precisa passar o dia todo aqui, não é? — disse Milly, quebrando o silêncio.

Georgiana ergueu os olhos.

— Como?

— O que quero dizer é: adoro tê-la aqui e sua companhia é um prazer, mas você deve achar eu e Edwina, dois velhos fósseis, extremamente entediantes em comparação com suas amigas.

— Besteira! Gosto de estar aqui. Acredite: ninguém consegue passar muito tempo apenas fazendo compras e dançando sem achar isso entediante. — Ela se endireitou quando um pensamento assustador lhe ocorreu. Se tivessem, de alguma forma, descoberto que era responsável pela queda de Dare na água, talvez estivessem procurando por uma maneira delicada de mandá-la embora. — A não ser que as senhoras estejam querendo me dispensar, é claro — concluiu ela, tentando soar brincalhona.

Edwina se levantou de imediato e correu até ela para pegar sua mão.

— Ah, jamais! É só que...

Ela olhou para a irmã.

— É só que o quê? — perguntou Georgiana, o coração ficando ainda mais apertado.

— Bem, Tristan disse que você recebeu cartas de um cavalheiro. Com todos os irmãos na casa, pensamos... Talvez seu admirador tenha se sentido intimidado.

— Acha que ele poderia estar com medo de me visitar? — perguntou Georgiana, aliviada. — Se estivesse falando sério, tenho certeza de que me visitaria de toda forma.

— É apenas um flerte, então? — quis saber Milly.

Por um instante, Georgiana se perguntou se eram as tias ou Tristan que estava tentando descobrir a identidade de seu pretendente secreto. Era melhor não se arriscar até ter certeza. Suspirou.

— Sim, receio que sim.

— Quem é, querida? Talvez possamos enfiar um pouco de juízo no rapaz.

Georgiana olhou de uma para a outra. Nunca poderia contar seu verdadeiro plano para Tristan; além de partir seus corações, a notícia as faria odiá-la, e Georgiana gostava bastante das duas.

— Eu prefiro não discutir o assunto, se não se importam.

— Ah, é claro. É só que...

Edwina pausou.

— O quê? — questionou Georgiana, a curiosidade aumentando.

— Nada. Nada, não, minha querida. Apenas um flerte. Todas gostamos de um bom flerte de vez em quando.

Subitamente, Georgiana compreendeu o que as tias estavam tramando. Elas achavam que iriam unir um casal — ela e Tristan!

— Um flerte, é claro, é apenas o começo — ponderou enquanto bebericava seu chá. — Quem sabe o que pode acontecer depois?

As duas pareceram decepcionadas.

— Sim, quem sabe?

Georgiana abafou uma pontada de culpa. Ao menos podia colocar toda a culpa em Dare, já que ele que começara aquilo. Tudo era culpa de Tristan. Até mesmo a maneira como, às vezes, quase gostava dele.

E gostou um pouquinho menos quando a grande família Carroway sentou-se para jantar. A despeito de seu "mergulho" na lagoa de patos, a expressão no olhar dele era inconfundivelmente superior. Enquanto lhe puxava a cadeira, Georgiana ficou tentada a perguntar o motivo daquele sorriso presunçoso, mas devia ter algo a ver com o beijo. Se fosse aquilo, um pouquinho de euforia silenciosa era melhor do que ele se vangloriando aos quatro ventos.

— Você devia ter me visto, Tristan — disse Edward, em meio ao riso, enquanto Dawkins e os lacaios passavam oferecendo o frango assado e as batatas. — Fiz o Temporal pular por cima de um tronco enorme! Fomos magníficos, não fomos, Shaw?

Bradshaw engoliu o que estava comendo.

— Foi só um graveto que eles saltaram, mas, fora isso, o Nanico tem razão.

— Não era um graveto! Era um... Um...

Ele olhou para Andrew com olhos suplicantes.

— Um galho de tamanho considerável — acudiu Andrew, sorrindo —, com pedaços quebrados espetados para cima.

— Como um ouriço — concluiu Edward, estufando o peito.

— Isso é estupendo, Edward! — elogiou Georgiana, espelhando o sorriso do garoto. — E sabe, por falar em ouriços, Tristan também viveu uma aventura no mundo selvagem esta tarde.

— Viveu?

— Por favor, conte — pediu Bradshaw.

— Georgi...

— Bem, estávamos caminhando pelo Hyde Park — começou ela, ignorando o olhar raivoso que Dare lhe lançou — e eu vi um patinho preso no junco na beira da lagoa. Seu irmão resgatou o pobrezinho...

— ... mas caiu na lagoa ao fazê-lo! — completou tia Milly.

Com exceção de Robert, toda a família explodiu em risadas.

— Você caiu em uma lagoa de patos? — perguntou Edward em meio a uma crise de riso.

Lorde Dare parou de olhar para Georgiana.

— Sim, caí. E quer saber o que mais?

— O quê?

— Georgie anda recebendo cartas perfumadas fedorentas de admiradores secretos.

O queixo dela caiu.

— Não faça parecer tão... tórrido — protestou ela.

— É tórrido. E *muito* fedido.

— Não é, não!

— Então nos conte de quem são, Georgiana.

O rubor e o calor inundaram suas bochechas. Todos os cinco irmãos Carroway estavam olhando-a, quatro com uma mistura de divertimento e curiosidade. A expressão no olhar do quinto, contudo, foi a que capturou sua atenção. O coração acelerou.

— Tristan Michael Carroway — disse tia Edwina, parecendo desejar que o sobrinho ainda fosse pequeno o suficiente para ganhar umas palmadas —, peça desculpas.

Os lábios do visconde se curvaram para cima, os olhos ainda em Georgiana.

— E por que eu deveria?

— A correspondência de lady Georgiana não lhe diz respeito.

O silêncio de alguns segundos deu a Georgiana tempo suficiente para organizar seus pensamentos.

— Talvez devêssemos discutir a *sua* correspondência — sugeriu. — Ou será que o senhor está se sentindo preterido porque não recebeu nenhuma carta de amor?

— *Eu* estou me sentindo preterido — comentou Bradshaw, pegando um pão.

— Eu também — emendou Edward, apesar de parecer, por sua expressão, não fazer ideia do que todos estavam falando.

— Talvez seja porque mantenho meus assuntos pessoais em segredo — comentou Tristan, a expressão ficando mais severa.

— No entanto, sente a necessidade de fofocar sobre os meus — retrucou ela, empalidecendo em seguida.

Dare apenas ergueu uma sobrancelha.

— Conte-me um segredo que valha a pena guardar e o farei até a minha morte. — Dando uma olhada para a plateia extasiada, gesticulou para que Dawkins enchesse novamente sua taça de vinho. — Até então, me conformarei em discutir sua correspondência fedorenta.

Será que Tristan estava tentando garantir que podia ser confiável, ou estava tentando fazê-la falar? Georgiana não se sentia pronta para arriscar a sorte ainda mais. Em vez disso, mudou de assunto e passou a falar do baile de Devonshire no final de semana, considerado o grande evento da temporada.

— As senhoras irão? — perguntou a Milly e Edwina.

— Céus, não. Com a multidão que o duque receberá, eu esmagaria os dedos de todos com minha cadeira de rodas.

— Eu ficarei em casa com Milly — disse Edwina com firmeza.

— A senhorita vai? — indagou Tristan, a perversidade se dissipando de sua expressão.

— Ficarei em casa com suas tias.

— Que sandice, Georgiana — arrulhou Milly. — Edwina e eu estaremos dormindo muito tempo antes de a dança sequer começar. Você precisa ir.

— Bem, eu vou — declarou Bradshaw. — Estão dizendo que o contra-almirante Penrose estará lá, e quero pressioná-lo...

— ... sobre ter o seu próprio navio — completaram Andrew e Edward em uníssono.

Georgiana viu a contração no maxilar de Tristan, mas a expressão se fora antes que qualquer outra pessoa percebesse. Independentemente de Bradshaw conseguir uma capitania ou comprar uma, aquela era uma premissa custosa. E sabia que os Carroway passavam por sérios problemas financeiros; todos sabiam. Mas o fardo disso, e da solução, jazia sobre os ombros de Tristan.

Georgiana se sacudiu. Ele poderia muito bem se casar com uma mulher rica como Amelia Johns, mas também podia ser mais polido em relação a isso. Mesmo que ele não nutrisse uma afeição genuína por ela, fazer a pobrezinha sentir-se como um mal necessário era cruel.

— Então está decidido — proclamou Tristan. — Bradshaw, Georgiana e eu iremos ao baile de Devonshire. — Ele olhou para o irmão calado, sentado na ponta da mesa. — E você, Bit? Você também foi convidado, sabe?

Com um tremor quase imperceptível dos ombros largos, Robert meneou a cabeça.

— Estarei ocupado. – Afastou-se da mesa e, fazendo uma breve reverência, saiu da sala.

— Droga — murmurou Tristan, tão baixinho que Georgiana quase não o ouviu.

O olhar dele estava fixo na porta por onde o irmão saíra.

— O que aconteceu? — sussurrou ela enquanto o restante das pessoas começava a discutir o sarau iminente.

Os olhos azuis do visconde a fitaram.

— Além de quase ter morrido baleado? Não sei. Ele não quer me contar.

— Ah.

Tristan apontou para o pão no prato dela.

— Vai comer isso?

— Não. Por que...

Tristan se esticou para pegá-lo.

— Fico feliz por você ir ao baile.

Arrancou um pedaço do pão e o enfiou na boca.

— Não sei por quê — respondeu Georgiana, olhando para os lados para ter certeza de que ninguém os ouvia. — Apenas usarei a ocasião para atormentá-lo.

— Gosto de ser atormentado por você. — Ele também olhou para o restante da mesa antes de voltar sua atenção para ela. — E gosto de tê-la aqui.

Então, o plano estava começando a dar certo. Georgiana julgou que a pulsação acelerada era por conta da satisfação.

— Às vezes, também gosto de estar aqui — confessou lentamente.

Se sucumbisse rápido demais, Dare ficaria desconfiado, e ela precisaria começar tudo de novo.

— Às vezes? — repetiu ele, dando outra mordida no pão.

— Quando você não está fazendo declarações tolas sobre minha correspondência, ou sobre como está disposto a guardar segredos.

— Mas eu e você temos segredos, não temos? — murmurou Tristan.

Georgiana abaixou os olhos.

— É melhor parar de me lembrar disso.

— Por que deveria? Foi excepcionalmente memorável, e você mesma se recusa a esquecer. É sua desculpa para não se casar.

Georgiana estreitou os olhos.

— Não, *você* é minha desculpa para não me casar. O que o faz pensar que eu pensaria em me casar com qualquer homem depois do péssimo exemplo que deu? — indagou. — O que o faz pensar que eu daria a qualquer homem o poder de...

Georgiana parou, enrubescendo.

Tristan se ateve àquelas palavras.

— O poder de...

Ela se levantou abruptamente.

— Com licença. Preciso de um pouco de ar.

Com todos os outros Carroway a olhando, perplexos, Georgiana saiu correndo da sala. Dawkins nem sequer teve tempo de chegar à porta antes que ela a escancarasse e descesse os curtos degraus de pedra correndo. Não era tola de perambular pelas ruas de Londres sozinha no escuro, mesmo em Mayfair, então se encaminhou para o pequeno jardim de rosas na parte leste do terreno.

Maldizendo-se em resmungos, desabou no pequeno banco de pedras debaixo de um olmeiro.

— Idiota! Idiota! Idiota!

— O que você diz às pessoas, quando perguntam por que parecemos nos odiar tanto?

A voz baixa de Tristan veio das sombras da frente do jardim. Ele se aproximou devagar, parando ao lado da árvore para se apoiar no tronco desgastado.

— O que *você* diz? — devolveu Georgiana.

— Que só consegui um beijo quando você descobriu que eu queria uma meia sua para ganhar uma aposta, e que não ficou nem um pouco feliz por ser objeto de qualquer tipo de aposta.

— Está próximo do que digo, só que acrescento a parte em que soquei seu rosto quando tentou mentir para mim.

Ele assentiu, o olhar passeando pelo jardim escuro sob a luz do luar.

— Isso foi seis anos atrás, Georgiana. Quais as chances de você um dia me perdoar?

— Muito pequenas, se continuar mencionando chances e apostas na minha presença — respondeu, com a voz áspera. — Eu não entendo, Tristan, como você pode ser tão... insensível. Com qualquer pessoa. Não apenas comigo.

Os olhos deles se encontraram por um instante, sombrios e indecifráveis.

— Entre. Está frio aqui fora.

Georgiana engoliu em seco. O ar gelado estava cortando sua pele pelo tecido fino do vestido noturno, mas algo acontecera esta noite. Algo além da primeira discussão civilizada e honesta que ela e Tristan tiveram em seis anos. Algo que a fez olhar para o perfil esguio dele quando se aproximou e lhe ofereceu a mão.

Cruzando os braços para não se sentir tentada a tocá-lo, ela se levantou e guiou o caminho de volta até a casa. O fato de Tristan não estar com raiva a perturbava, e Georgiana não sabia o que dizer.

— Faria alguma diferença — começou ele baixinho — se eu me desculpasse novamente?

Georgiana se virou para ele.

— Desculpasse pelo quê? Por me fazer pensar que gostava de mim, ou por ter sido pego mentindo?

A raiva passou pelos olhos masculinos brevemente. Ótimo. Era mais fácil de lidar quando ele não estava sendo sensível e amável.

— Vou entender isso como um "não", então — disse Tristan, indicando que ela continuasse a caminhar. — Mas, se fizer alguma diferença, naquela noite... Magoá-la era a última coisa na minha cabeça. Não era minha intenção e é por isso que sinto muito.

— É um bom começo — reconheceu Georgie, a voz não tão estável enquanto subia os degraus da entrada da casa. — Ou seria, se eu acreditasse em você.

Outra carta chegou para Georgiana no dia seguinte. Tristan a cheirou relutantemente, mas quem quer que as tenha perfumado aparentemente usara todo o frasco de colônia nas primeiras missivas.

Olhando para a porta, ele quebrou o selo de cera e a abriu.

— *Minha cara Lady Georgiana* — leu —, *refleti sobre o conteúdo desta carta por muitos dias. Embora a...*

— Milorde?

Tristan deu um pulo.

— O que foi, Dawkins? — indagou, colocando a carta no colo.

— A cesta de piquenique está pronta, milorde, e o coche está na entrada, como solicitou.

— Sairei em um instante. Feche a porta, por favor.

— Sim, milorde.

Reerguendo a carta, olhou diretamente para o final. Westbrook — então ela *estava* recebendo cartas de conhecidos. Tristan chegou a pensar que Georgie estava mandando cartas para si mesma. Bom, já que abrira a carta, então por que não terminar de ler?

Embora a senhorita tenha gentilmente aceitado minhas desculpas por meu péssimo comportamento no Regent's Park, sinto que lhe devo mais explicações. Há muito tempo sei de sua animosidade para com lorde Dare, e receio ter saído em sua defesa rápido demais quando ouvi os comentários grosseiros dele para com a senhorita.

Tristan estreitou os olhos para a carta.

— Comentários grosseiros? Eu estava sendo gentil, seu porco — resmungou. — *Por favor, saiba que apenas intervim porque tenho pela senhorita a mais alta estima, e continuarei a ter. A seu dispor, John Blair, lorde Westbrook.*

Então Georgiana tinha um pretendente que não estava interessado em seu dinheiro. Tristan não conhecia o marquês muito bem, apesar de já tê-lo visto no White's e nos eventos da sociedade algumas vezes. As apostas de Westbrook eram mais conservadoras que as suas e, além de um ou outro encontro casual, seus caminhos raramente se cruzavam. Também não compartilhavam a mesma crença política. Pareciam, contudo, ter uma coisa em comum.

Tristan ficou olhando para a carta por um bom tempo, e então a dobrou novamente. Levantando-se, encostou uma ponta do papel na lamparina da mesa. A carta começou a esfumaçar e pegou fogo. Assim que estava engolida pelas chamas, a jogou na lixeira e despejou o conteúdo do vaso mais próximo dentro dela.

Tristan deu um sorriso sinistro. Independentemente do que estava acontecendo, não iria deixar que Georgie vencesse. Vale tudo no amor e na guerra — e isso, definitivamente, era uma coisa ou outra.

Tristan ficou parado próximo à roda de seu coche enquanto ajudava Amelia Johns a descer. Tinha levado quase uma semana de tentativas débeis e algumas tramoias para despistar Georgiana, mas conseguira ir até a Residência Johns e levar Amelia para um piquenique.

— Ah, é tão lindo aqui — arrulhou ela, arrastando a saia de musseline amarela na grama alta. — O senhor escolheu este local especialmente para nós?

Ele tirou a cesta da parte de trás do veículo enquanto o cavalariço levava o coche e os cavalos para poucos metros dali.

— É claro que sim. Sei que a senhorita gosta de margaridas.

Amelia olhou para os amontoados de flores agrupadas na beirada de uma pequena clareira.

— Sim, são lindas. E combinam com meu vestido, não combinam? — ela riu. — Estou tão feliz por não ter colocado meu vestido cor-de-rosa, pois o efeito seria bem menor.

— Nesse caso, a teria levado a um jardim de rosas — respondeu Tristan, estendendo o cobertor e colocando-o no chão. — Sente-se.

Amelia se acomodou graciosamente, com a saia se espalhando ao seu redor de forma tão artística que Tristan se perguntou se ela praticara aquele movimento. Provavelmente. Reparou também que a moça não fazia nada malfeito.

— Espero que goste de faisão assado e de pêssegos — comentou ele, abrindo a cesta e tirando as taças e o vinho Madeira.

— Eu iria gostar de qualquer coisa que escolhesse, Tristan.

Amelia concordava com tudo o que ele dizia, no que agradavelmente era diferente de Georgiana. Se dissesse que o céu era azul, Georgie o informaria que a cor era algum tipo de ilusão causada pela refração da luz do sol. Sim, uma tarde com Amelia era, definitivamente, uma mudança para melhor.

— Mamãe permitiu que eu arrumasse todas as flores do térreo hoje — contou ela, aceitando um guardanapo e uma taça. — Mamãe diz que tenho muito talento para montar arranjos de flores.

— Não tenho dúvidas.

— Quem costuma arrumar as suas flores?

— Minhas flores? — Tristan pensou no assunto por um instante. — Não faço ideia. Uma das criadas, suponho. Ou a sra. Goodwin, a governanta.

Amelia pareceu chocada.

— Ah, sempre é preciso ter uma pessoa muito qualificada para fazer os arranjos. É muito importante.

Tristan tomou um gole de vinho.

— E por quê?

— Um arranjo de flores bem-feito é sinal de uma casa bem-administrada. Mamãe sempre diz.

— Faz sentido.

Também explicava por que não se importava com quem arrumava suas flores, e por que não pensava duas vezes antes de jogá-las na lixeira para apagar incêndios que começara. Bem-administrado e Carroway não eram exatamente sinônimos.

— Vocês usam rosas, íris ou margaridas como tema central?

Piscando, Tristan tomou outro gole, e então percebeu que havia esvaziado a taça.

— Lírios — respondeu distraidamente, voltando a encher a taça.

Georgiana lhe dissera, certa vez, que preferia lírios a qualquer outra flor. O gosto e o estilo dela eram impecáveis, então parecia uma resposta segura.

Amelia fez um leve bico, provavelmente para fazê-lo olhar para sua boca. Tristan descobrira esse truque durante a incursão na escola para meninas Emma Brakenridge, e não teve dificuldades em decifrar o que ela estava tramando.

— Não são margaridas? — perguntou Amelia, piscando os olhos.

Outro truque, bem executado, porém óbvio.

— Bem, a senhorita quis saber.

— O senhor quer me beijar?

Aquilo capturou sua atenção.

— Como é? — indagou Tristan, tentando não engasgar. Outra taça do vinho doce desaparecera.

— Eu deixaria, se o senhor quisesse.

Surpreendentemente, jamais pensara em beijá-la. Depois que estivessem casados, precisaria beijá-la em alguns momentos, supunha, além de se engajar em outras atividades mais íntimas, mas... Tristan olhou para ela por um longo momento. O sexo sempre fora um ato prazeroso, independentemente de quem escolhia para consumá-lo. Ultimamente, contudo, andava ansiando por uma iguaria especial, rara — que só provara uma vez na vida. E não era Amelia.

— Beijá-la não seria apropriado.

— Mas quero que o senhor goste de mim, Tristan.

— Gosto da senhorita, Amelia. Beijá-la não é necessário. Aprecie seu faisão.

— Mas eu o beijaria, se o senhor quisesse. O senhor é muito bonito, sabia? E é um visconde.

Meu Senhor, Georgiana nunca fora ingênua desse jeito, mesmo aos 18 anos. Se quisesse garantir um casamento com Amelia, provavelmente podia derrubá-la no chão e erguer suas saias bem ali, no meio do Regent's Park, e ela nem sequer se queixaria. Georgiana arrancaria suas entranhas com uma faca de cozinha e jogaria seus restos na lagoa dos patos.

Tristan riu, então pigarreou quando Amelia olhou-o.

— Minhas desculpas. E obrigado. A senhorita está excepcionalmente bela hoje, minha querida.

— Sempre procuro estar o mais bonita possível.

— E por quê?

— Para conquistar um marido, é claro! É para isso que servem as mulheres. As que mais se esforçam para estarem sempre bonitas são as que conseguem um parceiro.

Aquilo era interessante, em um sentido pavoroso.

— Então as mulheres que não são casadas...

— Não estão se esforçando o bastante. Ou são de qualidade inferior.

— E se a mulher opta por não casar?

Apesar do insulto às suas tias solteiras e plenamente felizes, Tristan estava, na verdade, pensando em Georgiana. Ela não era de qualidade inferior, e a ideia de que tentaria conquistar um marido porque era para isso que as mulheres serviam — bem, era ridícula.

— *Opta* por não casar? Isso é absurdo.

— Minhas tias não são casadas, sabe?

— Bom, elas são bem velhas — disse Amelia, dando uma mordida em seu pêssego.

— Suponho que sejam mesmo — concordou Tristan, em sua maior parte porque a ideia de tentar argumentar era absurda. Teria mais sorte discutindo com um nabo.

Tristan não costumava achá-la tão sem graça e afetada. E o motivo para tal mudança era óbvio. Georgiana. Não conseguia tirá-la da cabeça, e agora estava comparando cada segundo da conversa oca que estava tendo com a pobre Amelia com os *tête-à-têtes* que engatava com Georgie.

O problema, entretanto, continuava sendo o mesmo. Precisava se casar com uma herdeira antes da colheita de outono. Se não, precisaria começar a vender partes alienáveis de suas terras, e ele se recusava a financiar o presente com o futuro de seus descendentes. Georgiana era uma herdeira, e definitivamente mais interessante do que qualquer outra moça abastada com quem se engajara. Ela, no entanto, o odiava.

Contudo, a ideia continuava intrigante. Ele não *a* odiava... Na verdade, o desejo ardente que se espalhava por seu corpo toda vez que colocava os olhos em Georgie estava ficando difícil de esconder. Ela abrandara um pouco em relação a ele, mas Tristan não podia se dar ao luxo de perder mais três ou quatro meses.

— Tristan?

Ele voltou ao presente.

— Sim?

— Não quis dizer que suas tias são inferiores. Tenho certeza de que são adoráveis.

— Sim, elas são.

— Às vezes, acho que eu, talvez, deveria ser um pouco mais grosseira com o senhor.

— Grosseira?

Aquilo era algo estranho a se dizer, visto que ele se dera ao trabalho de levá-la a um piquenique.

— Sim, porque o senhor nunca presta muita atenção em mim. Mas parece mais gentil hoje. Acho que está aprendendo sua lição.

Tristan a fitou, a mente se libertando do tédio que Amelia provocava. Ela estava dizendo coisas interessantes, repentinamente. Aprendendo sua lição? Ela pareceu usar aquela expressão deliberadamente. E Amelia não achava que estava aprendendo *uma* lição, mas *sua* lição. Ela tinha algum motivo para pensar que alguém estava ensinando algum tipo de lição a ele? Não era ela, é claro; Amelia estava ali para se casar, e nada mais.

Tristan poderia supor quem poderia ser, mas não fazia ideia de por que Amelia saberia das maquinações de Georgiana quando nem ele mesmo conseguira descobrir qualquer coisa. Talvez ela estivesse apenas se referindo a uma lição em geral e tivesse verbalizado aquilo de uma forma incorreta e ele só estivesse sendo desconfiado.

Por outro lado, ser desconfiado o salvara de grandes confusões mais de uma vez.

— Estou me esforçando bastante — comentou, devagar, tentando fazê-la falar mais — para aprender minha lição.

Amelia concordou.

— Consigo perceber. Acho que o senhor está ouvindo o que estou dizendo hoje, sendo que quase nunca o faz.

— Existe mais alguma coisa que a senhorita notou que estou fazendo melhor hoje?

— Bem, ainda é cedo para dizer, mas tenho grandes esperanças. Se vamos nos casar, eu gostaria que fosse, ao menos, um pouquinho agradável.

Tristan suprimiu um tremor. Essa era a hora perfeita para informar que pretendia conversar com o pai dela sobre essa perspectiva. Era o que precisava fazer, pela família. Porém, no fundo de sua mente, um pensamento continuava se repetindo: ainda tinha três meses. Três meses e uma mulher dormindo sob seu teto que não o irritava, nem de longe, como Amelia, embora o excitasse e enfurecesse consideravelmente mais.

— Continuarei tentando ser agradável, então — foi o que disse.

Era melhor não deixar a questão pender nem para um lado, nem para o outro; falar sobre casamento poderia ser tão comprometedor quanto prometê-lo, e se, em três meses, Amelia ainda fosse a melhor opção, precisaria fazê-lo.

— Ainda acho que, se o senhor me beijasse, seria bastante agradável.

Meu Senhor. Tristan se perguntou se Amelia fazia ideia da reputação que ele tinha quando era mais jovem ou o que significaria se alguém os pegasse se beijando. É claro, provavelmente era isso que a jovem tinha em mente.

— Tenho respeito demais por nossa amizade para arriscar arruiná-la, Amelia. — Ele remexeu a cesta novamente. — Torta de maçã?

— Sim, por favor. — Ela segurou a fatia com os dedos delicados e mordiscou uma ponta. — O senhor comparecerá ao baile de Devonshire amanhã à noite?

— Sim.

— Sei que é ousado da minha parte perguntar, mas o senhor dançaria comigo? A primeira valsa, quem sabe?

— Seria um prazer.

Tristan planejara um passeio de duas horas, e parecia que o tempo já estava terminando. Pegou o relógio de bolso e o abriu. Haviam se passado 35 minutos desde que a pegara na casa do pai. Tristan conteve um suspiro. Não sabia ao certo se conseguiria tolerar mais uma hora e meia. Esperava que sua família apreciasse o esforço. E esperava que Georgiana estivesse passando uma tarde igualmente monótona em qualquer outro lugar, e que estivesse pensando no que ele estaria fazendo.

Capítulo 9

O mundo todo é muita coisa;
preço exorbitante para um pequeno vício.
— *Otelo*, Ato IV, Cena III

— Então eu tenho uma pergunta.

Lucinda se encolheu na cama de Georgiana com o queixo apoiado na mão. Parecia extremamente confortável.

Georgiana invejava sua tranquilidade, embora nunca tivesse visto Lucinda se estafar, nem um pouquinho, por nada. Provavelmente era resultado de ter um general brilhante e altamente disciplinado como pai, que, depois da morte da esposa, decidiu dar à filha a própria educação e a riqueza.

Quanto a ela mesma, cada terminação nervosa em seu corpo parecia estar pegando fogo. Cada barulho a fazia pular, e mesmo a seda mais macia, em contato com a pele, parecia áspera e espinhosa. É claro que ter trocado de vestido cinco vezes em vinte minutos talvez tivesse algo a ver com isso.

— Que pergunta? — indagou, virando-se para olhar as próprias costas no espelho. O azul era bonito, mas já o usara antes. *Ele* já o vira antes.

— Até onde vai levar isso, Georgie?

Outra palpitação de nervosismo passou por seu corpo, e ela se virou para que Mary desabotoasse as costas do vestido.

— Vamos provar o novo.

— O verde, milady?

— Sim.

— Mas achei que a senhorita tivesse dito que era muito...

— Imodesto. Eu sei. Mas os outros não parecem... certos.

— Georgie?

— Eu a ouvi, Luce. — Ela olhou pelo espelho para a aia, ocupada desabotoando as costas de seu vestido. Confiava em Mary, mas sua reputação custaria todo o seu futuro. — Mary, poderia ver se a sra. Goodwin tem chá de hortelã?

— É claro, milady.

Depois que a aia fechou a porta ao sair, Lucinda se levantou e ajudou Georgiana a tirar o vestido.

— Isso é sério, não é?

— Se a lição não for aprendida, tudo será em vão. Ele me magoou, Luce. Não permitirei que faça isso com mais ninguém.

— Isso é o máximo que você já falou sobre o assunto — observou a amiga, analisando sua expressão. — Mas ensinar uma lição a ele não significa que você precise arriscar se magoar novamente.

Georgiana forçou uma risada.

— O que faz você pensar que me magoarei? Já aprendi a *minha* lição quando se trata de Tristan Carroway.

— É que você não está parecendo transbordar raiva e determinação.

— Como estou parecendo, então?

— Você parece... animada.

— Animada? Não seja ridícula. Este é o sexto ano em que participo do baile de Devonshire. As festividades são sempre divertidas, e você sabe que gosto de dançar.

— Você irá com os Carroway ou sua tia lhe enviará um coche?

— Irei com tia Frederica. Milly e Edwina não participarão e não posso aparecer acompanhada de Tristan e de Bradshaw.

— Algumas semanas atrás, você só se referia a ele como Dare. Agora o chama pelo nome de batismo de novo.

— Estou fingindo cortejá-lo, lembra-se? Ou permitir que me corteje. Preciso ser amigável.

— Qual a cor preferida de Tristan?

— Verde. O que isso tem...

Georgiana olhou para baixo, para o novo vestido, enquanto Lucinda abotoava as costas. A seda brilhava um tom esmeralda permeado por tons mais claros de verde; a saia e as luvas eram cobertas por uma gaze fina. O decote era o mais profundo que usava em um bom tempo, mas, ao girar em frente ao espelho, ela se sentia linda. E o novo leque amarelo e branco combinaria perfeitamente com a veste.

— Eu gosto de verde.

— É claro.

Georgiana parou de girar.

— Sei o que estou fazendo, Luce. Você pode pensar que nossas listas eram apenas uma maneira boba de passar a tarde, mas toda vez que penso na pobre Amelia Johns e em quanto Dare poderia machucá-la com sua insensibilidade estúpida... Acredite em mim, estou falando muito sério.

Lucinda se afastou, observando Georgiana e o vestido.

— Acredito em você. Mas é para ensinar uma lição a ele, Georgie, não arruinar *você*.

— Não deixarei que isso aconteça. Gato escaldado tem medo de água fria. — Ela sorriu, girando novamente. — Acho que é este.

— Você certamente chamará a atenção de Dare.

Por mais otimista que Lucinda estivesse, Georgiana ficou andando de um lado para o outro irrequieta por mais meia hora depois que a amiga foi embora. Sozinha, era mais difícil garantir a si mesma que permanecia indiferente a Tristan. Quando tinha 18 anos, a atenção, o charme e a beleza dele foram avassaladores. Graças, em grande parte, a Tristan, ela não era mais a mesma garota.

De toda forma, a parte menos lógica disso tudo era que ainda se sentia atraída por ele. Seis anos depois, aquele homem parecia mais... consciente, mais atencioso com todos à sua volta, e mais maduro do que antes. Georgiana jamais esperara o calor nítido e a afeição que ele demonstrava por sua família. E o que talvez tivesse sido a maior mudança de todas: Tristan se desculpara com ela. Duas vezes, e quase como se compreendesse todo o estrago que causara e estivesse genuinamente arrependido — ou, pelo menos, como se quisesse que Georgie pensasse isso.

Às 20h30, um lacaio bateu à porta.

— Milady, seu coche está aqui.

— Obrigada.

Respirando fundo, saiu do quarto e desceu a escada.

Bradshaw, vestindo seu mais belo traje naval azul e branco, estava parado no saguão, colocando o sobretudo. Ele ergueu os olhos quando ela chegou e congelou.

— Minha nossa... Georgie, por favor, não deixe o contra-almirante Penrose vê-la antes de eu falar com ele. Penrose não vai mais prestar atenção em mim depois que a vir.

Sentindo-se levemente reconfortada, Georgiana sorriu.

— Farei meu melhor. Mas o senhor também está muito elegante.

Shaw retribuiu o sorriso, ensaiando uma saudação.

— Não é exatamente a mesma coisa, mas obrigado.

O ar se agitou atrás dela. Resistindo à vontade de alisar a saia, Georgiana se virou. Dare estava usando um paletó cinza-escuro, sua calça era preta como a noite e a gravata, branquíssima em torno do pescoço, por cima do colete. Ele não usava acessório algum — mas, também, não precisava. O cabelo escuro se encaracolava na altura do colarinho, e seus olhos azuis-claros brilharam como safiras quando a observou da cabeça aos pés.

O calor subiu pela parte de trás de suas pernas até o couro cabeludo. Ela não esperava reagir fisicamente. Sim, ainda gostava de seus beijos, mas pensara estar imune à atraente masculinidade.

Para encobrir seu desconcerto, fez uma reverência.

— Boa noite.

Tristan queria umedecer os lábios. Em vez disso, a cumprimentou com um aceno de cabeça, sem conseguir deixar de admirar a bela figura por completo mais uma vez. Georgiana reluzia — a gaze refletia a luz fraca das lamparinas e se transformava em esmeraldas. Tristan mal podia imaginar o efeito que teria no salão de baile bem-iluminado. O decote profundo se ergueu quando ela respirou fundo, a curva rotunda e perolada dos seios o convidando e o atormentando.

Um rubor corou as bochechas femininas, e Tristan se estapeou mentalmente. Idiota. Precisava dizer alguma coisa.

— A senhorita está deslumbrante.

Georgiana inclinou a cabeça.

— Obrigada.

Dawkins pigarreou, oferecendo a Georgiana um xale de renda marfim. Tristan se adiantou, arrancando a peça dos dedos do atônito mordomo.

— Permita-me. — Os olhos dela o seguiram enquanto se aproximava, e Tristan inspirou lentamente. — Vire-se — murmurou.

Com um sobressalto, como se tivesse despertado de um sonho, Georgiana obedeceu. O vestido deixava seus ombros e boa parte de suas escápulas à mostra. Tristan queria deslizar as mãos pela pele macia, para saber se ainda era tão quente quanto se lembrava. Em vez disso, enrolou o xale nos ombros dela, afastando-se rapidamente enquanto Georgiana segurava as pontas com firmeza em cima do peito. Um cacho dourado e macio tocou-lhe o rosto quando ela se virou para ele novamente.

— Meu coche está aqui — avisou desnecessariamente.

— Eu a acompanharei até lá fora.

Tristan lhe ofereceu o braço enquanto Dawkins abria a porta da frente. Georgiana envolveu a manga do casaco cinza com os dedos e, mesmo através do tecido grosso do paletó, ele podia sentir que ela tremia enquanto a guiava pelos rasos degraus até o coche que a aguardava.

— Georgiana, lorde Dare — disse uma voz feminina das profundezas do veículo. — Estava começando a achar que vocês tinham matado um ao outro.

Ele fez uma reverência.

— Sua Graça, peço desculpas. Não sabia que a senhora estava esperando aqui fora.

— Eu também não sabia, tia Frederica — Georgiana apressou-se a dizer, corando enquanto soltava o braço de Dare e entrava no coche. — Jamais a deixaria esperando.

— Eu sei, minha querida. Colocarei a culpa no seu acompanhante.

— Por favor, faça isso. — Ele conseguiu encontrar os olhos de Georgiana, que se sentara de frente para a duquesa viúva. — Nós nos veremos em breve.

Tristan observou o coche se afastar e, então, voltou para dentro para pegar o casaco e as luvas. Bradshaw lhe entregou o chapéu e colocou o tricórnio azul-marinho sobre o cabelo escuro.

— O que foi aquilo tudo? — questionou baixinho.

— Aquilo o quê?

— Vocês dois. Os pelos do meu braço estão até arrepiados.

Tristan deu de ombros.

— Talvez seja o tempo.

— Eu é que não iria querer ficar preso nessa tempestade, então.

O coche chegou e eles entraram. Tristan tentara convencer Edwina, ao menos, a se juntar a eles, mas a tia recusara. A amiga de Georgiana, Lucinda Barrett, trouxera o novo gatinho aquela tarde, efetivamente arruinando seu plano de fazer com que Georgiana o acompanhasse em seu coche.

Aquilo o irritara, mas nenhum dos dois podia discutir diante do brilho nos olhos de tia Edwina quando pegou Dragão — que, por algum motivo, ela decidira ser o nome de seu novo gato preto. Tristan pensou que aquela coisinha mirrada parecia mais um rato, mas não diria aquilo em voz alta. Não quando Georgiana abraçara a bola de pelos debaixo do queixo e arrulhara para ela.

— O Nanico disse que você foi a um piquenique ontem.

Tristan piscou.

— Sim.

— Com Amelia Johns.

— Sim.

Bradshaw fez uma careta.

— Você parece o Bit falando. Como foi o almoço? Em mais que duas palavras, por favor.

— Muito agradável, obrigado.

— Seu bastardo.

— Se eu for mesmo, então você pode herdar o título de visconde e se casar com a srta. Johns. Isso seria interessante.

— Horripilante, você quis dizer. — Bradshaw cruzou os tornozelos. — Então, você se decidiu pela srta. Johns? Definitivamente?

Tristan suspirou.

— Ela é a candidata mais provável. Rica, bonita e obcecada por um título.

— É uma pena que você e Georgiana não se entendam bem. Ou agora se entendem? Aquele tempo adverso me deixou confuso.

— E por que seria uma pena? — quis saber Tristan, essencialmente para ouvir o que seu irmão diria. — Ela é alta demais, obstinada, e tem uma língua afiada.

É claro que aquelas eram as três características de que mais gostava nela.

— Bem, você está procurando por uma mulher rica e bonita, e ela o é. É claro, seu pai é marquês, então Georgie não está caçando um título, apesar de eu não conseguir imaginá-la agindo dessa forma, de qualquer maneira. — Ele mexeu no berloque do relógio. — Se Westbrook não a estivesse cortejando, e com toda a horda de pobretões precisando de dinheiro, talvez eu mesmo considerasse desposá-la. Com os recursos e a influência dela, eu chegaria ao posto de almirante antes dos 35 anos.

Westbrook, de novo. Ele certamente já a estava esperando no baile, o maldito.

— Você acha que é fácil assim? Você decide, ela é obrigada a aceitar porque, bem, é para isso que as mulheres servem... e vocês vivem felizes para sempre?

Bradshaw olhou para o irmão.

— Amelia o rejeitou?

— Ainda não a pedi em casamento. Fico esperando... Não sei. Por um milagre, suponho.

— Não espere por um quando se trata de dinheiro. Papai fazia questão de gastar cada centavo que conseguia ganhar, emprestar ou roubar.

Tristan suspirou.

— É preciso manter as aparências, você sabe.

Aquela era a parte mais complicada — gastar um dinheiro que não tinha para que parecesse que a família *tinha* algum dinheiro.

— Não me diga que você o entende. Não depois de todo o caos que ele deixou para trás e o fez passar. Ainda o faz passar.

— Eu não fui de muita ajuda quando papai estava vivo. Poderia ter me interessado mais pelas propriedades.

— Você traçou o próprio caminho. E eu não fazia ideia de que estávamos tão perto da falência até ser tarde demais. Não sei como não percebemos o que estava por vir — disse Shaw.

— Eu sabia que era o herdeiro. Mas não levava isso muito a sério.

— Mas agora está levando. Já é mais do que ele fez. Se os credores não tivessem espalhado boatos por toda a sociedade quando papai morreu, acho que ninguém sequer suspeitaria do caos que ele causou.

— Ele foi muito cauteloso — comentou Tristan.

— Não, não foi. *Você* foi. Ainda é.

Tristan sorriu.

— Quantos elogios esta noite. Precisa que eu troque algumas palavras com Penrose, certo?

Bradshaw riu.

— Não. Exatamente o oposto. Quero que você fique o mais longe possível. O contra-almirante ainda se lembra daquelas duzentas pratas que você ganhou dele naquele jogo de faraó. Já perdi a conta de quantas vezes me lembrou "daquele seu maldito irmão sortudo".

— Não teve nada a ver com sorte, meu rapaz.

Suspirando, Shaw deu uns tapinhas no joelho do irmão.

— E queria que você soubesse que sei que não gosta da ideia de se casar por dinheiro, e que aprecio o sacrifício.

— Para falar a verdade, estava pensando que você está tão estupendo esta noite que talvez *você* consiga agarrar uma herdeira e *eu* possa voltar a cortejar atrizes e cantoras de ópera.

— Pouco provável — grunhiu Shaw.

— Eu cortejando cantoras de ópera ou você se casando?

— Os dois.

Bradshaw tinha razão em relação a ambas as questões. Sem o atrativo de um título, as perspectivas de Shaw eram ainda menos promissoras que as suas.

Não que faltassem parceiras para Tristan, mas ele se tornara mais ponderado quanto ao processo. As mulheres que aceitavam ter um caso não o queriam por seu dinheiro, apesar de ainda parecerem querê-lo. Às vezes, no entanto, se sentia como um cervo majestoso sem sua galhada. As mulheres estavam mais que dispostas a deitar-se com ele, mas não era muito ostentado. Tristan compreendia, mas não gostava, de toda forma.

Era por esse motivo que quase passara a odiar eventos como o baile de Devonshire. Esta noite, contudo, a ansiedade corria quente por debaixo de sua pele. Não tinha nada a ver com a valsa que prometera a Amelia, e sim com admirar e tocar em Georgiana naquele vestido esmeralda. Se ela dissesse que sua caderneta estava cheia para a noite, alguém ficaria muito chateado.

Tristan a avistou assim que ele e Shaw entraram no salão. Estava certo quanto ao vestido: sob a luz do candelabro, Georgiana parecia emanar uma luz etérea que chamava sua atenção — e a de todos os outros homens do recinto. Mesmo que estivesse vestindo trapos, entretanto, Tristan a teria notado.

— Sua Amelia está saltitando na nossa direção.

— Ela não é minha...

— E lá está Penrose. Você está sozinho, irmão.

Tristan estava acostumado a ver um mundaréu de homens solteiros em torno de Georgiana em todos os saraus, e nunca tentara participar. Eles costumavam ser voláteis demais juntos. Trocar alguns insultos breves ou ser atacado com o leque era o máximo que podia esperar, e dificilmente era suficiente para satisfazer seu desejo masoquista de vê-la de perto. Esta noite, entretanto, precisava se juntar à massa. Esta noite, queria dançar com Georgiana.

— Tristan, reservei a primeira valsa para você — comentou Amelia ao se aproximar, toda angelical de branco e cor-de-rosa.

— E quando é a primeira valsa?

— Assim que terminarem essa quadrilha. Não estão todos deslumbrantes esta noite?

— Sim, deslumbrantes.

Ele olhou para a orquestra. Em dois ou três minutos, estaria na pista de dança com Amelia e, quando a valsa terminasse, a caderneta de Georgiana estaria repleta com uma dúzia de suplentes esperando nas coxias por um escorregão ou uma queda dos parceiros prioritários. Maldição.

— Pode me dar licença por um instante?

O belo rosto de Amelia desandou de frustração.

— Achei que talvez o senhor quisesse conversar comigo.

O próximo passo eram as lágrimas — já vira aquela progressão antes.

— É claro que quero. E conversarei com a senhorita após a valsa, também. Mas lady Georgiana está cuidando de minhas tias e tenho um recado para entregar.

— Ah. Então tudo bem. Mas volte logo!

— Voltarei.

Meu pai do céu. Nem tinha pedido a mão de Amelia em casamento ainda e ela já estava tentando ditar com quem ele podia socializar. Independentemente de qual fosse o desfecho das próximas semanas, aquele aborrecimento em particular não continuaria.

Sem olhar para trás, Tristan atravessou o salão até o aglomerado de homens que rodeavam Georgiana. Ele era mais alto que a maioria, e ela o avistou imediatamente. Para sua surpresa e desconfiança, Georgie sorriu.

— Lorde Dare, aí está o senhor. Quase dei seu lugar a outra pessoa.

Ela reservara uma dança para ele.

— Minhas desculpas.

O marquês de Halford se intrometeu no pequeno espaço livre entre eles.

— Está favorecendo seus preferidos, lady Georgie?

— Cuidado, milorde, ou seu lugar pode acabar ficando vago também — alertou ela, encarando o marquês. — Estamos todos amistosos esta noite.

Halford, com os ombros largos, fitou Tristan com raiva por um breve momento, então assentiu de leve com a cabeça na direção de Georgiana.

— Aprendi a nunca discutir com uma mulher bonita.

— Que coisa ridícula a se dizer — troçou Tristan. — Agora você não poderá discutir com nenhuma mulher, ou então ela pensará que você a acha feia.

Uma risada abafada ecoou na roda. O rosto de Halford enrubesceu, mas, antes que pudesse responder, Georgiana pegou Tristan pelo braço e o puxou na direção da mesa de bebidas.

— Pare com isso.

— Não. Foi algo patético a se dizer, e você sabe disso.

— Ouço coisas patéticas dos homens o tempo todo — respondeu ela, falando baixo.

A quadrilha acabou. Tristan olhou por cima de ombro e viu Amelia olhando-o esperançosa. Ele preferiria passar a valsa conversando com Georgiana, mas dera sua palavra.

— Está pronto? — perguntou Georgiana, oferecendo-lhe a mão.

— Pronto para quê?

— Nossa valsa.

Tristan resmungou uma obscenidade.

— Georgie, eu... — Respirou fundo enquanto a valsa começava. — Não posso.

Ela abriu a boca, e a fechou novamente.

— Ah.

— Prometi essa valsa à srta. Johns ontem.

Georgie olhou por cima do ombro dele, a expressão ilegível, e então assentiu com a cabeça.

— Então vá dançar com ela.

Antes que ela pudesse se virar, Tristan segurou seu braço.

— Não fique zangada — murmurou. — Não a estou desprezando.

Seus olhos esmeralda demonstraram surpresa.

— Não estou zangada. Mas eu queria...

— Você queria dançar comigo — completou ele, sorrindo lentamente.

— E dançará.

Georgiana fez uma careta.

— O que o faz pensar...

— Preciso ir.

Ele a soltou para levar Amelia até a pista de dança, e Georgiana os observou começarem a dançar. A jovem tinha talento para a valsa, e Tristan sempre fora um dos homens mais atléticos e graciosos que conhecia. Eles formavam um belo casal, movimentando-se pelo salão e mantendo a distância adequada entre si.

Tristan cumpriu a promessa que fizera a Amelia. Georgiana deveria estar eufórica, mas se sentia frustrada.

Lorde Westbrook se aproximou.

— Lady Georgiana, não posso acreditar que a senhorita decidiu dispensar a primeira valsa da noite.

— Estava apenas esperando pelo senhor, milorde — respondeu, estendendo a mão e sorrindo.

— Então a senhorita aceita meu pedido de desculpas — disse o marquês de cabelo castanho-claro, pegando-lhe a mão e beijando-a.

Georgiana piscou.

— Seu pedido de desculpas? Ah, por aquela discussão tola no parque? É claro que aceito. Para mim, a culpa é toda de Dare.

— Pergunto-me, então, por que a senhorita continua a tolerar a presença dele.

Não conseguia explicar nem para si mesma.

— Ele é o melhor amigo de meu primo — explicou, dando a resposta padrão —, e as tias são adoráveis.

— Não, Georgiana, a *senhorita* é adorável.

Por mais que estivesse acostumada com elogios e bajulações insignificantes, lorde Westbrook não costumava fazê-los levianamente. Ele também era um dos poucos cavalheiros que conhecia, com exceção de Tristan Carroway, que nunca a pedira em casamento. Ainda, de toda forma.

— O senhor é muito gentil, milorde.

— A senhorita me chamou de "John" alguns dias atrás.

— John, então. — Georgie sorriu para os olhos castanhos e serenos dele. — Como o senhor poderia estar sem parceira para a valsa?

Com sua riqueza e o título, ele era quase tão disputado quanto ela.

— Eu não pretendia dançar esta noite.

— Ah. Perdoe-me, então. Eu...

— Porque achei que sua caderneta estaria lotada. Fico feliz por ter me enganado.

Do outro lado da pista, Georgiana percebeu Tristan olhando-os enquanto girava Amelia nos braços. A expressão sombria em seu olhar a chocou. Ora, ele estava dançando com a mulher com quem deveria se casar, mas parecia preferir estar disputando-a com Westbrook.

O ciúme de Tristan era novidade — se é que aquilo era ciúme. Ele fizera questão de discutir com o marquês no parque, mas Georgiana atribuíra aquilo à sua contrariedade geral.

Por outro lado, talvez seu plano estivesse funcionando, e até melhor do que esperava — o que tanto a excitava quanto a apavorava.

Capítulo 10

*Por sorte a noite é escura e não me vedes,
pois tenho acanhamento de meus trajos.*
— O mercador de Veneza, Ato II, Cena VI

JÁ PASSAVA DAS DUAS DA manhã quando o coche da duquesa viúva de Wycliffe parou em frente à Residência Carroway. Georgiana massageou os pés cansados uma última vez e se levantou quando o pajem uniformizado abriu a porta.

— Fico feliz em saber que Milly está melhor — comentou Frederica.
— Diga isso a ela.
— Eu direi. — Georgiana deu um beijo no rosto da tia. — Boa noite.
— Venha me visitar mais vezes, minha querida.

Ela parou, olhando para a duquesa por cima do ombro.

— Não ficarei aqui para sempre. Milly está quase conseguindo andar sozinha novamente, e então a senhora poderá se cansar de mim de novo.

— Jamais, minha criança.

Dawkins parecia não conseguir ficar acordado nem de dia, muito menos durante a madrugada, então Georgiana abriu a porta para si mesma. Tristan e Bradshaw tinham desaparecido cedo, sem dúvida para ir a alguma das salas de jogos que o duque de Devonshire montara. Esperara que Tristan voltasse para o salão do baile ao menos para ver com quem ela podia estar dançando, mas ele não voltara. Georgiana se perguntou se Amelia também procurara por ele, mas logo afastou aquela ideia. Ao menos Amelia conseguira dançar com o visconde.

Uma lamparina ainda queimava no saguão o que ajudava a enxergar o topo da escadaria, o suficiente para iluminar o caminho até o quarto. Dissera a Mary para não a esperar acordada, então precisaria encontrar um jeito de desabotoar as costas do vestido sozinha, ou teria que dormir com ele. Não estava muito ansiosa para tirá-lo.

A maneira como Tristan a olhara, praticamente devorando-a com os olhos, incitara aquele calor, que um dia fora familiar, na boca de seu estômago. Seis anos atrás, a sensação a entusiasmara. Saber que *ela* havia capturado a atenção de lorde Dare e que ele não tinha olhos para mais ninguém. Céus, como fora estúpida e ingênua. O que aquilo dizia sobre si? O fato de um elogio e um olhar faminto daquele homem ainda a fazerem se sentir daquele jeito?

— Georgiana.

O sussurro, vindo da sala de visitas escura, a fez arfar.

— Tristan? O que...

— Venha cá.

Franzindo o cenho, atravessou o corredor até onde ele estava parado, ao lado da porta, tudo engolido pelas sombras, com exceção dos olhos dele. Ainda bem que Tristan não conseguia ler mentes.

Ele pegou sua mão, puxando-a para dentro da sala, e fechou a porta.

— Não se mexa — murmurou ele, a respiração quente na têmpora feminina. — Vou acender a lamparina.

Em um instante, a sala foi inundada com uma luz dourada oscilante. Tristan ainda usava o traje formal, embora tenha tirado as luvas e o sobretudo. Ele se endireitou, os olhos escuros brilhando sob a luz fraca.

— Está muito tarde, Tristan — disse Georgie no mesmo tom baixo. — Diga o que quer logo, pois quero ir para a cama.

O visconde sorriu, uma curva lenta e deliciosa de seus lábios que fez a boca de Georgiana ficar seca.

— Onde comprou esse vestido?

— Madame Perisse. Era por isso que queria me ver?

— Parece algo que as fadas teceriam de teias de aranha e gotas de orvalho.

Ela recebera elogios a noite toda, e nenhuma palavra a tocou como aquelas.

— Foi isso que pensei na primeira vez que vi. Obrigada.

Tristan deu um passo em sua direção.

— Dance comigo. Eu lhe prometi uma valsa.

— E a música?

— Posso cantar, se quiser, mas eu não recomendaria.

Georgiana riu de leve.

— Acho que posso contar os compassos, se necessário.

Tristan estava de ótimo humor. Por um instante, ela se perguntou se ele tinha pedido Amelia em casamento e tinha recebido um sim como resposta. Mas Georgie não achava que isso o faria sorrir. Os dois dançavam com precisão demais para estarem apaixonados — por ora.

Pensar nele com Amelia provocou em Georgiana uma sensação muito parecida com o pânico. Respirou fundo. Nada acontecera. Ele ainda não estava pronto para se casar. Ainda não o preparara. Nem para si mesma Georgiana admitiria que também não estava preparada para o casamento dele com outra pessoa.

— Venha cá — repetiu Tristan, estendendo a mão.

— Como foi sua valsa com a srta. Johns? — indagou Georgie, entrelaçando as mãos atrás das costas.

Ficara mais sábia com o passar dos anos, sabia disso. Então por que parecia não conseguir resistir a ele?

— Preferia ter dançado com você — respondeu Tristan com a voz grave. — Vai pegar minha mão, Georgiana? Eu lhe prometi uma valsa.

— Você já fez promessas antes que não cumpriu.

Os olhos dele se estreitaram.

— Isso foi há muito tempo. Hoje, cumpro minhas promessas. Ou tento, pelo menos. Você está dificultando um pouco.

— Eu...

— Quero dançar uma valsa com você.

Tristan deu outro passo adiante, tranquilo e seguro como uma pantera. Ah, isso era um erro. Ela precisava ir embora antes que arruinasse tudo que planejara, porque parecia não conseguir mais odiá-lo.

— Tenho uma pergunta — falou Georgiana, tentando fazer seu cérebro funcionar de novo. — Quero saber...

— Por quê? — completou ele.

A pergunta não pareceu surpreendê-lo nem um pouco.

— Nada de mentiras ou de explicações mirabolantes, Tristan — pediu secamente. — Apenas me conte.

Lentamente, ele assentiu com a cabeça.

— Em primeiro lugar, eu tinha 24 anos e era muito idiota. Quando ouvi alguém no White's propor uma aposta para conseguir um beijo e uma das meias de Lady Georgie, agarrei a oportunidade. — Olhou para ela, e a expressão arrogante de confiança parecia ter desaparecido de seu semblante pela primeira vez. — Mas não por causa da aposta. Isso apenas me deu uma desculpa.

— Uma desculpa para quê?

Tristan estendeu o braço, acariciando o rosto dela com o dedo.

— Para isto.

Georgiana tremeu.

— Houve um tempo em que eu teria lhe dado uma meia minha. Você não precisava...

— E era apenas isso que eu pretendia fazer: pedi-la a você. Mas, quando a toquei, quis mais que isso. Estava acostumado a ter o que queria. E o que eu queria era você, Georgiana.

Ela sabia do que ele estava falando. Quando se beijaram — quando ele a beijara recentemente —, parecia que raios estavam atingindo sua espinha.

— Tudo bem, aceitarei essa explicação. Mas, quando fiquei sabendo da aposta, por que não explicou?

Tristan franziu o cenho brevemente, olhando para as próprias botas como um garoto culpado.

— Eu errei em fazer o que fiz — confessou, voltando a olhá-la —, independentemente dos meus motivos para ter participado da aposta. Você tinha toda razão em ficar zangada.

A boca de Georgiana estava seca.

— Então onde está minha meia?

Por algum motivo, aquilo o fez sorrir.

— Posso lhe mostrar, se quiser.

Então ele ainda a tinha. Em algum lugar no fundo de sua mente, ela esperava que Tristan a tivesse guardado. Sempre receara que a tivesse dado para alguém ou a descartado onde alguém pudesse encontrar e, por conta da aposta, descobrir de quem se tratava. Ela vivera com o medo de ser arruinada perante os olhos de todos por anos, sem nunca saber quando poderia acontecer.

— Mostre-me.

Erguendo a lamparina com uma mão, Tristan indicou que ela o seguisse. Atravessaram o corredor até a ala oeste da casa, e Georgiana hesitou. Os aposentos particulares dele ficavam naquela direção. Mas, se Tristan acreditasse que ela o tivesse perdoado, então talvez ele se apaixonasse por ela, bem a tempo de ajudar Amelia. Georgie seguiu os passos silenciosos dele como se uma escapadela de madrugada não a perturbasse nem um pouco.

Pararam diante de uma porta fechada. Dando uma olhada para ela, como que para se certificar de que Georgiana ainda estava ali, Tristan a abriu e entrou. Endireitando os ombros, ela o seguiu.

— Este é o seu quarto — disse ela, engolindo em seco quando Tristan fechou e trancou a porta.

Sem respondê-la, ele foi até a cômoda em um dos cantos do quarto amplo e escuro e abriu a gaveta de cima.

— Aqui — disse, voltando-se novamente para ela.

Tristan segurava uma pequena caixa de madeira, quase do tamanho das caixas de leques de Georgiana. Franzindo o cenho, ela se aproximou e abriu a tampa de mogno entalhada. Sua meia, cuidadosamente dobrada, estava ali dentro. Sabia que era sua, pois ela mesma tinha bordado as flores na bainha.

Ergueu os olhos e percebeu que o olhar dele estava fixo em seu rosto, analisando sua expressão.

— Você perdeu a aposta — sussurrou ela.

— Perdi mais que isso. — Colocando a caixa de volta na gaveta, Tristan segurou o rosto dela delicadamente com as mãos. — Sinto muito, Georgiana — murmurou. — Não pelo que fiz aquela noite, pois não mudaria isso, mas por tudo que a situação lhe causou desde então. Eu consertaria tudo, se pudesse.

Antes que Georgie conseguisse responder, Tristan encostou os lábios nos dela. O calor ardeu no corpo feminino, mas ele não intensificou o beijo como ela esperava — e queria. Em vez disso, a mão masculina deslizou até a cintura de Georgiana, enquanto a outra escorregou pelo braço até chegar em seus dedos.

— E agora — falou, sorrindo novamente —, eu lhe devo uma valsa.

Segurando-a com mais firmeza, Tristan a girou em um círculo lento em torno da cama e em frente à lareira acesa. Georgiana jamais pensara que um dia dançaria na semiescuridão do quarto de qualquer homem, muito menos do dele. Enquanto uma excitação vertiginosa a preenchia, ela pensava que não ousaria ser tão audaz com nenhum outro homem.

Tristan a girou novamente, movendo-a em uma valsa silenciosa que ela parecia sentir tocando em seu coração. A saia envolvia a perna masculina enquanto ele a segurava perto demais para uma dança decente. Ali dentro, contudo, podiam fazer o que bem entendessem. Ninguém iria saber.

— Espere — sussurrou Georgiana.

Tristan desacelerou e parou, sem questionar, quando ela se apoiou nele e se virou de lado. Tirando uma sandália, e depois a outra, as empurrou na direção da lareira.

— Muito melhor.

O riso baixo e masculino provocou um calor bem no meio de suas pernas.

— Quando foi a última vez que você dançou valsa descalça? — perguntou Tristan.

— Quando eu tinha 10 anos, na sala de visitas em Harkley. Grey estava me ensinando os passos e insistiu para que tirasse meus sapatos, se eu iria pisoteá-lo como um elefante. Mamãe ficou abismada. — Encostou o rosto no peito dele enquanto se moviam em um círculo lento novamente. O coração de Tristan batia forte e rápido, em ressonância com o dela. — Acho que, na época, ela gostava da ideia de eu me casar com Grey. Como se eu um dia fosse me casar com alguém tão rude.

— Ele costumava falar de você, em Oxford — revelou a voz grave e arrastada de Tristan enquanto dançavam.

Georgiana fechou os olhos, ouvindo o coração dele e o ritmo de sua voz.

— Nada de bom, suponho.

— Ele mencionou tê-la jogado na lagoa de patos de Wycliffe porque você não parava de questioná-lo sobre as propriedades.

— Sim, jogou-me de cabeça. Emergi com uma sanguessuga presa no meu nariz. Por dias, ele insistiu que o parasita tinha sugado meu cérebro. Eu tinha 6 anos e ele, 14, e por um tempo acreditei nele, até que tia Frederica o fez grudar uma sanguessuga na própria cabeça para provar que estava mentindo.

A risada de Tristan se intensificou.

— Ele sempre falou com muito carinho de você. Em sua maioria, histórias sobre como era teimosa, esperta e confiante. Por algum motivo, sempre a imaginei de calça, segurando um charuto entre os dentes. Quando a vi pela primeira vez... — Ele ficou em silêncio por um bom tempo enquanto bailavam lentamente pelo quarto. — Você me deixou sem ar.

Ela tivera a mesma sensação. Georgiana encostou-se nele, deixando o quadril balançar no silêncio convidativo da valsa. Tristan se aproximou, deslizando os lábios pelo maxilar dela até seu pescoço. Com os quadris encostados, Georgie percebeu a excitação dele enquanto giravam para lá e para cá. Deveria ficar irritada por Tristan ousar tentar convencê-la a se deitar com ele novamente depois do que acontecera da última vez.

Em sua extrema excitação, contudo, não havia espaço para ficar irritada. Fazia tanto tempo que estivera nos braços dele... E sentira tanta falta daquele toque que as lágrimas quase encheram seus olhos.

— Por que não solta o cabelo? — sugeriu Tristan, em um tom controlado e rouco. — Você se sentirá mais confortável.

Se Georgiana ainda tivesse algum bom senso, teria fugido o mais rápido que seus pés descalços conseguissem. Mas aí Tristan pararia de beijá-la, e não queria que ele parasse. Ela libertou as mãos e as levou à cabeça, puxando os grampos e largando-os no chão. Seu cabelo escorreu por suas costas, dourado e cacheado sob a luz da vela.

A valsa desacelerou e eles pararam em frente à lareira.

— Meu Deus, Georgiana. Meu Deus!

Com a mão tremendo de leve, Tristan passou os dedos pelo cabelo dela, puxando-o para frente, por cima do ombro. Antes que perdesse a coragem, Georgiana agarrou o cabelo dele com as mãos e o puxou para beijá-lo.

— Só me prometa uma coisa — pediu ela, sua voz vacilante enquanto enterrava a cabeça no pescoço masculino.

Ele tinha um leve aroma de sabonete e charuto. A combinação era inebriante.

— O quê? — perguntou Tristan, as mãos certeiras passeando e cutucando as costas femininas. O vestido caiu no chão quase antes de ela perceber o que ele vinha fazendo.

Georgiana engoliu em seco. *Minha nossa.* Estava se lembrando de outras coisas daquela primeira noite. De como era a sensação de estar nos braços de Tristan.

— Prometa-me que você não prometerá nada.

A boca dele buscou a de Georgie novamente.

— Prometo.

O ar no quarto era frio enquanto ela permanecia ali em pé apenas com a combinação e as meias — com exceção de onde as mãos dele a tocavam. Planos, lições... nada além de Tristan e de como a fazia se sentir importava, à medida que as lembranças ardentes e as sensações a preenchiam.

Ele moveu os ombros para tirar o paletó, largando-o no chão ao lado da poça que o vestido feminino compunha. Com as bocas ainda unidas, ele desabotoou o colete e também o tirou.

— Senti sua falta — murmurou Tristan.

O som grave ressoou dentro dela. Georgiana tirou a gravata dele em um instante.

— Você me vê o tempo todo — ponderou, sem fôlego, enquanto as mãos masculinas subiam por sua cintura, puxando-a para mais um beijo.

— Não desse jeito.

A boca dele deslizou pela barra da combinação, seus lábios e sua língua quentes e habilidosos a faziam tremer. A paixão dele a assustava um pouco. Até esta noite, era Georgie quem estava ditando o quão próximos podiam ficar, até onde podiam ir. Esta noite, Tristan parecia uma tempestade de verão, selvagem, poderosa e pronta para desabar sobre ela em uma torrente à qual não conseguia resistir.

Ela tirou a camisa dele de dentro da calça e deslizou as mãos pela pele quente da barriga. Os músculos se contraíram sob seu toque.

— Ainda sou o mesmo? — perguntou Tristan em um murmúrio.

— Sim e não. Eu o conheço, desta vez.

Ele ergueu os braços e Georgiana passou a camisa por sua cabeça, largando-a com o restante das roupas. Tristan a beijou novamente, pressionando as costas contra a coluna do pé da cama.

— Georgiana — murmurou, erguendo lhe o queixo e deslizando a boca por seu pescoço.

Um gemido muito feminino escapou, e ela fechou os olhos, embebedando-se da sensação da boca firme e ousada e das mãos a acariciando. Tristan abaixou ainda mais a cabeça, e a boca tocou no seio teso por cima do tecido fino da combinação. Os mamilos enrijeceram, salientando-se sob a seda fina. Sem conseguir se conter, ela gemeu de novo, emaranhando os dedos no cabelo preto de Tristan e puxando-o para si.

Ele se ajoelhou. Seus longos dedos subiram cheios de propósito pelas pernas de Georgiana, erguendo a combinação. Por um instante, ela entrou em pânico. De novo, não. Não ia se permitir ser magoada daquele jeito mais uma vez.

— Tristan.

Ele olhou-a.

— Prometi que não faria promessas Georgiana — disse em um tom grave —, mas...

— Não. Está tudo bem.

Não queria ouvi-lo dizer que se importava com ela, ou que estaria lá quando acordasse pela manhã, ou que ela não se arrependeria do que estava fazendo. Ela o queria esta noite. E se preocuparia com o que viria a seguir quando a noite terminasse.

— Tem certeza?

As palavras de Tristan ressoaram dentro dela, e Georgiana tremeu.

— Sim.

As mãos dele continuaram a trajetória por sua perna direita, acariciando e apertando. Quando chegou ao alto da coxa, ele enfiou os dedos por debaixo da barra da meia, escorregando-a pela perna, então ergueu lhe o pé e a tirou. Entregou a Georgiana sem dizer nada. Inspirando tremulamente, ela pegou a peça, segurando-a com firmeza no punho até Tristan lhe oferecer a outra da mesma maneira.

Queria que aquele gesto significasse alguma coisa, mas ela se recusava a pensar nisso. Esta noite era esta noite. Nem o ontem e nem o amanhã importavam. Encarando-o, soltou as duas meias na pilha de roupas que estavam acumulando.

— Agora é a sua vez — comandou ela vacilantemente. — Tire as botas.

Levantando-se, Tristan se apoiou na coluna da cama e arrancou cada uma das botas pretas lustrosas com os pés, e então as arremessou em um canto escuro.

— Quer que eu remova algo mais?

Ele estava permitindo que Georgiana assumisse a liderança, o que a acalmou um pouco. Ao mesmo tempo, seria mais difícil depois, quando tentasse justificar suas ações para si mesma. Aquilo, no entanto, seria mais tarde. Ela deu um passo à frente e abriu o primeiro botão da calça dele.

— Com toda certeza.

Com aquela pequena ação, a tempestade desandou em cima dela. Tristan segurou seu rosto com as mãos, beijando-a novamente, de forma intensa e bruta, a língua espoliando a boca feminina e a deixando ofegante e sem ar. Georgie abriu os outros dois botões e abaixou as calças dele.

Ela o sentiu se libertar. Incapaz de resistir, interrompeu o beijo e olhou para baixo. Uma fina cama de pelos escuros e encaracolados encobria o peito másculo e se afunilava em uma linha que descia pela barriga chapada e musculosa, atraindo seus olhos ainda mais para baixo.

— Disto eu me lembro.

Aos 24 anos, ele fora bonito. Aos 30, era maravilhoso — mais musculoso, todo másculo nos ângulos de seu rosto e na expressão perspicaz de seus olhos.

Georgiana tocou na maciez quente da ereção, fazendo os músculos de Tristan se contraírem. Estimulada pelo fato de que ele estava nu enquanto ela ainda vestia sua combinação de seda, o envolveu com os dedos. Lentamente, acariciou toda a extensão do sexo masculino enquanto ele permanecia imóvel, belo como uma escultura de mármore, mas quente, vivo e forte.

— Tristan — sussurrou, erguendo os olhos para encontrar o brilho azul do olhar dele —, pareço ainda estar parcialmente vestida.

— Não por muito tempo.

Ele deslizou as alças da combinação pelos ombros dela e, delicadamente, puxou a peça para baixo. Georgie precisou soltá-lo para que a combinação passasse por seus braços e por sua cintura, amontoando-se em seus pés.

As mãos dele contornaram as clavículas delicadas, então desceram provocativamente para circundar os seios e, depois, os mamilos, antes de segurá-los e soltá-los.

— Eu também me lembro de você — murmurou Tristan, abaixando-se para tomar-lhe o seio esquerdo com a boca.

Georgiana arfou, grata pelo suporte da coluna do pé da cama, que era a única coisa que a impedia de derreter no chão. Ele chupou, mordiscando seu mamilo delicadamente. Com outro ofego, as pernas dela cederam.

Tristan a segurou, beijando-a com força enquanto a erguia e a colocava no meio da cama. Ela parecia não conseguir soltá-lo e manteve os braços em torno de seu pescoço, beijando-o como Tristan a beijava. Ele puxou os lençóis da cama com uma mão e a deitou no meio da bagunça macia.

Deitando-se lado a lado, ele pegou seio feminino novamente. O corpo dela zunia com uma tensão excitada — Georgie sabia o que estava por vir. Tristan continuou saboreando seu mamilo, deslizando a mão em círculos langorosos por sua barriga, descendo ainda mais. O dedo atrevido mergulhou dentro dela, e Georgiana estremeceu.

— Você me quer — murmurou Tristan, beijando-a novamente. — Você me quer dentro de você.

O dedo se moveu novamente, e Georgiana gemeu.

— Sim, eu quero.

A satisfação e o desejo se misturaram nos olhos azuis.

— Não achei que fosse querer.

Ela deslizou as mãos inquietas pelas costas dele.

— Eu não devia, mas quero.

Tristan afastou as pernas dela e se acomodou em cima de seu corpo.

— Não houve mais ninguém além de mim, houve? — murmurou, apoiando-se nos braços e beijando-a mais uma vez.

— Ninguém.

Da última vez, Tristan fora paciente e cuidadoso. Esta noite, não precisava, e Georgie ergueu os quadris para ir de encontro a ele enquanto a penetrava. Ela gritou; não de dor, mas de satisfação. Tristan abafou o grito com a boca, gemendo quando começou a se movimentar dentro do corpo feminino. A cama balançava com suas investidas ritmadas — outra dança apenas para os dois.

A tensão dentro de si foi aumentando até Georgiana achar que ia morrer. Ela enterrou as unhas nos ombros masculinos, segurando-o o mais próximo possível, querendo ser parte dele, parte do fogo que os consumia.

— Diga o meu nome — murmurou ele, ofegante, beijando sua orelha.

— Tristan. Ah, Tristan.

Como um portão se abrindo, ela se despedaçou, tremendo e pulsando em torno dele. Tudo que conseguia sentir era aquele homem, dentro e em torno dela, abraçando-a e amando-a.

— Georgiana.

Com outro grunhido, Tristan se afundou dentro dela com força mais uma vez, segurando-a com firmeza antes de relaxar e repousar a cabeça em seu pescoço.

Georgie amava o peso caloroso do corpo dele em cima do seu. Parecia que tinham-se passado eras desde que se sentiu assim pela última vez, como se fosse uma parte de um duo, e não um indivíduo solitário. Então acordara e vira que Tristan não estava mais em seu quarto e que sua meia desaparecera. Um memento, pensara, até que soubera da aposta.

Ele deslizou as mãos por debaixo das nádegas de Georgiana e virou-se, ainda dentro dela, enquanto deitava-se de costas, com o corpo feminino em cima de seu peito. Por um bom tempo, ficaram deitados assim em silêncio, os dedos dele acarinhando delicadamente o cabelo dela. Enquanto sua respiração voltava lentamente ao normal, Georgiana ergueu a cabeça apenas o suficiente para fitá-lo.

— Ainda sou a mesma?

— Não. Está mais curvilínea.

Com um sorriso lento e safado, Tristan passou as mãos pelas nádegas dela novamente.

Georgiana suspirou. A realidade ainda se encontrava do outro lado das portas daquele quarto, e ficaria muito feliz se permanecesse ali, distante, por mais um tempo. As mãos carinhosas dela subiram pelo peito másculo, pausando em uma marca em sua clavícula esquerda.

— Isto é novo — constatou. — O que é?

— Caí de um cavalo uns três anos atrás em cima de uma pedra. Doeu muito. — Tristan tirou o cabelo de cima dos olhos dela, inclinando a cabeça de leve para encará-la. — Você lembra tão bem assim para reparar em uma cicatriz?

Eu me lembro de tudo, Georgie ia dizer, mas não disse.

— Achei que talvez tivesse sido a cicatriz que eu causara.

Ele riu de leve, caloroso e silencioso.

— Não foi por falta de tentativas, Georgie. Meus dedos dos pés ainda estão arroxeados, e os das mãos sempre me avisam quando o tempo está mudando.

— Você está exagerando.

— Talvez um pouquinho. — Tristan deu um beijo na testa dela. — Está com frio?

— Estou começando a ficar.

— Aqui.

Saindo de debaixo de Georgiana, ele puxou as cobertas. Tristan voltou a se deitar, e ela acomodou a cabeça em seu ombro, com a mão cerrada em cima de seu peito.

Georgie se sentia relaxada, pronta para dormir por uma semana aconchegada ao lado dele, com o braço de Tristan em torno de seu ombro para mantê-la perto. Mas mesmo assim...

— E Amelia Johns?

— Eu lidarei com ela depois. Vamos falar sobre outra coisa, meu bem.

Queria interrogá-lo, mas os olhos se fecharam e ela adormeceu com o som suave da respiração e as batidas ritmadas do coração de Tristan. Quando acordou, a aurora cinza estava espiando pela beirada das cortinas azuis. Georgiana permaneceu imóvel, sentindo o lento movimento do peito dele sob sua bochecha.

Não queria ir embora. Mas também não podia ficar. Cuidadosamente, removendo o braço dele de seu ombro, se sentou. Tristan se mexeu, virando o rosto em sua direção, mas sem acordar. Queria beijá-lo, mas se conteve.

Ele finalmente baixara a guarda, decidira que ela o tinha perdoado. Bem, Georgiana tinha — e não tinha. Mas isso não importava, pois jamais conseguiria confiar plenamente nele. O que acontecera na noite anterior fora puro desejo, a frustração acumulada de seus anos de antagonismo.

Movendo-se com cuidado, saiu da cama e colocou a combinação de volta. Uma meia caiu no chão e ela ficou fitando-a por um instante. Seria bem-feito para ele. E garantiria que Tristan compreenderia que Georgiana o ensinara a não brincar nem com ela, e nem com o coração de qualquer outra mulher.

A escrivaninha estava aberta. Ela molhou a ponta da caneta e rabiscou um bilhete curto, deixando-o, com uma meia, no travesseiro ao lado dele. Isso feito, pegou a caixa de dentro da gaveta e a abriu, colocando-a ao lado do bilhete também.

Tristan merecia, Georgiana lembrou a si mesma com firmeza, recusando-se a olhar para o rosto masculino. Ele fizera aquilo com ela, e merecia o troco.

Sem fazer barulho, juntou o vestido e os sapatos e saiu do quarto, fechando a porta. Com sorte, estaria longe da casa antes que todos acordassem. Com mais sorte ainda, conseguiria chegar em casa, em Shropshire, antes que Tristan decidisse retaliar. Com uma sorte imensa, conseguiria deixar a Residência Carroway sem chorar.

Georgiana secou as lágrimas do rosto. Não tinha tanta sorte assim.

Capítulo 11

Puck. — Sonho de uma noite de verão, Ato II, Cena I

O LEVE AROMA DE LAVANDA estava impregnado nos lençóis e no travesseiro no qual seu rosto estava apoiado. Com os olhos fechados, Tristan inspirou profundamente — *Georgiana*.

Seis anos foram um tempo tremendamente longo para esperar por ela, mas teria esperado mais. À medida que despertava, ainda não conseguia acreditar que fora perdoado. Queria agradecê-la novamente — várias outras vezes, para falar a verdade — antes que as pessoas acordassem e ela tivesse que deixar seu quarto.

Nem mesmo assim, permitiria que Georgie escapasse dele ou de sua cama por muito tempo. Agora que ganhara outra chance, não iria arruiná-la. Ainda bem que ainda não tinha pedido Amelia em casamento. Ao menos com Georgie ele teria uma esposa com quem gostava de fazer sexo.

Tristan se espreguiçou cuidadosamente, sem querer acordá-la, e então abriu os olhos. O lado dela da cama estava vazio. Franziu o cenho, sentando-se.

— Georgiana?

Silêncio o respondeu.

Ao se virar, algo tocou em suas costas desnudas. Ele pôs o braço para trás e pegou o objeto. A caixa. Por um longo momento, ficou olhando-a, querendo que seu cérebro saturado voltasse a funcionar. Passando a mão pelo cabelo bagunçado, voltou sua atenção para o travesseiro onde a caixa fora depositada. Havia uma meia disposta cuidadosamente sobre ele, com um papel dobrado debaixo.

Não queria, de jeito nenhum, ler aquele bilhete. Mas também não queria ficar sentado na cama a manhã toda olhando para ele. Então, respirando fundo, o pegou e o abriu. Na bela letra de Georgiana, dizia: *Agora você tem um par das minhas meias. Espero que as aprecie, pois não me terá novamente. Georgiana.*

Ela planejara tudo. E ele caíra com toda a ingenuidade de um garotinho sofrendo por seu primeiro amor. A raiva o rasgou por dentro, e ele amassou o bilhete com o punho, jogando-o na lareira. Uma única obscenidade explodiu de seu peito, silenciosa e veemente.

Saiu bruscamente da cama, pegando a calça e uma camisa limpa. *Ninguém* o fazia de idiota. Estava planejando pedidos de casamento e corpos entrelaçados, e Georgiana estava apenas esperando que ele acordasse, rindo de como esperara seis anos para se vingar, mas finalmente estavam quites.

Mais intenso que a raiva que sentia, um nó de uma mágoa real se emaranhava cada vez mais dentro dele, como se alguém o tivesse chutado o estômago. Tristan tentou afastá-lo, mas a sensação permaneceu lá, impedindo-o de respirar. Isso era inaceitável. Não gostava de se sentir assim.

Ele desacelerou, enfiando as botas. Quando fora para a cama com Georgiana seis anos atrás, não tinha sido para vencer a maldita aposta. Fora porque a queria. Não havia pensado em nada além de encontrar prazer naquele corpo feminino; não esperava passar os próximos seis se relembrando e querendo-a de novo.

Tristan marchou até o guarda-roupa, pegou um colete e um paletó e os colocou com uma raiva fria e sombria. A noite passada tinha sido diferente, até mesmo melhor que a primeira. Estava pensando além da instantaneidade dessa vez.

Fez uma careta, procurando por uma gravata limpa e engomada e amarrando-a no pescoço. Georgiana também estava pensando além do imediatismo. Estava pensando em seus planos para que ficassem quites.

Quites. Estavam quites. A palavra era, de alguma forma, significativa, mas estava furioso demais para refletir sobre isso. Tristan caminhou até a porta, escancarou-a e marchou pelo corredor até a ala leste da casa. Não se deu ao trabalho de bater à porta, apenas a abriu.

— Georgi...

Ela não estava ali. Havia roupas espalhadas pelo cobre-leito e sobre o chão, mas a cama estava arrumada. As gavetas estavam semiabertas, com roupas caindo no chão em cascatas multicoloridas de seda e cetim, e metade dos itens de higiene pessoal da penteadeira não estavam mais lá.

Analisou o caos. Ela juntara algumas coisas apressadamente, sem se preocupar em esconder o fato. Isso significava que não tinha feito as malas na noite anterior, antes de seu pequeno *golpe fatal*.

Fazendo meia-volta, retornou ao quarto. O bilhete estava dentro da lareira, e ele o pegou, alisando-o e limpando as manchas de carvão. A letra não era tão precisa quanto de costume, a tinta estava um pouco borrada porque ela dobrara o papel antes de secar. Estava com pressa.

A pergunta era: por quê? Será que Georgiana queria acabar com tudo aquilo antes que ele acordasse ou antes que perdesse a coragem? Enfiando o bilhete na gaveta de sua mesa de cabeceira com as duas meias, atravessou novamente o corredor e desceu a escadaria. Dawkins estava parado no saguão, bocejando.

— Por que você já está de pé? — indagou Tristan, as rédeas já desgastadas de sua raiva prontas para estourarem em cima da primeira pessoa que aparecesse à sua frente.

O mordomo se endireitou.

— Lady Georgiana me chamou quase meia hora atrás.

— Por quê?

— Pediu que eu chamasse um coche, milorde, para ela e sua aia.

Ela levara a aia. Isso significava que não pretendia voltar. Os músculos de Tristan estavam tão contraídos de cólera e tensão que ele tremia.

— Lady Georgiana disse para onde ia?

— Disse, milorde. Eu...

— Aonde? — rugiu Tristan, dando um passo adiante.

O mordomo deu um passo rápido para trás, tropeçando na chapeleira.

— Para a Residência Hawthorne, milorde.

Tristan esticou o braço e pegou o sobretudo.

— Devo pedir que Gimble sele Charlemagne para o senhor?

— Eu mesmo o farei. Saia da frente.

Engolindo em seco, Dawkins retirou-se do caminho, e Tristan escancarou a porta da frente. Desceu os degraus de dois em dois, colocando o casaco enquanto descia. O estábulo estava escuro e silencioso, visto que mal havia amanhecido. Ficou surpreso por ver Sheba ainda ali ao lado de seu capão. Georgiana não teria deixado a égua se estivesse planejando ir embora. Nem sequer a teria levado para lá, para início de conversa.

Tristan pausou enquanto apertava a cilha da sela de Chalemagne. A noite passada não havia sido um jogo. Sentira o calor e a paixão dela, e Georgie ficara tão tocada quanto ele. Qualquer que tenha sido a lição que ela decidira ensiná-lo, então, fora uma ideia posterior. Ou ao menos o método o tinha sido.

Ou talvez aquilo fosse um pensamento ilusório, tentando justificar por que, mais uma vez, fora incapaz de resistir à atração pelo corpo dela, independentemente das consequências. Tristan montou na sela e guiou Charlemagne para fora do estábulo, abaixando-se no pescoço do baio ao passar pelas portas baixas.

Mesmo sendo bastante cedo, Mayfair já estava se enchendo de vendedores e carroças entregando leite, gelo e verduras frescas. Costurou por entre eles até Grosvenor Square, onde a mansão da duquesa viúva de Wycliffe ficava, em meio às residências das famílias mais antigas e ricas da Inglaterra. Nenhum cavalariço apareceu quando saltou do cavalo; os criados da duquesa provavelmente ainda estavam dormindo.

Mas alguém precisava ter aberto a porta para deixar Georgiana entrar. Ele bateu. Vários longos segundos se passaram sem resposta. Bateu novamente, mais forte.

Um trinco foi destravado e a porta se abriu. O mordomo, parecendo muito mais composto que Dawkins, apareceu.

— A entrada dos serventes é... Lorde Dare. Minhas desculpas, milorde. Como posso ajudá-lo?

— Preciso falar com lady Georgiana.

— Sinto muito, milorde, mas lady Georgiana não está aqui.

Tristan esperou por uma fração de segundo, tentando controlar novamente seu temperamento à flor da pele.

— Sei que está aqui — disse, bem baixinho —, e preciso falar com ela. Agora.

— A... Por favor... — O mordomo deu um passo atrás no saguão. — Se o senhor puder esperar no salão matinal, vou averiguar.

— Obrigado.

Tristan marchou para dentro da casa. Ficou tentado a continuar subindo a escada e ir direto até o quarto dela, mas não tinha certeza se Georgie ainda dormia no mesmo quarto de seis anos atrás — e com a raiva que estava sentindo, sabia que, se os outros percebessem que sabia em qual dos vinte quartos da casa ela dormia, isso provocaria perguntas.

Zangado demais para se sentar, ficou andando de um lado para o outro no salão matinal, com as mãos cerradas em punhos ao lado do corpo. Sua pele ainda tinha um leve aroma de lavanda. Maldição. Devia ter se dado ao trabalho de se livrar do cheiro dela, antes que aquilo o enlouquecesse.

Segundo o relógio na cornija da lareira, eram 5h48. Se Georgie saíra da Residência Carroway meia hora antes de ele acordar, em um coche alugado, provavelmente estava ali havia uns 15 minutos. Tristan levara menos de dez para atravessar Mayfair, visto que estava a cavalo e furioso.

Outra obscenidade escapou dele. Se Georgiana não descesse logo, iria subir para achá-la. A fuga *não* seria fácil assim. Não depois do que sentiu entre eles na noite anterior. Não depois dos planos que fizera.

— Lorde Dare.

— Que diabos... — A voz sumiu quando se virou para a porta. — Sua Graça — cumprimentou, fazendo uma reverência.

— O senhor está aqui cedo — disse a duquesa viúva, os olhos verdes claros o avaliando da porta. — Gostaria de terminar sua frase?

Tristan engoliu uma resposta. Ela estava vestida e com o cabelo preso; provavelmente tinha acordado assim que Georgiana retornara. Será que esperava que ele fosse até lá e arruinasse tudo? Tornando a pequena fuga dela culpa dele?

— Não, Sua Graça. Estou aqui para ver lady Georgiana.

— Foi o que Pascoe me informou. O senhor parece imensamente agitado, milorde. Sugiro que volte para casa, faça a barba, recupere o autocontrole e retorne em um horário decente para visitas.

— Com todo o respeito, Sua Graça — falou enquanto andava de um lado para o outro —, estou aqui para falar com Georgiana. Não estou de brincadeira.

Ela ergueu uma sobrancelha.

— Não, estou vendo que não está. Já questionei Georgiana, contudo, e *ela* é que não deseja vê-lo.

Tristan respirou fundo. Tudo significava alguma coisa, lembrou a si mesmo. Seus dias como apostador o tinham ensinado isso, e aprendera muito bem.

— Ela está... bem? — Forçou-se a perguntar.

— Minha sobrinha está em um estado muito parecido com o seu. Não especularei, mas o senhor precisa ir, lorde Dare. Se não o fizer voluntariamente, chamarei meus lacaios para o colocarem para fora.

Tristan assentiu rigidamente, os músculos começando a doer por estarem tão contraídos. Enfrentar um paredão dos lacaios da tia dela poderia ser satisfatório por um ou dois instantes, mas não ajudaria sua causa.

— Está bem. Por favor, informe Georgiana que sua mensagem foi... bem recebida e compreendida.

A curiosidade nos olhos da duquesa se intensificou.

— Assim o farei.

— Bom dia, Sua Graça. Não retornarei hoje.

— Tenha um bom dia, então, lorde Dare.

Ela sumiu pela porta e Tristan voltou para o lado de fora, para Charlemagne. Esse não era o fim. E, se suas suspeitas crescentes estivessem corretas, a maneira como Georgiana deixara coisas para trás poderia ser a melhor notícia que recebia em seis anos. Tudo que precisava fazer era se controlar para não matá-la antes de descobrir.

— Ele se foi, minha querida — anunciou a voz baixa de tia Frederica do corredor.

Georgiana inspirou junto com seu soluço.

— Obrigada.

— Posso entrar?

A última coisa que queria era encarar a tia, mas estava agindo como uma mulher maluca, e a duquesa merecia algum tipo de explicação. Secando as lágrimas, Georgiana cambaleou até a porta, destrancou-a e a abriu.

— Se a senhora quiser.

Frederica olhou para o rosto da sobrinha e passou reto por ela.

— Pascoe! Mande preparar um chá de ervas!

— Sim, Sua Graça.

A duquesa fechou a porta e se apoiou nela.

— Ele a machucou? — questionou, bem baixinho.

— Não! Não, é claro que não. Nós... discutimos, apenas isso, e eu só... não queria mais ficar lá. — Georgiana inspirou, trêmula, retornando à poltrona de leitura ao lado da janela. Encolhendo-se, ela abraçou as pernas e desejou, com toda a sua força, conseguir se tornar invisível. — O que ele queria?

— Falar com você. Foi tudo o que me disse. — Tia Frederica ficou parada na porta, sem dúvida para interceptar alguma criada antes que ela pudesse entrar no quarto com o chá e testemunhasse a sobrinha da duquesa parecendo uma fugitiva do hospital psiquiátrico de Bedlam. — Com exceção de uma coisa que me pediu para lhe dizer.

Ah, não. Se Tristan estivesse zangado o bastante, poderia muito bem arruiná-la.

— O que... O que foi?

— Pediu para lhe dizer que sua mensagem foi bem recebida e compreendida.

Georgiana se endireitou um pouquinho de sua posição fetal na poltrona, quase vomitando de alívio.

— Só isso?

— Só isso.

O chá chegou e a duquesa foi pessoalmente até o corredor para pegá-lo. Georgiana respirou fundo, fungando. Ele não a arruinara. Não trouxera suas meias de volta e não as jogara no chão. Nem berrara que dormira com lady Georgiana Halley duas vezes e que ela era devassa e promíscua.

— Ah, e disse que não retornaria hoje. E enfatizou o "hoje", o que, para mim, indica que aparecerá por aqui futuramente.

Georgiana tentou reorganizar os pensamentos, ainda aliviada demais com o presente para permitir que o futuro a assustasse.

— Obrigada por ter falado com ele.

A duquesa serviu uma xícara de chá, colocou dois cubos de açúcar e uma grande quantidade de creme e levou até a sobrinha.

— Beba.

O cheiro era amargo, mas o creme e o açúcar amenizavam o gosto, e Georgiana tomou dois goles longos. O calor se espalhou de seu estômago para os dedos das mãos e dos pés, e ela bebericou novamente.

— Melhor?

— Sim.

A tia se acomodou no largo parapeito da janela, longe o suficiente para que Georgiana não precisasse olhá-la, se não quisesse. Se Frederica Brakenridge tinha uma qualidade, era ser intuitiva.

— Preciso dizer que não a via histérica em... uns seis anos, acredito. Dare também teve algo a ver com aquela situação, se me recordo corretamente.

— Ele me exaspera.

— Sei disso. Por que se relacionar com ele, então?

Georgiana olhou para o próprio chá, para os lentos redemoinhos de creme dentro da delicada xícara de porcelana.

— Eu... Eu estava ensinando uma lição a ele.

— Dare pareceu ter aprendido.

Georgiana conseguiu demonstrar um pouquinho de indignação.

— Ora, é o mínimo que eu esperava.

— Então por que está chorando, meu bem?

Porque não tenho certeza se ele merecia, e porque não o odeio de verdade, e agora ele me odeia.

— Só estou cansada. E zangada, é claro.

— É claro. — A duquesa se levantou. — Vou mandar minha Danielle para ajudá-la a colocar a camisola. Termine seu chá e vá dormir.

— Mas já amanheceu.

— Há pouco tempo. E você não tem nada para fazer hoje, nenhuma obrigação, nenhum compromisso, nada para fazer além de dormir.

— Mas...

— Durma.

O chá definitivamente estava provocando alguma coisa, porque seus olhos estavam se fechando.

— Sim, tia Frederica.

Frederica Brakenridge estava sentada em seu escritório, endereçando as correspondências, quando a porta se abriu.

— Que diabos está acontecendo? — indagou uma voz grave.

Ela terminou a carta e pegou uma folha de papel para iniciar outra.

— Boa tarde, Greydon.

Percebeu que a figura robusta do filho hesitou, e então atravessou o recinto até ela. O cabelo castanho entrou no campo de visão dela quando Grey se abaixou para lhe dar um beijo no rosto.

— Boa tarde. O que está acontecendo?

— O que você ouviu?

Com um suspiro, ele desabou na poltrona.

— Encontrei Bradshaw Carroway no Gentleman Jackson's. Quando perguntei de Georgiana, Shaw me disse que ela retornara para cá, e que Tristan ficara furioso com isso, ou com alguma coisa.

— Bradshaw não disse por quê?

— Disse que não sabia, porque Tristan não quis lhe contar.

Frederica continuou a carta.

— É basicamente o que sei, também.

— É sobre esse "basicamente" que quero saber, mãe.

— Não.

— Está bem. — Ela o ouviu se levantar. — Perguntarei a Tristan.

Escondendo a expressão severa, Frederica se virou na cadeira para encará-lo.

— Não, não perguntará.

— E por que não?

— Fique fora disso. Independentemente do que esteja acontecendo, é entre eles. Não nos inclui.

Grey não se deu ao trabalho de esconder a careta.

— Onde está Georgie?

A duquesa hesitou. Não gostava de desconhecer os fatos; aquilo fazia com que contornar todo o caos fosse ainda mais difícil — e delicado.

— Dormindo.

— São quase duas da tarde.

— Ela estava chateada.

Greydon a fitou.

— Quão chateada?

— Muito.

O duque se virou para a porta.

— Basta. Vou arrancar as respostas de Dare.

— Você não fará nada disso. Pelo que vi esta manhã, ele próprio está ansiando para espancar alguém. Você perderá a amizade dele por causa disso, se interferir.

— Maldição... Então, o que devo fa...

— Nada. Seja paciente. É isso que estou fazendo.

Grey inclinou a cabeça para ela.

— A senhora não tem certeza do que está acontecendo, não é? Não está apenas me mantendo afastado por princípios.

— Não, não sei de tudo, embora minha reputação pareça ser diferente. Vá para casa. Emma provavelmente também ficou sabendo dos rumores, e não quero ter que passar por isso de novo.

— Não gosto nada disso, mas tudo bem. Por ora.

— É só o que sempre peço.

— Até parece...

Com um sorriso breve e apreensivo, Grey saiu do escritório.

Frederica debruçou-se sobre a carta novamente, e então se recostou na cadeira, suspirando. O que quer que estivesse acontecendo, era grave. Achava que Georgiana tinha começado a perdoar Tristan pelo deslize igualmente misterioso que ele cometera antes. Agora, não tinha tanta certeza. Teria permitido que Greydon interviesse se Georgiana fosse a única pessoa magoada dessa vez. Mas Dare também estava sofrendo. Uma dor profunda e óbvia. Então, esperaria para ver o que iria acontecer.

—ɯ—

— Não estou com muita vontade de sair esta noite — confessou Georgiana quando a tia chegou ao primeiro andar da mansão.

— Sei que não. É por isso que iremos jantar com Lydia e James. Será uma reunião pequena e acabará cedo.

Franzindo a testa, Georgiana se juntou à duquesa na porta da frente.

— Não é porque estou com medo de vê-lo, ou algo parecido.

— Isso não é da minha conta — respondeu a tia. — Estou feliz por você estar em casa novamente.

Esse era o problema, refletiu Georgie. Não estava *em casa*. Não tinha, exatamente, um lar. Seus pais estavam em Shropshire com suas irmãs; seu irmão estava na Escócia; Helen e o marido, Geoffrey, estavam em York; e ela era bem-vinda para ficar com tia Frederica ou até mesmo com Grey e Emma, se quisesse. O lugar onde mais gostara de morar, contudo, tinha sido na Residência Carroway, passando as tardes conversando com as tias de Tristan, jogando cartas com Edward e falando sobre terras distantes com Bradshaw. E, é claro, vendo Tristan.

— Georgiana, você vem?

— Sim.

Apesar das garantias da tia, ela permaneceu com os nervos à flor da pele a noite toda. Se Tristan estava tão zangado quanto tia Frederica supunha, não deixaria isso barato. *Ela* não deixara, quando ele a magoou antes. Georgiana fora terrível, dissera a ele coisas que outras pessoas provavelmente achavam divertidas, mas que Tristan entendia que significavam que o detestava e o desprezava. Será que ele faria o mesmo com ela?

Nos dois dias seguintes, Georgie permaneceu perto de casa, e ele não apareceu para fazer uma visita, nem enviou um bilhete. Ela se perguntava se Tristan teria ido atrás de Amelia Johns, mas afastou tal pensamento rapidamente. Se tivesse ido, ótimo. Esse era o motivo para toda aquela confusão, afinal de contas.

Georgiana devia comparecer ao sarau de Glenview com Lucinda e Evelyn e, embora não quisesse ir, também não queria se transformar em uma ermitã. A atitude mais sábia seria retornar a Shropshire, como havia planejado no começo de tudo. Isso significaria, no entanto, que era uma completa covarde. Além disso, não tinha do que fugir. Tristan não retaliara, e ela não tinha feito nada de errado, na verdade. Bem, tinha, mas ninguém além dos dois sabia disso, e ele merecera o que havia acontecido.

— Georgie — cumprimentou Lucinda, atravessando o salão correndo e segurando suas mãos. — Ouvi dizer que retornou à casa de sua tia. Está tudo bem?

Georgie beijou sua amiga no rosto.

— Sim, está tudo bem.

— Você conseguiu, não foi? Ensinou-lhe a lição.

Engolindo em seco, olhando para a multidão por cima do ombro de Lucinda, confirmou com a cabeça.

— Sim. Como sabia?

— Você não teria ido embora da Residência Carroway se não tivesse conseguido. Estava muito determinada.

— Acho que estava, sim.

Evelyn se aproximou, vindo do salão de música.

— Todos estão dizendo que você e Dare brigaram novamente.

— Sim, preciso admitir que brigamos.

No entanto, como não o encontrara havia três dias, não compreendia como alguém podia saber que brigaram. Talvez porque estavam *sempre* brigando.

— Bem, então você precisa saber que...

— Boa noite, senhoritas.

— *Que ele está aqui* — concluiu Evie em um sussurro.

Georgiana congelou. Não queria, por nada no mundo, se virar. Mas não podia evitar fazê-lo. Tristan estava a apenas alguns passos, próximo o suficiente para tocá-la. Não conseguiu avaliar a expressão dele, mas o rosto estava pálido e os olhos brilhavam.

— Lorde Dare — cumprimentou, com a voz um tanto oscilante.

— Gostaria de saber se a senhorita poderia conversar com minhas tias por um momento, lady Georgiana — disse ele, com a voz seca e as costas rígidas. — Estão preocupadas.

— É claro.

Endireitando os ombros e fingindo não perceber os olhares preocupados das amigas, Georgiana o acompanhou.

Dare não lhe ofereceu o braço, e ela manteve as mãos entrelaçadas nas costas. Georgiana queria correr, mas aí todos saberiam que algo acontecera entre os dois. Rumores eram uma coisa, mas se ela ou Tristan fizessem algo para confirmá-los, ela não teria escolha a não ser retornar a Shropshire.

Georgie arriscou uma olhada de canto de olho para ele. O maxilar estava cerrado com firmeza, mas, fora isso, o visconde não demonstrava nenhum sinal exterior de agitação. Ela estava tremendo com o nervosismo, mas Tristan não tinha a atacado como esperava. Pelo contrário: fez exatamente o que disse que faria, parando ao lado das tias.

— Ah, Georgie, querida! — exclamou Edwina, puxando-a para um abraço. — Ficamos tão preocupadas! Ir embora daquele jeito sem dizer nada!

— Sinto muito — respondeu, apertando a mão da velha senhora. — Eu... precisei ir embora, mas não devia tê-lo feito sem dizer nada. Não quis preocupá-las.

— Sua tia está bem? — perguntou Milly, adiantando-se.

— Sim, ela está... — Georgiana a fitou por um momento, só percebendo tardiamente, que não precisava olhar para baixo para falar com a tia de Tristan. — A senhora está caminhando!

— Com a ajuda da minha bengala, mas, sim. Agora, o que aconteceu com você? Tristan disse algo que a irritou novamente?

Georgiana sentiu os olhos dele a fitando, mas se recusou a olhá-lo.

— Não. Eu apenas precisava ir. Mas olhe para a senhora! Nem precisa mais de mim.

— Ainda gostamos da sua companhia, minha querida.

— E eu gosto da sua. Irei visitá-las em breve. Prometo.

Tristan se mexeu.

— Venha, Georgiana, vou pegar uma taça de ponche para a senhorita.

— Eu realmente não...

— Venha comigo — repetiu ele, a voz mais baixa.

Dessa vez, Tristan ofereceu o braço, e, com as tias observando, Georgiana não ousou recusar. Os músculos dele estavam rijos como aço, e os dedos dela tremiam.

— Milorde, eu...

— Você tem medo de mim? — perguntou ele no mesmo tom baixo.

— Medo? N... Não. É claro que não.

Tristan a encarou.

— Por que não? Deveria ter. Eu poderia arruiná-la em menos de um segundo.

— Não tenho medo porque você mereceu.

Tristan se aproximou, o desdém curvando sua boca.

— O que, exatamente, eu mereci?

Do outro lado do salão, tia Frederica estava olhando-os, com uma expressão preocupada. Grey estava a seu lado, com o rosto fechado. Georgiana voltou a olhar para Tristan.

— Não devíamos conversar sobre isso aqui.

— Você não falaria comigo em nenhum outro lugar. Responda à maldita pergunta. Foi apenas vingança?

— Vingança? Não. Foi... Eu...

— Sabe o que penso? — disse ele, ainda mais baixinho, pegando-a pela mão.

Para as pessoas que os observavam, com certeza parecia um gesto de afeição; não tinham como saber que Tristan apertava sua mão com força, e que ela não conseguiria se desvencilhar mesmo que tentasse.

— Tristan...

— Eu acho que você *tem* medo — sussurrou — porque gostava de estar comigo.

Ah, não.

— *Não* é isso. Solte-me.

O visconde obedeceu imediatamente.

— Você decidiu me magoar antes que eu pudesse magoá-la de novo.

— Bobagem. Vou sair daqui agora. Não me siga.

— Não seguirei, se você reservar uma valsa para mim.

Georgiana parou. Não era para aquilo acontecer. Tristan devia estar rastejando aos pés de Amelia Johns e sendo um bom marido. Precisava se certificar de que ele compreendia que a lição que ensinara não se resumia a uma vingança. Se isso significava que precisava dançar com ele esta noite, que assim fosse.

— Está bem.

— Ótimo.

Capítulo 12

Tróilo: Privastes-me de todas as palavras, senhora.
Pândaro: Palavras não pagam dívidas, dai-lhe ações.
— *Tróilo e Créssida*, Ato III, Cena II

ELE ESPERAVA VANGLÓRIA, INSOLÊNCIA OU uma arrogância indiferente. Em vez disso, Georgiana estava tremendo. Deixando de lado a raiva pela presunção dela — aquela mulher realmente achava que podia ensiná-lo uma *lição* —, Tristan precisava admitir que quanto mais entrelaçadas suas vidas se tornavam, mais interessante achava tudo aquilo.

Observou-a enquanto ela se juntava novamente às amigas, estudando os gestos, a maneira como se portava. Georgiana estava magoada, o que não fazia sentido, visto que não a deixara nem pedira que o deixasse. Estava quase a pedindo em casamento. Parecia perfeito: todos os seus problemas financeiros desapareceriam e ele teria uma mulher que desejava em sua cama. Obviamente, estava deixando algo passar, e Georgie tinha todas as respostas.

Analisou o curto bilhete que ela lhe deixara até ter cada manchinha, cada curva memorizada. Tudo aquilo significava alguma coisa, e iria descobrir o quê.

— Parece que você quer comê-la — murmurou Bradshaw atrás do irmão —, e não no bom sentido. — Pelo amor de Deus, olhe para outra pessoa.

Tristan piscou.

— Pedi sua opinião? Vá perturbar uma admiradora, ou algo assim.

— Você não está ajudando em nada.

O visconde se virou e olhou para o irmão mais novo.

— Em que, exatamente, eu deveria estar ajudando? — perguntou Tristan, irritado.

Bradshaw ergueu as mãos em rendição.

— Esqueça. Mas, se tudo isso explodir no seu rosto, apenas lembre-se de que eu o avisei. Seja mais sutil, Dare.

Antes que Tristan pudesse responder, Shaw desapareceu na direção da escadaria. Respirou fundo, tentando relaxar os músculos tensos de suas costas. Seu irmão estava certo; seis anos atrás, quase se matara para manter os rumores sob controle e, esta noite, estava marchando de um lado para o outro como um touro enfurecido.

— Boa noite, Tristan.

Olhou por cima do ombro.

— Amelia. Boa noite.

Ela fez uma reverência, graciosa e delicada em seu vestido azul.

— Decidi ser ousada e convidá-lo para uma dança — disse ela, exibindo as covinhas ao sorrir.

— Eu agradeço, mas não pretendo ficar esta noite. Tenho alguns... assuntos a resolver.

A desculpa era lamentável, mas não estava disposto a inventar uma melhor, ou a ficar ouvindo o falatório fútil de Amelia. Em vez disso, fez uma reverência tensa e se afastou para procurar Georgiana.

Ela parecia estar se esforçando ao máximo para permanecer longe dele, amontoando-se com as amigas do outro lado do salão e, de vez em quando, soltando uma risada nervosa como que para convencer todos de que estava se divertindo. Mas Tristan a conhecia bem.

Finalmente, lady Hortensia chamou a orquestra, e os focos dispersos de conversa se voltaram para a pista de dança. Tristan não sabia se outro homem a convidara para dançar, apesar de presumir que sim. Não se importava, desde que a primeira valsa fosse sua.

Precisou esperar duas quadrilhas e uma música folclórica, observando-a girar pelo salão com lorde Luxley — aparentemente desculpado pelo acidente com o carrinho de laranjas —, depois com Francis Henning, e depois com Grey. O único ponto positivo era que Westbrook ainda não aparecera.

Quando a orquestra iniciou uma valsa, Georgiana estava parada ao lado do primo e da esposa, Emma. Tristan se obrigou a caminhar em um ritmo normal até ela.

— Esta é nossa dança, acredito — disse com a fala arrastada, oferecendo a mão e tentando não deixar transparecer que estava pensando em arrastá-la para longe dali para exigir uma explicação.

Grey fez uma careta.

— Georgiana está cansada. Importa-se se...

— Sim, me importo. — Manteve os olhos na sua presa, apesar de sentir que o duque o rodeava. Se Grey quisesse brigar, estava disposto a atendê-lo. — Georgiana?

— Está tudo bem, Grey. Eu prometi uma valsa.

— Não importa. Se não quiser...

— Aprecio seu cavalheirismo, primo — interrompeu Georgie, com a voz mais incisiva —, mas, por favor, permita que eu fale por mim mesma.

Assentindo brevemente com a cabeça, Greydon pegou a mão da esposa para levá-la à pista de dança.

— Como se eu pudesse impedi-la... — resmungou o duque.

Tristan ignorou a saída deles; toda a sua atenção estava voltada para Georgiana.

— Vamos?

Ela aceitou a mão oferecida. Lembrando-se vividamente da valsa no quarto dele, Tristan envolveu a cintura feminina com o braço e deu início à dança.

Georgiana fez tudo que podia para evitar encará-lo: olhava para sua gravata, para os outros casais, para a orquestra e para a decoração na parede dos fundos do salão. Tristan se manteve em silêncio, tentando decidir a melhor forma de fazer as perguntas sem perder ainda mais terreno, além de ainda estar com raiva o suficiente para se satisfazer com o transtorno dela.

Finalmente, Georgiana suspirou pesadamente e olhou-o. Parecia cansada; leves rugas em torno de seus olhos ofuscavam seu brilho.

— A intenção era que você me deixasse em paz.

— Você me estimulou, e depois me insultou. O que a fez pensar que eu não iria querer uma explicação?

— Você disse à minha tia que tinha compreendido a mensagem, mas acho que não compreendeu. Se tivesse, não estaria dançando comigo.

— Então me explique, por favor. — Tristan abaixou a cabeça, encostando a bochecha na orelha de Georgiana. O aroma de lavanda o fez engolir em seco. Zangado ou não, a queria de novo. E muito. — Eu senti a paixão, Georgie. E você, também. Então, por favor, me explique por que foi embora daquele jeito.

Um rubor subiu devagar pelas bochechas dela.

— Está bem. Você deveria estar cortejando Amelia Johns... você mesmo me disse. Mas mal podia esperar para me seduzir. Eu queria que soubesse como é esperar algo de alguém e ter isso roubado. Ensinar-lhe que não pode sair por aí partindo corações apenas porque lhe convém.

— Você me seduziu tanto quanto eu seduzi você, meu bem.

— Sim, para lhe ensinar uma lição. — Georgiana pausou, olhando para o casal mais próximo, distante demais para ouvir a conversa discreta. — Por acaso essa lição continha o bônus adicional de nos deixar quites.

— Quites — repetiu Tristan, a raiva e o desejo se misturando em suas veias.

— Sim. Você me magoou e eu o magoei. A lição acabou. Volte para Amelia e comporte-se como um cavalheiro, se conseguir.

Por um bom momento, Tristan ficou olhando-a. Estavam, de fato, quites, exceto por uma coisa.

— Você tem razão.

— Então vá se casar e ser um bom marido.

— Quis dizer que você tem razão quanto a estarmos quites, com uma pequena diferença.

Ela o fitou, desconfiada.

— Qual diferença?

— Você fugiu na última vez, e eu permiti. Não tenho intenção alguma de agir da mesma forma agora.

— Do que... Do que está falando? Mas e Amelia? Ela espera que você a peça em casamento.

— Se estamos quites — continuou Tristan, ignorando a interrupção —, então não há motivos para não começarmos de novo. Uma lousa em branco para nós, dessa forma.

O queixo de Georgiana caiu.

— Não pode estar falando sério.

— É lógico que estou. Você me interessa muito mais do que Amelia Johns jamais interessaria. Para ser sincero, e porque você vai jogar na minha cara de toda forma, você por acaso também é uma herdeira, e todos sabem que preciso me casar com uma herdeira.

— Não consigo acreditar — falou Georgie, libertando-se dele. — Você não suporta perder, então está embarcando em outro jogo que acha poder vencer, e às minhas custas. Não participarei.

— Não é jogo nenhum, Georgiana — grunhiu Tristan, pegando-lhe a mão de novo.

Ela deu um passo para trás, libertando-se dos braços fortes e quase fazendo com que o conde de Montrose e sua parceira caíssem em cima deles.

— Então prove, Dare.

Tristan deu um sorriso sinistro. Adorava um desafio, e quanto mais altas as apostas, melhor.

— Eu provarei. — Antes que Georgiana pudesse ir embora, Tristan pegou sua mão uma última vez, dando um beijo em seus dedos. — Acredite, eu provarei.

No dia seguinte, Georgiana estava sentada no salão matinal com a tia, trabalhando melancolicamente em um bordado. Estava pensando em como seria bom escapar da casa e das batidas silenciosas e incessantes do relógio de cima da cornija da lareira quando Pascoe bateu à porta.

— A senhorita tem uma visita, lady Georgiana.

— Quem?

— Lorde Dare, milady.

O coração foi parar na garganta e, com muito esforço, conseguiu engoli-lo novamente.

— Não vou receber visitas esta manhã, Pascoe.

— Está bem, milady.

O mordomo desapareceu.

— Greydon se ofereceu para falar com Dare, se quiser resolver isso — contou tia Frederica com aquele tom cauteloso que passara a usar desde que Georgiana retornara, como se temesse que a sobrinha enlouquecesse de novo caso dissesse algo errado.

— Grey é amigo de Dare. Isso não deveria mudar por causa da minha situação com ele.

— Milady? — chamou o mordomo, reaparecendo à porta.

— Sim, Pascoe?

— Lorde Dare está devolvendo sua égua. Quer saber se a senhorita gostaria de dar um passeio para discutir a devolução dos seus itens pessoais à Residência Hawthorne.

Se Tristan dissera aquilo, estava se esforçando ao máximo para ser diplomático.

— Por favor, agradeça ao lorde Dare, mas...

— Ah, preciso informá-la que o... Nanico também está aqui e gostaria de passear com a senhorita.

— Pascoe, ela disse que não. Por favor, não...

Aquele salafrário tratante. Georgiana largou o bordado e se levantou.

— Eu deveria pelo menos cumprimentar Edward. Tenho certeza de que ele não faz ideia de por que desapareci daquele jeito.

— Eu também não faço — murmurou a tia, mas Georgiana fingiu não ouvi-la enquanto saía do salão.

— Georgie! — gritou Edward, jogando-se em cima dela assim que adentrou à sala de estar.

— Edward — reprimiu Tristan, e o garoto parou abruptamente. — Modos.

Fazendo uma careta, o menino assentiu e fez uma reverência.

— Bom dia, lady Georgiana. Senti muito a sua falta, e Temporal também.

— Também senti a sua falta. Estou muito feliz por você ter vindo me visitar.

— A senhorita vai cavalgar conosco? Será incrível. Ninguém mais precisa ficar segurando as rédeas para mim.

Georgiana olhou nos olhos cinza ansiosos do garoto e sorriu.

— Adoraria cavalgar com vocês.

— Oba!

— Preciso me trocar primeiro.

— Nós aguardamos — disse Tristan com a fala arrastada, erguendo uma sobrancelha quando ela o encarou raivosamente por cima da cabeça do irmão dele.

Quando Georgie retornou ao térreo alguns minutos depois, os dois irmãos Carroway estavam na viela de entrada da casa, esperando. Quando ela apareceu, Tristan colocou Edward no lombo de Temporal, então foi ajudá-la a montar em Sheba.

— Você é um trapaceiro — sibilou Georgie, pisando nas mãos entrelaçadas dele com mais força do que precisava. — E um covarde.

— Sim, sou. E esperto, também. O Nanico é uma desculpa e um acompanhante, tudo em uma mesma pessoa.

Segurando o tornozelo de Georgiana, Tristan enfiou o pé dela no estribo.

— E nossa imagem? Um homem, uma mulher e uma criança. Qual sua objeção quanto a Bradshaw me escoltar a qualquer lugar?

— Minhas objeções a Bradshaw são muitas e variadas. Se houver um motivo para mantê-lo em qualquer outro lugar enquanto estou aqui, farei uso dele.

— O que você acha que está fazendo? — perguntou Georgiana.

Precisava ser cautelosa quanto ao que dizia com Edward presente.

— Estou lhe fazendo uma visita. — Tristan se afastou. — Acha o Hyde Park aceitável?

— Sim, suponho que sim.

Ele montou na sela de Charlemagne e os três saíram trotando na direção do parque próximo. Georgiana o observou se inclinar para o lado, corrigindo a maneira como o irmão segurava as rédeas. Tristan era um cavaleiro nato e, mesmo quando o odiava, gostava de vê-lo cavalgar. Agora, no entanto, não era exatamente seu talento para a cavalaria que estava admirando.

— Só para que saiba — disse ele quando retornou para o lado de Georgiana —, não pretendo dizer ou fazer nada desagradável hoje. Estou começando a cortejá-la. Mas só me comportarei enquanto você se comportar.

Georgie manteve os olhos entre as orelhas de Sheba enquanto entravam no parque.

— Não entendo, Tristan — confessou lentamente, sem saber ao certo o quanto deveria falar em voz alta. — Para que se arriscar? Você já tem uma herdeira na palma da sua mão.

— Nunca fiz nem uma sombra de promessa de casamento a Amelia Johns — afirmou, parecendo irritado. — Afaste-a da sua cabeça. Isto aqui se trata de nós, e do quanto a quero novamente.

— Então você está me cortejando ou me seduzindo?

Georgiana não conseguiu evitar o tremor na voz.

— Eu a estou cortejando. Na próxima noite que ficarmos juntos, nenhum de nós fugirá correndo.

Georgiana corou. Supostamente, ela partira o coração dele, mas Tristan já estava planejando o próximo *rendez-vous* deles sem roupas. Talvez aquele homem não *tivesse* um coração.

— Você está bastante confiante.

— É uma das minhas melhores qualidades.

Obviamente, Georgiana errara no cálculo em algum ponto. Agora Tristan achava que podia ditar quando e onde se encontrariam e o que isso significaria. Estreitou os olhos. Se estavam quites, ela tinha o mesmo direito de decidir o quão longe permitiria que ele fosse. E quem gostaria de ver.

— Por favor, me leve de volta agora — disse, virando Sheba enquanto falava.

— Acabamos de chegar.

— Eu sei, mas vou a um piquenique com lorde Westbrook daqui a uma hora, e preciso me limpar e me trocar.

A expressão de Tristan se fechou.

— Você não tem compromisso algum. Acabou de inventar isso.

— Não inventei, não. Espere até ele chegar, se quiser, mas você parecerá ainda mais tolo do que agora, dando atenção a uma mulher conhecida por desprezá-lo.

Os lábios de Tristan se comprimiram em uma linha fina e rígida.

— Não é assim que isso vai se desenrolar.

— É, sim. Não sou mais necessária às suas tias e aceitei, portanto, convites de vários cavalheiros. Você é apenas um.

Tristan se aproximou com Charlemagne.

— Você disse que não tinha intenção alguma de se casar — lembrou ele, em uma voz tão grave que era quase um grunhido.

— Sim, mas estive pensando nisso. Foi você, pelo que me lembro, quem apontou que eu poderia me casar com qualquer um que precisasse do meu dote. E, considerando a quantia de que estamos falando, poderia me casar com qualquer um mesmo.

— Reconsidere. Westbrook é um tédio e não precisa do seu dinheiro.

— E é justamente por não precisar que presumo que goste de minha companhia e de minha conversa. Você mesmo disse que, se um homem me amasse, me perdoaria por não ser o meu... primeiro. Você dá bons conselhos, Tristan.

— Reconsidere. Passe o dia comigo.

Georgiana ficou irritada por sentir-se tentada, mesmo que por um breve instante.

— Não. Estamos quites, Dare, e, portanto, você não tem mais direito ao meu tempo do que qualquer outra pessoa do mundo.

— Acho que tenho, sim. Eu poderia obrigá-la a passar tempo comigo, Georgiana. Poderia até obrigá-la a se casar comigo.

Ela encarou aqueles olhos cinza brilhantes.

— Se quiser defender seu caso dessa forma, eu o odiarei, estarei arruinada e retornarei para Shropshire, como uma mulher solteira.

Depois de um longo momento, Tristan soltou a respiração.

— Maldição. Você sabia que eu estava blefando.

O coração dela voltou a bater.

— Sim, sabia.

Ainda bem que, aparentemente, *conseguia* mentir para ele.

— Isso não vale de alguma coisa?

— Estou aqui cavalgando com você — respondeu Georgiana, apontando para os dois —, então, sim, suponho que valha. Mas você só conseguirá manter meu apreço por um tempo determinado, até que o seu verdadeiro comportamento se manifeste.

Para sua surpresa, Tristan riu — um som caloroso e intenso que emanava do peito dele. Edward virou-se para eles, sorrindo em resposta. Georgiana se pegou querendo sorrir também e resistiu bravamente à tentação.

— O que é tão engraçado? — questionou.

— Algumas semanas atrás, tudo que meu mau comportamento me rendeu foi um pé esmagado e os dedos das mãos machucados — respondeu, ainda rindo. — Parece que estou progredindo.

Georgiana fungou.

— Não muito. Agora, leve-me de volta.

Tristan suspirou.

— Sim, milady. Nanico, vamos voltar.

— Por quê?

— Georgie tem outros homens esperando para vê-la.

— Mas nós ainda estamos passeando.

— Não tínhamos horário marcado.

Georgiana o fitou com uma expressão austera, mas Tristan fingiu não perceber. Isso seria um problema. Parte dela queria derreter toda vez que ele a olhava, e a outra queria gritar e arremessar coisas. O visconde podia estar em vantagem no momento, mas o desvendaria. Sabia que não deveria confiar naquele homem, especialmente quando parecia ser honesto. Talvez não conseguisse evitar se sentir atraída, mas nunca — jamais — se apaixonaria por ele.

Um dos cavalariços a ajudou a descer de Sheba antes que Tristan pudesse fazê-lo, e ela agradeceu o criado com um sorriso tão caloroso que o pobre homem enrubesceu e praticamente fugiu correndo, arrastando Sheba consigo. Droga. Parecer uma idiota também não a ajudava contra lorde Dare.

— Obrigada pelo agradável passeio — disse a Edward.

— Por nada.

— A senhorita comparecerá à queima de fogos de artifício em Vauxhall na quinta-feira? — perguntou Tristan, descendo do cavalo para acompanhá-la até a porta.

Ele podia descobrir essa informação com bastante facilidade, pensou Georgiana, mesmo que não fosse dançar nos Jardins.

— Sim, eu e minha tia estaremos lá.

— Posso enviar minha carruagem e oferecer minha proteção às duas, então?

Maldição. Tristan era sorrateiro.

— Eu... não posso responder por tia Frederica, é claro.

Ele concordou com a cabeça.

— Se puder informá-la de minha oferta, além de avisá-la que minhas tias também estarão presentes, agradeço. Tia Milly tem ansiado por fogos de artifício a temporada inteira. Ela não pôde ir quando estava impossibilitada, então esta será sua primeira oportunidade.

Georgiana cerrou o maxilar.

— Você não joga limpo.

— Não estou jogando, lembra? E estou nesta para ganhar.

— Está bem. Tenho certeza de que tia Frederica adoraria a oportunidade de conversar com suas tias. Eu a informarei de sua oferta. Mas não estou contente com isso.

Abaixando-se, Tristan pegou a mão dela.

— Tenha um ótimo piquenique, Georgiana — murmurou, soltando-a.

Enquanto subia a escada, não era no piquenique iminente que ela estava pensando. Era naqueles olhos azuis de cílios longos e nas promessas — ou mentiras — que guardavam.

—⁂—

— Tristan — disse Edward enquanto retornavam à Residência Carroway —, por que você me fez ir até lá? Eu disse que já tinha ido cavalgar com Andrew e Shaw.

— Porque eu queria ver Georgiana e sabia que ela iria querer ver você.

— Por que ela não iria querer ver *você*? Está zangada?

Tristan deu um sorriso pequeno e sombrio.

— Sim, está.

— Então, você deveria mandar flores para ela. É isso que Bradshaw faz, e ele diz que todas as moças gostam dele.

— Flores, é? — Quanto mais pensava na ideia, mais lhe apetecia. — O que mais Bradshaw manda para as moças para fazê-las gostarem dele?

— Chocolate. Muito chocolate. Shaw disse que Melinda Wendell vadiaria com qualquer um por uma boa caixa de chocolates.

Ele e Bradshaw teriam uma conversa sobre o que era dito na frente de Edward — aquilo estava saindo de controle.

— Shaw disse isso para você, especificamente?

Parecendo encabulado, Edward sorriu.

— Não, disse para o Andrew quando ele estava tentando fazer Barbara Jamison vadiar com ele. Eu gostaria de vadiar. Parece divertido.

— Quando você for mais velho. E *jamais* mencione "vadiar" para Georgiana, está bem?

— Ela não gosta de vadiar?

Lembrando da última noite que passaram juntos, ela gostava muito.

— Vadiar, Nanico, é algo que apenas os homens discutem, e apenas com outros homens. Na verdade, apenas com os irmãos. Compreendido?

— Sim, Dare. Nem mesmo com as tias?

— Céus, não.

— Está bem.

— Mas obrigado pela ideia das flores. Acho que vou tentar.

— Acho que você deveria. Eu gosto de Georgiana.

— Eu, também. — Quando não queria estrangulá-la.

Discutir com ela se tornara praticamente um tipo de preliminar. Sim, Georgie o enlouquecia e o frustrava. Na maior parte do tempo, contudo, só queria *vadiar* com ela. Muito.

Capítulo 13

NOTA DO AUTOR: NÃO HAVERÁ capítulo 13. Com todas as complicações que Tristan e Georgiana já têm em seu caminho, sinto que não é preciso acrescentar números azarentos à equação.

Capítulo 14

À brecha novamente, meus amigos; ou de ingleses os fossos entupamos.
— Henrique V, Ato III, Cena I

GEORGIANA HALLEY ERA INTELIGENTE E cética — especialmente quanto a ele —, então a melhor forma de derrotá-la era mantê-la desequilibrada. Tristan se sentou de frente para ela no coche, recentemente lavado e polido, e olhou pela janela, para a escuridão. Aquilo era guerra, não havia dúvidas, e ele pretendia vencer.

É claro que uma vitória completa significaria nada mais, nada menos do que se casar com ela: Georgiana definira o alto valor da aposta quando obtivera prazer em seus braços e depois o deixara, como se fosse algum tipo de cafetão. Torná-la sua faria de Tristan o grande vencedor, e a impediria de escapar dele e de sua cama novamente.

A única questão era como lidar com aquilo. Gostava da companhia de Georgiana e desejava seu corpo. Ela também o desejava, mas Tristan não tinha certeza se gostava dele. Quaisquer que fossem suas maquinações, precisava convencê-la a dizer "sim". Ao menos Georgie concordara em acompanhá-lo esta noite.

— Não sabia que ainda havia camarotes disponíveis para aluguel em Vauxhall a essa altura da temporada.

A duquesa viúva de Wycliffe, parecendo ainda mais indiferente que Georgiana, o estava encarando com rancor desde que ele chegara para levá-las à queima de fogos, como se esperasse que Tristan desistisse com sua vigilância minuciosa. Mas precisava dela ali para garantir a presença de Georgie. Fora isso, mal reparara em seu olhar gélido e desaprovador.

Até mesmo a insinuação implícita de que não fazia ideia de onde tinha conseguido dinheiro para alugar um camarote o irritou por apenas um instante.

— O marquês de St. Aubyn precisou viajar para fora da cidade esta semana — improvisou. — Ele me emprestou o camarote.

— Você se correlaciona com St. Aubyn?

Ah, não.

— Somos conhecidos.

A duquesa viúva não pareceu contar aquilo como um ponto a seu favor.

— E ele simplesmente ofereceu?

— Sim. — Depois de Tristan arrancar cinquenta libras dele em um jogo de faraó. — E é claro que logo pensei na senhora e em Georgiana.

— Mas tive a impressão de que suas tias nos acompanhariam — disse a duquesa, o tom de voz se tornando ainda mais acusador.

— Elas estão a caminho, acompanhadas pelos meus irmãos.

Georgiana se recusava a olhá-lo nos olhos desde que Dare chegara, mas ele não podia evitar admirá-la. Georgie estava usando um vestido azul-escuro, com um xale prateado brilhante jogado sobre os ombros e grampos azuis e prateados no cabelo dourado.

Quando a ajudara a entrar no coche, a mera atitude de pegar em sua mão já o deixara com a boca seca. Queria deslizar os dedos pela pele dela de novo, queria sentir as mãos femininas em seu corpo e senti-la se contorcendo debaixo de si.

— Georgiana — disse a tia, fazendo-o pular —, conte-me sobre seu piquenique com lorde Westbrook.

— Não acho que lorde Dare queira ouvir...

— Provavelmente não, mas *eu* quero. Conte-me.

Tristan não precisava ser lembrado de que Georgiana tinha outros pretendentes. Ficara tentado a segui-la naquele almoço para se certificar de que ela não estava mentindo ou se divertindo demais. Se não tivesse que correr atrás de St. Aubyn para conseguir o camarote, a teria seguido.

— Foi muito bom. Ele levou pato assado.

— E sobre o que vocês conversaram?

— Nada de importante. O tempo, os eventos da temporada...

— Westbrook já a pediu em casamento?

Dessa vez, os olhos encontraram os de Tristan, e então voltaram a se desviar.

— A senhora sabe que não. Por favor, pare de me interrogar.

— Só anseio pela sua felicidade.

— Não parece que...

Tristan apertou o maxilar com força.

— Você espera que Westbrook a peça em casamento? — perguntou ele.

— Ah, vejam, chegamos.

O coche entrou nos Jardins de Vauxhall, juntando-se ao comboio que já estava ali. O cavalariço abriu a porta e abaixou a escada. Tristan desceu para ajudar as damas a saírem. A duquesa saiu primeiro, ainda o fitando como se ele tivesse contraído a praga.

— Por que estamos aqui com você? — indagou ela.

— Tia Frederica — reprimiu Georgiana de dentro do coche.

Tristan encarou a duquesa.

— Porque estou cortejando sua sobrinha — respondeu. — E porque sou muito charmoso e intrigante e a senhora não conseguiu resistir ao meu convite.

Para sua surpresa, a duquesa soltou uma risada breve.

— Talvez seja mesmo por isso.

— Georgiana — chamou Tristan enquanto a duquesa se encaminhava para a trilha —, vai descer ou devo me juntar a você aí dentro?

A mão dela apareceu de dentro do coche e Tristan segurou os dedos enluvados. Mesmo com a camada de tecido, podia sentir a energia que corria entre eles. Georgiana desceu e parou ao seu lado, mas ele continuou segurando sua mão.

— Você deixou Westbrook beijá-la? — murmurou.

— Isso não é da sua conta. Solte-me.

Tristan a soltou relutantemente.

— Quero prová-la de novo — continuou, ainda no mesmo tom baixo, oferecendo o braço a ela.

— Isso *não* vai acontecer.

Georgiana virou o rosto, expondo a curva delicada de seu pescoço para ele.

Tristan teve uma ereção. Grato pelo sobretudo que vestia, se aproximou.

— Westbrook faz você tremer? — sussurrou, controlando-se ao máximo para não dar um beijo na orelha dela.

— Pare. Imediatamente. Mais uma palavra nesse sentido e o chutarei com tanta força que você poderá se juntar ao coral dos meninos de Westminster.

— Diga meu nome.

Georgiana suspirou.

— Está bem. Tristan.

Ele parou, fazendo-a parar também.

— Não, olhe nos meus olhos e diga o meu nome.

— Isso é ridículo.

— Me agracie com isso.

Inspirando fundo, fazendo com que seu colo se estufasse, Georgie se virou para encará-lo, os olhos verde-musgo e meigos sob a luz do luar.

— Tristan — disse em um suspiro, estremecendo.

Ele poderia se afogar naqueles olhos. O problema era que Georgiana, sem sombra de dúvida, ainda o queria também.

— Assim está melhor.

— Tem mais alguma coisa que deseja que eu diga? O nome do seu cavalo, ou a tabuada?

Os lábios dele se contraíram.

— Meu nome basta. Obrigado.

Continuaram andando, apressando-se para alcançar a duquesa viúva.

— Não sei por que você persiste — proferiu Georgie, a voz baixa o bastante para que ninguém na multidão conseguisse ouvir. Era um tom que aperfeiçoaram com o passar dos anos. — Já lhe disse que nunca mais confiarei em você.

— Você já confia em mim, meu bem.

— E o que faz achar isso?

— Você deixou vários itens pessoais sob minha posse e, independentemente do que pense de mim, sabe que eu jamais os usaria contra você. — Tristan segurou o braço dela, virando-a para que ficassem frente a frente. — Jamais.

Georgiana corou.

— Então, você tem uma qualidade redentora. Em meio a todos os defeitos, dificilmente é algo de que se gabar.

— Estou começando a achar que eu deveria ter lhe trazido um leque.

— Eu...

— Aí está você — disse a duquesa, segurando o outro braço de Georgiana e arrancando-a de Tristan. — Precisa me resgatar de lorde Phindlin.

— A senhora é uma mulher atraente, e viúva — ponderou Georgiana, toda calorosa agora que não estava mais conversando com Tristan. — Não pode culpá-lo.

— Acho que é meu dinheiro que ele quer — comentou a duquesa, olhando por cima do ombro para Tristan.

Que maravilha. Agora era apenas mais um na multidão de machos gananciosos e ambiciosos.

— Pode ser, Sua Graça — retrucou ele —, que lorde Phindlin apenas tenha muito bom gosto. Se buscasse apenas dinheiro, talvez tivesse apontado sua mira para uma mulher mais... suscetível.

As duas sobrancelhas da duquesa se ergueram.

— Deveras.

As tias, Bradshaw e, surpreendentemente, Bit já ocupavam o camarote quando chegaram. Georgiana cumprimentou a todos, dando beijos no rosto de Milly e Edwina, e então se sentou em meio ao trio de tias. Frederica se engajou em uma conversa, ignorando os fogos de artifício e a orquestra na praça. Tristan observou o grupo com uma frustração crescente. Sabia que mexia com Georgie. Se não mexesse, ela não se esconderia. Porém, enquanto ela mantivesse a duquesa entre os dois, Tristan não podia fazer muito em termos de flerte.

Deu um leve sorriso. Jamais pensara em usar *flerte* e *Georgiana* na mesma frase. Mas não conseguia tirar os olhos daquela mulher fantástica. Quando ela o fitou, calor se espalhou por suas veias. Georgiana ficara tão furiosa seis anos atrás que tudo isso poderia ser o início de um novo jogo. Ela mesma dissera que Tristan aprendera a lição. Mas ele era um jogador há muito mais tempo que Georgiana. Independentemente de quão altas fossem as apostas, permaneceria nesse jogo até o fim.

— Não era o marquês, Georgiana?

Ela voltou ao presente, parando de olhar para Tristan e voltando-se para a tia.

— Desculpe, o que a senhora estava dizendo?

Frederica franziu o cenho, mas logo suavizou a expressão.

— Milly estava perguntando de seus pretendentes.

— Ah. Sim, então, era o marquês. É claro.

Aquela devia ser a terceira vez desde que Tristan as buscara que tia Frederica mencionava seus pretendentes, e Georgiana não gostava nada daquilo.

Não ia se casar com lorde Luxley nem com nenhum dos outros que a pediam em casamento quase semanalmente. Mesmo que não tivesse nenhum motivo especial para rejeitá-los, não estava interessada. A maioria a entediava. E a ideia de que Tristan poderia estar cortejando-a com a intenção de se casar era simplesmente... absurda. Georgiana o humilhara e o enfurecera, e agora ele estava tentando fazer o mesmo com ela. Tristan esperava que ela se apaixonasse por ele mais uma vez, para poder rir e ir embora vitorioso. Georgie podia atravessar o rio de corações partidos que o visconde deixara para trás, mas ele não suportava provar do próprio remédio.

A maneira como Tristan arranjava desculpas para pegar em sua mão ou encostar em seu braço podia deixá-la com calor e estremecendo, mas isso era apenas desejo carnal. Seu corpo ansiava pelo dele, mas a mente era apenas sua. E o seu coração só seguiria o trajeto que a mente mandasse.

— Georgiana, pare de devanear.

Ela saltou no lugar.

— Desculpe, o que é?

— Onde você está com a cabeça esta noite? — perguntou a tia, enquanto Milly e Edwina também olhavam-na.

— Apenas pensando. O que perdi?

— As perspectivas com lorde Westbrook.

— Ora, pelo amor de Deus, tia Frederica — ralhou, levantando-se e cobrindo os ombros com o xale. — Por favor, não faça isso.

— É enaltecedor ser cortejada por tantos homens.

— Sinto-me como uma minhoca em um anzol, rodeada por trutas. Seria meu belo molejo que os atiça, ou o fato de que sou bela e gorducha?

Bradshaw gargalhou.

— Sempre pensei em mim mesmo como um linguado, e não uma truta. — Olhou para os irmãos. — Que espécie de peixe vocês são?

— Um vairão — respondeu Andrew, sorrindo.

— Tubarão — murmurou Bit, a atenção, aparentemente, ainda voltada para os fogos de artifício.

O olhar de Tristan migrou para o irmão, e Georgiana não pôde deixar de admirar a paciência e a compreensão. Ele estava ali, se e quando Robert precisasse.

— Alguém gostaria de um sorvete? — perguntou Tristan, levantando-se e olhando para as tias.

— Não tomo sorvete de limão há uma eternidade — respondeu Milly, sorrindo.

— Um para mim, também — pediu Edwina.

Todos queriam um sorvete, e Tristan desceu do camarote.

— Alguém pode se voluntariar para me ajudar a carregá-los? — perguntou, olhando novamente para Georgiana.

Andrew começou a se levantar, mas foi sentado abruptamente quando Robert, sem dizer uma única palavra, agarrou a aba de sua casaca e o puxou. Bradshaw pareceu entender que não estava convidado, e é claro que Milly e a duquesa não iriam. Antes que Edwina pudesse se oferecer, Georgiana deu a volta na cadeira e desceu a escada. Maldição. Aparentemente, seu corpo e seu coração estavam formando uma conspiração.

— Voltaremos em breve — anunciou Tristan, oferecendo-lhe o braço.

Ela sacudiu de leve cabeça, forçando-se a retomar o controle.

— Não sem um acompanhante.

Ele resmungou algo que devia ser uma obscenidade, e então olhou para os irmãos. Andrew teria se levantado novamente, mas Robert passou apressado por ele. Olhou para Georgiana, e ela achou ter vislumbrado uma pitada de divertimento em seus olhos azuis-escuros.

— Vamos.

Robert continuou andando, e ela e Tristan tiveram de se apressar para alcançá-lo.

— Não foi uma tentativa muito sutil de ficarmos a sós — disse Georgie. — Especialmente quando Bit atacou Drew.

— Não sabia que ele ia fazer aquilo. Agradecerei mais tarde. Bit é um excelente acompanhante, além disso. — Olhou para Robert, uns bons dez metros à frente. — Nós o perderemos de vista em uma questão de segundos.

Georgiana riu, a mão no braço de Tristan. Quem dera não gostasse tanto de tocá-lo, mas parecia incapaz de resistir.

— Não está um tanto fresco para tomarmos sorvete? — perguntou quando a mente começou a lembrar como gostava de tocar a pele desnuda dele.

— Não consegui pensar em nada que fosse soar inocente o suficiente para afastá-la da sua vigilante tia.

Georgie sentiu o rosto aquecer.

— Foi *você* quem convidou tia Frederica.

— Porque você não teria vindo sem ela.

As trilhas dos Jardins, que costuravam os camarotes e o gazebo principal, eram escuras e protegidas com árvores, arbustos e flores subindo até a beirada das pedras e transbordando sobre elas. Robert desacelerou, virando-se para eles.

— Vou voltar à Residência Carroway — anunciou. — Boa noite.

— Bit — chamou Georgiana, percebendo de repente que, sem ele, ficariam total e completamente sozinhos. — Você está bem?

Robert pausou, olhando-os por cima do ombro.

— Sim. Pessoas demais.

Em um instante, ele desapareceu. Embora pudesse ouvir risadas e conversas dos outros camarotes próximos, não havia ninguém à vista.

Georgiana engoliu em seco, olhando para o perfil de Tristan enquanto caminhavam em direção ao centro do complexo.

— Ele ficará bem?

— Na medida do possível. Eu lhe disse que Bit era um acompanhante formidável.

Georgiana soltou o ar que estava prendendo. Por que não conseguia sentir esse calor sob sua pele com Luxley, Westbrook, ou qualquer uma das outras trutas que nadavam ao seu redor? Por que apenas com Tristan, o mais inadequado de seus supostos pretendentes?

— O que você vê? — murmurou ele, notando que Georgiana o avaliava.

— Também gostaria de saber — respondeu ela, parando, tardiamente, de analisá-lo.

— Não uma truta, espero.

— Isso depende. Ainda estaríamos jogando se eu fosse uma pobretona?

Tristan parou, apertando o braço dela contra o próprio tronco, fazendo-a parar ao seu lado. Ele não parecia zangado, mas muito sério, notou com surpresa Georgiana.

— Não sei. Eu gostaria de saber. Eu... não quero vê-la com nenhum outro homem. Nunca.

— Então é apenas ciúmes? Um cortejo preventivo, para manter todos os outros afastados?

— Não. — Tristan franziu o cenho, passando a mão pelo cabelo preto. — Estou em uma situação complicada. Não vou reclamar, mas é a realidade. E não fujo da obrigação que tenho para com minha família. O que quero, contudo, só eu é que sei. — Aproximou-se, levantando o queixo dela para que se encarassem, olhos nos olhos. — Você optaria por ser uma pobretona? Ficaria menos desconfiada das intenções de um pretendente se fosse pobre e bonita?

Tristan jamais falara com ela daquele jeito antes e a curiosidade sincera na voz era quase dolorosa.

— Eu... não sei.

— Então, não especulemos sobre circunstâncias que não são reais. Combinado?

Ele tinha razão.

— Combinado.

— Ótimo.

Olhando rapidamente para a trilha, Tristan encostou os lábios nos dela.

Um desejo primitivo a inundou. Georgiana enterrou os dedos no braço dele para se impedir de enrolar os braços em seu pescoço e puxá-lo para mais perto. Ela se obrigou a permanecer inerte, imóvel como uma estátua, mas não conseguiu evitar encaixar a boca na de Tristan, dizendo com os lábios o que queria fazer com o corpo.

Alguém riu, e o som veio de muito perto. Tristan interrompeu o beijo, posicionando-a novamente ao seu lado quando um pequeno grupo de pessoas surgiu à frente.

Continuaram descendo a trilha, passando pelo outro grupo distribuindo acenos de cabeça e cumprimentos que Georgiana mal conseguia se lembrar de proferir. Alguns a fitaram com curiosidade, mas ela supunha que fosse apenas surpresa por vê-la caminhando com Dare sem derramar sangue, em vez de uma especulação de que algo mais poderia estar acontecendo.

Tristan teria parado novamente assim que ficaram sozinhos, mas ela se recusou, deixando-lhe a escolha de acompanhá-la ou ficar para trás. *Não iriam acabar nus em um arbusto de azaleias*. E se ele a beijasse daquele jeito mais uma vez naquela noite, isso aconteceria.

— Por que estamos correndo? — perguntou Tristan após um momento, rindo.

Ao menos alguém estava se divertindo.

— Porque, quando você está correndo, não consegue enfiar a língua na minha boca.

— Eu conseguiria, se decidisse fazê-lo.

— Não é o seu poder de decisão que me preocupa. — Georgiana o encarou. — E pare de rir.

— É engraçado.

Ora, ele não precisava dizer aquilo com todas as letras.

— E você não deveria estar me beijando.

— Porque você já me ensinou minha lição?

Aquilo a fez parar.

— Você *precisava* aprender uma lição, Dare, antes que machucasse mais alguém.

— Eu aprendi minha lição. E agora quero tê-la novamente.

Meu Senhor. Georgie voltou a andar apressadamente.

— Se tivesse aprendido a lição — retomou quando os carrinhos dos vendedores apareceram —, estaria cortejando Amelia Johns.

— Pela centésima maldita vez: não quero Amelia Johns — sussurrou Tristan, encostando o rosto no cabelo dela. — Quero você. Às favas com as outras.

— *Não* é assim que as coisas deveriam...

— Você não pode ditar tudo, Georgie. Estamos quites, lembra-se?

Ele *não* deveria estar usando sua lógica contra ela mesma. Fora estúpida demais ao tentar usar a própria fraqueza para lhe ensinar uma lição. Agora era tarde demais, e ela precisava descobrir o que ele planejava antes que um desastre pior ocorresse. Até então, iria embromar.

— Por que não vai pegar os sorvetes?

Com um sorriso lento e safado, Tristan pediu os sorvetes. Entregando metade a Georgiana, ele pegou o restante e retornaram à trilha. Assim era melhor. Tristan não podia tocá-la ou beijá-la com as mãos ocupadas. Não sem que o sorvete derretesse em seu belo paletó verde de caçador e sua gravata branquíssima.

Voltaram ao camarote sem incidentes e, embora Frederica a tenha estudado atentamente, Georgiana não achava que qualquer um soubesse que deixara Dare beijá-la. Precisava parar com aquilo, independentemente de quão viciantes eram os braços dele — tanto pelo bem de Amelia quanto pelo seu próprio. Porque não importava o que Tristan dissesse, ele não podia estar cortejando-a a sério.

— Onde está Robert? — perguntou Milly, olhando para além deles.

— Bit declamou uma frase completa e se retirou para se recuperar — explicou Tristan enquanto distribuía os sorvetes. — Quase disse duas frases. Acho que Georgie o inspirou. — Ele se largou na cadeira ao lado enquanto Georgiana cavoucava o sorvete de limão. — Espero que esteja gostando.

— Sim, muito — respondeu ela, aliviada por poder dar uma resposta direta. — Você estava gracejando sobre Bit ter se inspirado em mim?

A expressão dele ficou mais sombria.

— Por quê?

— Está com ciúmes?

— Depende do que você está querendo dizer.

Georgiana fez uma careta.

— Esqueça. Pensei que talvez pudesse ajudar, mas se vai ficar se martirizando, melhor deixar para lá.

Tristan inclinou a cabeça, fitando-a.

— Minhas desculpas. Às vezes, esqueço que você não é tão cínica quanto finge ser.

— Tris...

— Se conseguir fazê-lo falar, por favor, faça-o. Mas seja cuidadosa. Ele...

— Passou por muitas coisas — complementou ela.

— Sim. — Olhos azuis-claros a observaram saborear o sorvete frio e agridoce. — Fico feliz que você tenha decidido vir.

— Isso não significa nada.

Tristan sorriu.

— Tudo significa alguma coisa.

Georgiana corou. Assim que a conversa voltava a revolver sobre eles, sua racionalidade virava um mingau.

— Bem, e que tal *eu ainda não confio em você?* O que isso significa?

— Você disse *ainda não confio*, em vez de *nunca mais confiarei*. O que significa que poderia confiar, um dia. — Limpou o canto da boca dela com o dedo, e então o colocou na boca. — Limão.

Tia Frederica apareceu, ocupando o assento ao lado. Pela expressão em seu olhar, ela vira o gesto de Tristan. Georgiana suspirou.

Seus sentimentos estavam tão confusos. Devia odiá-lo, ou pelo menos sentir raiva por Tristan achar que aquele cortejo o levaria a algum lugar. Mas toda vez que olhava-o, a pulsação acelerava, e tudo, inclusive sua determinação, parecia irremediavelmente desconexo. Se aquela fosse a primeira vez que a cortejava, e não a segunda, ela acabaria, invariavelmente, na cama com ele.

Georgiana franziu o cenho. *Acabara* na cama de Tristan — de novo. Algo estava definitivamente errado com ela.

— Por que a expressão amarrada? — perguntou Dare.

— Estava pensando em você — respondeu ela.

Se tivesse algum juízo, teria dado de ombros. Se havia algo de positivo no visconde, contudo, era o fato de ela raramente precisar policiar a língua afiada — exceto quando a língua estava tentando acabar na boca dele.

— O que estava pensando a meu respeito?

— Pensava em como você nunca parece perceber quando não é bem-vindo.

— Acho que são as *suas* habilidades perceptivas que deveriam ser postas em questão — ponderou Tristan, lambendo a última gota de sorvete de cereja do polegar. — Não as minhas.

— Hummm. Bem, você está errado.

O riso de resposta fez sua pulsação acelerar.

— Sempre quis saber por que você...

— Georgiana — interrompeu a duquesa, levantando-se —, estou me sentindo bastante fatigada esta noite. Lorde Dare, acha que conseguiria alguém para nos levar para casa?

— Ficarei feliz em acompanhá-las eu mesmo, Sua Graça.

Tristan se levantou, oferecendo a mão a Georgiana.

Ela aceitou, sentindo-se decepcionada. Estavam se engajando na primeira boa discussão em dias, e Georgie finalmente começara a relaxar um pouco.

— Não é necessário, milorde. Tenho certeza de que o senhor gostaria de ficar aqui com o restante de sua família. Se nos emprestar seu coche, será o suficiente.

Ele concordou com a cabeça, a expressão ilegível.

— Eu as acompanharei até a carruagem, então.

Foram até o limite dos jardins, com Tristan no meio das duas e tia Frederica mantendo um fluxo bem-educado de assuntos amenos. Por mais astuto e divertido que fosse, aquilo impediu que ele sequer olhasse na direção de Georgiana, muito menos que falasse com ela. O que quer que a duquesa tenha visto obviamente não a agradara.

Com um assobio de Tristan, o coche se afastou do comboio reunido do outro lado da rua e parou diante deles. Dare ajudou Frederica a entrar, e então voltou sua atenção para Georgiana.

— Gostaria que você pudesse ficar — murmurou, pegando a mão dela e fazendo uma reverência.

— Minha tia está cansada.

Fazendo uma leve careta, ele se endireitou.

— Sim, eu sei. — Tristan a ajudou a subir no coche, segurando seus dedos por mais tempo do que precisava. — Tenha uma boa noite, Georgiana. E ótimos sonhos.

Hunf. Ela estaria com sorte se conseguisse pregar os olhos. Georgiana se recostou no banco quando o coche arrancou.

— O que foi aquilo? — perguntou à tia. — A senhora nunca fica fatigada tão cedo assim.

A duquesa estava tirando as luvas longas.

— Mandarei chamar Greydon pela manhã e pedirei que informe a lorde Dare que seu cortejo não é bem-vindo e deve ser interrompido imediatamente.

O sangue de Georgiana congelou.

— Por favor, não faça isso — pediu.

— E por que não deveria? Dare obviamente está atrás do seu dinheiro, e você vive dizendo que a companhia dele a desagrada. Melhor darmos um basta a esse aborrecimento sem mais delongas.

— Não quero arruinar a amizade de Grey e Dare — alegou Georgie, tentando organizar os pensamentos o suficiente para compor um argumento lógico: uma perspectiva difícil, visto que a lógica lhe dizia que tia Frederica estava certa.

— Eu, particularmente, não me importaria com isso. Dare é uma péssima influência. Tenho pena de Milly e Edwina.

— Ele se preocupa muito com as tias, e com os irmãos. — Maldição. Agora parecia que o estava defendendo. — Deixe que cuido disso sozinha. Não aceito que qualquer outra pessoa lute minhas batalhas por mim. A senhora sabe disso.

A duquesa suspirou.

— Sim, eu sei. Mas Tristan Carroway é um libertino e viciado em jogos, e é conhecido por ser malicioso. Ele pode dizer que a está cortejando, mas duvido que sequer faça ideia de como fazê-lo adequadamente. Pelo amor de Deus, ele estava quase babando em você. Qualquer um que passasse saberia que ele está galanteando. Com certeza não é a maneira de se conduzir um cortejo apropriado.

— A senhora sabia do suposto cortejo antes desta noite — retrucou ela, desconfiada. — Por que está subitamente tão intransigente?

— Porque você estava corando, Georgiana. E sorrindo.

— O quê? Estava sendo gentil!

— Com Dare?

— As tias dele estavam presentes. E eu... vou cuidar disso sozinha — declarou, afastando as próprias e crescentes dúvidas. — Por favor, prometa-me que a senhora não envolverá Grey.

Frederica ficou em silêncio por um bom tempo.

— Você e eu teremos uma séria conversa muito em breve.

— Então, a senhora concorda?

— Sim. Por ora.

Sua tia lhe oferecera uma maneira de dispensar Tristan de tal forma que não precisaria dizer coisa alguma a ele, se o recusasse. Georgiana precisava é ter uma conversa séria *consigo mesma*.

Quando desceu para o térreo na manhã seguinte, após outra noite repleta de sonhos com Tristan, metade da criadagem estava aglomerada em torno da mesa do saguão, tagarelando tão alto que acordaria até os mortos.

— O que aconteceu? — perguntou.

A multidão se abriu. Um buquê com doze lírios amarelos, presos com delicados laços azuis e amarelos, ocupava o centro da mesa. Por um instante, tudo que Georgiana conseguiu fazer foi ficar olhando para o arranjo. *Lírios*.

— Que lindos — disse, antes que os criados voltassem a falar.

— Há um cartão para a senhorita — avisou Mary, sorrindo.

Sabia de quem eram sem precisar olhar. Apenas um homem perguntara qual era sua flor preferida, e fora há muito tempo atrás. Seu coração acelerou quando pegou o cartão do meio das folhas e dos laços.

Seu nome estava rabiscado do lado de fora, com uma letra que reconhecia. Tentando manter os dedos estáveis, abriu o pequeno cartão. *Entrelaçados*, era tudo o que dizia, com um T assinado embaixo.

— Ah, céus — suspirou. Isso estava, de fato, se tornando muito complicado.

Capítulo 15

A teia de nossa vida é composta de fios misturados: de bens e de males. Nossas virtudes se tornariam orgulhosas sem o açoite de nossos defeitos, como os nossos vícios desesperariam, se não fossem alentados pela virtude.
— *Tudo bem quando termina bem*, Ato IV, Cena III

GEORGIANA GOSTAVA DE CAVALGAR CEDO às segundas-feiras. Com isso em mente, Tristan saltou da cama às 5h30, colocou o traje de cavalgada e desceu para mandar selar Charlemagne.

Pelo menos, cortejar Georgie o mantinha longe do inferno dos clubes e dos jogos que costumava frequentar. Também andava recebendo vários bilhetes, tão irritantemente perfumados quanto os que Georgiana recebera, de mulheres expressando seu desprazer com a ausência dele em seus quartos. Mesmo assim, não sentia vontade alguma de encontrar alívio para a frustração em qualquer outro lugar.

Seis anos atrás, não se desviara nem um passo de seu caminho para galanteá-la. Georgiana viera, de olhos arregalados e praticamente ofegando, até ele. Foi apenas depois de ter se deitado com ela que sua vida se tornara irreversível e permanentemente atada.

A expressão nos olhos de Georgiana na noite seguinte à primeira vez que ficaram juntos, quando se aproximou dela no baile de Ashton, era algo que jamais iria esquecer. E também era algo pelo qual nunca se perdoaria. Ela sabia, naquele momento, que Tristan só estava se divertindo; e o que fora um ato de desejo e prazer se tornou instantaneamente mundano e desonesto. Independentemente do que Georgiana pensasse em fazer com ele, da lição que achava que merecia, *jamais* ficariam quites.

Mas, pela primeira vez, Tristan achava que talvez pudesse ganhar o perdão dela. Queria isso e, pela primeira vez, queria mais. Não tinha certeza do quê, mas quando olhava para Georgie — e mais ainda quando a sentia em seus braços —, algo parecia certo.

Ele a interceptou no caminho para Ladies' Mile, no Hyde Park. Georgiana estava usando o vestido de cavalgada preferido — de um verde escovado intenso que fazia seus olhos parecerem esmeraldas. A respiração dela e de Sheba vaporizava no ar frio da manhã enquanto galopavam pela trilha, o cavalariço ficando cada vez mais para trás a cada galope. Ela estava gloriosa.

Dando um chute nas costelas de Charlemagne, ele seguiu na direção de Georgiana. Abaixando-se para driblar o vento, Tristan e seu baio começaram a ganhar velocidade. Sheba era veloz, mas Charlemagne era maior. Ela ganharia nas curvas, mas em um terreno reto e plano, a égua não tinha chance alguma. Georgiana olhou por cima do ombro, obviamente ouvindo-os se aproximarem, e apressou a égua. Não foi o bastante.

— Bom dia — cumprimentou Tristan ao emparelhar os cavalos.

Georgie sorriu, a crina da égua batendo em seu rosto e misturando os pelos escuros aos cachos dourados dela.

— Aposto uma corrida até a ponte e de volta — propôs ela, ofegante.

— Eu vou vencer.

— Talvez.

Estalando as rédeas, Georgiana fez Sheba disparar.

As corridas eram proibidas no Hyde Park. Seriam multados se fossem pegos. Mas ao ouvir a risada gutural feminina chegando aos seus ouvidos enquanto Georgiana avançava, Tristan não se importava mais com o valor.

Estimulou o impaciente baio mais uma vez, com um toque nas costelas do animal, e eles desembestaram a correr. Quando chegaram à ponta que se estendia sobre um dos estreitos riachos do parque, estavam emparelhados, e Georgie tentou obstruí-lo com Sheba. Tristan não tinha intenção alguma de acabar na água uma segunda vez, e forçou Charlemagne a fazer uma curva aberta, evitando-a.

Ao perceber a chance de ficar à frente mais uma vez, ela usou o chicote para fazer uma curva ainda mais fechada com Sheba. Tristan avistou a pedra bem quando o casco da égua atingiu a ponta, e seu coração parou.

— *Georgiana!*

Sheba torceu a pata e desabou de cabeça no chão, tirando as rédeas das mãos de Georgiana e arremessando-a no chão úmido. Praguejando, Tristan forçou seu cavalo a parar e saltou da sela. Correu até Georgie, que parecia desacordada no chão. A égua choramingava e se debatia a poucos metros dali.

Tristan se jogou no chão, ao lado dela.

— Georgiana? Consegue me ouvir? — O chapéu tinha caído, e o cabelo dourado estava espalhado pelo rosto. Com os dedos trêmulos, Tristan afastou os cachos delicadamente. — Georgiana?

Arfando com força, ela abriu os olhos e se sentou.

— Sheba!

Tristan segurou seu ombro.

— Fique parada e se certifique de que nada está quebrado — ordenou.

— Mas...

— Você está bem? — perguntou novamente.

Georgiana piscou, então se escorou novamente no peito dele.

— Ai.

— O que dói?

— Meu traseiro. E meu quadril. Sheba está bem?

O cavalariço apareceu, correndo até a égua.

— Eu cuidarei dela, milady.

Tristan manteve a atenção em Georgiana.

— Com sorte, você não terá quebrado nada.

Ela arfou novamente.

— Ajeite meu vestido. Pelo amor de Deus, está quase no meu pescoço!

Contendo um sorriso de alívio, Tristan puxou o vestido até abaixo dos joelhos.

— Consegue se sentar direito?

— Sim.

Ela se encolheu de dor, mas o fez.

— E seus braços e pernas? Dobre-os. Feche os punhos.

— Estou bem. Sheba está ferida? John?

— Apenas presa nas rédeas, lady Georgie. Milorde, se puder me ajudar, agradeço.

Com a pulsação retornando ao normal, Tristan manteve a mão no ombro de Georgie. Não queria largá-la.

— Só um instante. Georgiana, se você se levantar deste lugar antes de eu mandar, vou me certificar de...

— Eu entendo. Ficarei bem aqui.

Tristan se levantou, limpando a sujeira dos joelhos, e então se deitou sobre o pescoço de Sheba para mantê-la imóvel enquanto John soltava as rédeas. Feito isso, a égua ficou em pé e mancou, sacudindo a cabeça. Tristan segurou o arreio para impedir que o animal saísse correndo e se agachou para examinar a pata que havia tropeçado na pedra.

Georgiana estava sentada onde a deixara, com a manga rasgada e o cabelo caindo sobre o rosto. Dare entregou a égua para John e depois a ajudou a se levantar.

— Sheba torceu o joelho — disse —, mas não quebrou nada. Vocês duas têm uma sorte danada.

Mancando, Georgiana foi até Sheba e acariciou o nariz da égua.

— Sinto muito, minha amada.

Ela cambaleou, tremendo, e Tristan segurou lhe pelo braço.

— Vou levá-la para casa — afirmou, e indicou ao cavalariço: — Siga-me com Sheba.

— Não vou largar minha égua.

— Não pode montá-la, e não vai caminhar todo o trajeto até em casa. John caminhará com ela. Será bom para o joelho de Sheba.

— Mas...

— Uma vez na vida, vai fazer o que mando. John, pode ajudar lady Georgiana a subir?

— Sim, milorde.

Relutante, Tristan a soltou de novo e montou em Charlemagne. Abaixando-se, segurou Georgiana por debaixo dos braços, erguendo-a, enquanto John a empurrava do chão. Em um instante, ela estava sentada nas pernas másculas, com um braço em torno do pescoço de Tristan para se equilibrar. As coisas, enfim, estavam melhorando.

Georgiana ficou olhando por cima do ombro dele, observando a égua, até entrarem no bosque.

— Foi uma ideia idiota — murmurou. — Eu devia saber.

— Eu faço despertar o pior em você, Georgie. Não é culpa sua.

Suspirando, ela apoiou a cabeça no ombro forte.

— Obrigada.

Tristan resistiu à vontade de enterrar o rosto no cabelo dourado.

— Você me assustou, moça.

Ela olhou-o.

— Assustei?

Quase sem ousar respirar, Tristan inclinou a cabeça de leve e a beijou.

— Lamento que a senhorita tenha machucado seu traseiro, milady. Posso massageá-lo, se a senhorita quiser.

— Pare — protestou ela, se contorcendo. — Alguém vai ver.

— Não há ninguém acordado além das leiteiras.

Georgiana se afastou novamente.

— O que você estava fazendo por aqui? Com certeza, você não é uma leiteira.

— Estava com vontade de sentir o ar da manhã.

— Em Ladies' Mile.

— Sim.

— Você estava procurando por mim, não estava?

— Gosto de vê-la pela manhã. Não acontece com a frequência que eu gostaria.

Georgiana se virou de lado. O corpo esguio e quente contra o dele fazia com que fosse difícil, para Tristan, se concentrar. Com quase ninguém no parque, qualquer clareira reclusa daria a eles toda a privacidade de que precisariam.

— Ai — murmurou ela, movendo-se novamente.

Sacudindo-se para afastar a excitação, Tristan a abraçou um pouco mais forte contra o peito, sustentando mais de seu peso nos ombros.

— Quando chegar em casa, tome um banho de banheira longo e quente. O mais longo e quente que conseguir suportar.

— Então você é um especialista em lesões relacionadas a quedas de cavalo? — perguntou Georgie, com a voz mais doce.

— Eu mesmo já caí algumas vezes.

A mão dela que estava livre tocou no paletó, pouco abaixo do ombro, onde a cicatriz ficava.

— Eu lembro. — Lentamente, a mão subiu até o rosto de Tristan e se emaranhou em seu cabelo. — Você parecia tão preocupado — murmurou, puxando o rosto dele para beijá-lo.

Georgiana devia estar delirando. Tristan não examinara a cabeça dela em busca de lesões. De toda forma, não conseguiu resistir a retribuir o beijo, soltando um gemido suave quando a língua atrevida escorregou por seus dentes. Charlemagne parou, virando a cabeça para olhá-los quando Tristan relaxou as rédeas e envolveu Georgiana com os braços, intensificando o contato de suas bocas.

— Milorde, lady Georgiana está bem?

As costas dele ficaram rígidas, e Tristan virou a cabeça, avistando John logo atrás, trazendo Sheba.

— Sim, está bem agora. Perdeu a consciência por um instante e receei que tivesse parado de respirar.

Georgiana afundou o rosto no peito masculino, seus ombros chacoalhando com a risada suprimida.

O cavalariço pareceu alarmado.

— Devo ir na frente para pedir ajuda?

— Sim, acho melhor. Eu levo Sheba.

— Não é necess...

— Fique quieta — murmurou Tristan, mantendo o rosto dela perto de seu peito.

O cavalariço entregou as rédeas cortadas de Sheba e partiu na direção da Residência Hawthorne.

— John vai apavorar a minha tia — reclamou Georgiana.

— Mas *eu* parecerei muito impressionante, minha querida.

Ela riu de novo. Talvez o cérebro *realmente* estivesse aturdido. Tristan incitou Charlemagne a andar novamente, com Sheba mancando atrás.

— Ela está bem mesmo? Sinto-me tão idiota...

— Não se sinta. Prometo reexaminá-la quando chegarmos, e fazer uma compressa. Mas Sheba não está reclamando, e a pata não parece muito inchada. Ela ficará bem, meu amor.

— Espero que sim.

— Estou mais preocupado com você. Sabia que seu cotovelo está sangrando?

Ela olhou para baixo.

— Não, não sabia. Ah, tem sangue em todo o seu paletó. Descul...

— Pare com isso, Georgiana. Eu a incitei a correr, e você caiu. Pare de falar e me beije de novo.

Para sua surpresa, ela o fez. Quando Tristan ergueu a cabeça para respirar, estava pronto para começar a procurar por uma clareira reclusa. O fato de Georgie ter percebido sua situação embaraçosa e estar rindo de novo não ajudava.

— Você está fazendo isso de propósito — murmurou ele.

— É claro que estou.

— Bem, então pare. Seu cavalariço voltou.

John veio galopando pela trilha com três de seus colegas atrás. Tristan não sabia o que quatro criados pretendiam fazer com um único cavalo, mas não importava o que tinham em mente: não iria entregar Georgiana a nenhum deles.

— Milorde — disse John, ofegando —, Bradley está aqui para ir buscar um médico, se necessário.

Tristan olhou novamente para Georgiana. Ela parecia bem, mas não permitiria que ele examinasse seu traseiro, então outra pessoa precisava fazê-lo.

— Vá.

— Tris...

— Você pode ter quebrado alguma coisa. Não discuta.

Aquilo os deixava com três cavalariços os rodeando. Charlemagne começou a chacoalhar a cabeça e bater os cascos, e Tristan o forçou a se acalmar. A última coisa que queria era que Georgie fosse arremessada no chão mais uma vez.

— Cuide de Sheba — ordenou, entregando as rédeas da égua de volta para John. — O restante de vocês, afastem-se!

Com um coro de "sim, milorde", eles obedeceram. Quando chegaram à Residência Hawthorne, Tristan se sentia como o condutor de uma parada. A duquesa viúva correu até o pórtico quando chegaram, e ele teve a sensação de que as coisas ficariam ruins novamente.

— Como foi que isso aconteceu? — quis saber a duquesa, descendo a escada para agarrar um dos pés de Georgiana. — Você está bem?

— Estou — respondeu Georgie, virando-se para que Tristan pudesse descê-la. — Não há necessidade de histeria.

Os joelhos dela cederam assim que os pés tocaram o chão, e Georgiana agarrou o estribo para não cair. Tristan saltou do cavalo e a segurou em seus braços novamente.

— Permita-me.

— Por aqui — instruiu a duquesa, afastando os criados boquiabertos do saguão.

Ele tinha certeza de que sabia em qual quarto entrar, mas permitiu que Frederica indicasse o caminho. Não havia sentido em arruinar as coisas agora, bem quando começavam a parecer remediáveis. Com cuidado, colocou Georgiana na cama, reparando em como ela se encolheu quando as costas entraram em contato com o cobre-leito macio.

— Obrigada, lorde Dare — disse a duquesa. — Agora, se puder fazer a gentileza de ir embora para que eu possa cuidar da minha sobrinha...

Ao ver que o meneio de cabeça em concordância, Georgiana se esticou e segurou a mão dele.

— Você prometeu cuidar de Sheba — lembrou.

Tristan sorriu.

— Eu cuidarei.

Georgiana o observou sair pela porta do quarto, fechando-a com cuidado. Ele nunca lhe prometera nada antes, e algo naquela atitude parecia significativo — da mesma forma que a maneira como pareceu extremamente preocupado, e como suas mãos tremiam logo que a pegou nos braços depois da queda.

— Vamos tirar você desse vestido — falou tia Frederica, arrancando-a de seu devaneio.

— Não foi tão ruim assim. Eu só caí com certa força.

— Seu cotovelo está sangrando.

— Sim, eu sei. Arde. Eu mereço, no entanto, por apostar uma corrida contra Dare. Ninguém nunca o vence.

A tia parou de se mexer.

— Você estava apostando uma corrida com lorde Dare? Por quê?

— Porque eu quis. Não havia mais ninguém em volta, e achei que seria divertido.

Tinha sido divertido — revigorantemente divertido —, até Sheba arremessá-la no chão.

— Essa *diversão* foi ideia dele?

— Não, foi minha. — Georgiana escorregou até a beirada da cama, encolhendo-se novamente e tentando apoiar o peso do corpo na perna esquerda para conseguir tirar os sapatos. — E acho que quase o matei do coração quando caí, então não comece a maldizê-lo.

— Não a entendo — confessou Frederica, desabotoando o vestido de cavalgada. — Você o odeia, e aí vai morar na casa dele. Foge de lá, e depois vai cavalgar com Dare.

— Ai. Nem eu mesma entendo, tia.

— Onde você se machucou?

— Meu traseiro. Tristan acha que posso ter quebrado alguma coisa.

Os dedos da tia pausaram novamente.

— Você contou a lorde Dare que machucou seu traseiro? — perguntou ela, bem devagar.

O rubor subiu pelas bochechas de Georgie.

— Já era bastante óbvio.

— Ah, céus. Espero que ele não saia por aí contando para todo mundo, Georgiana. Francamente, você costumava ser mais sensata.

— Tristan não contará.

Frederica continuou fitando-a com uma expressão desconcertada, mas Georgiana fingiu estar tonta para não ter mais que falar até o médico chegar.

Uma coisa parecia certa: Tristan nutria mesmo certo afeto por ela. E Georgie estava começando a gostar dele mais do que se sentia confortável em admitir. Se tinha certeza de uma coisa, contudo, era a de que gostar de Tristan Carroway era um caminho certeiro para um coração partido.

Por sorte, o médico decidiu que tomar um banho quente e permanecer deitada de bruços pelo próximo dia resolveria o pior das lesões. Não sabia como o doutor podia ter tanta certeza, considerando que nem sequer ergueu sua combinação para examinar o traseiro machucado, mas Tristan havia dito a mesma coisa.

Assim que o médico foi embora, ela tomou um banho de banheira, permitindo que a água quente relaxasse os músculos doloridos e limpasse a pele arranhada das costas e do cotovelo. Depois, com a ajuda de Mary, se deitou na cama e apoiou o queixo nos braços cruzados.

Foi assim que tia Frederica a encontrou quando entrou novamente no quarto.

— Ele ainda está aqui e quer vê-la.

— Por favor, peça-o para subir, então, se a senhora não se importar.

— Somente até a porta.

Droga. Iria arruinar a si mesma se não fosse mais cautelosa.

— É claro que somente até a porta.

— Eu o chamarei — murmurou Frederica, saindo.

Um instante depois, outra batia ressoou à porta.

— Georgiana? — disse a voz grave de Tristan. Ele abriu a porta, mas parou antes que ela pudesse ordenar que permanecesse ali. Evidentemente, já havia sido instruído. — Eu acho que a sua tia não gosta nada de mim — admitiu, apoiando-se no batente da porta.

Ela riu.

— Como está Sheba?

— Como eu suspeitava, é apenas uma distensão muscular. John e eu fizemos uma compressa, e ele caminhará com Sheba duas vezes por dia durante uma semana. Depois disso, poderá tentar montá-la, mas nada de galopar por mais ou menos um mês.

— Não estarei pronta para galopar por, pelo menos, esse período de tempo — falou Georgiana, pesarosa.

Tristan deu olhada para Mary, parada discretamente em um canto do quarto.

— Fico feliz por você não ter quebrado nenhum osso.

— Eu, também.

Os olhos azuis claros estudaram o rosto de Georgiana por um bom tempo antes de ele se mexer.

— Preciso ir — anunciou, endireitando-se. — Eu deveria estar no Parlamento já faz uma hora. — Mas permaneceu parado ali, ainda olhando-a, então se sacudiu visivelmente. — Eu virei visitá-la esta noite.

Lá estava o visconde, ditando as coisas novamente.

— Se está me cortejando, precisa pedir minha permissão para vir me visitar.

Tristan ergueu uma sobrancelha.

— Pois bem. Posso vir visitá-la esta noite?

— Sim. — Georgiana sorriu, tentando esconder o frio suave em sua barriga. — Até lá, me acostumarei a ficar grata até mesmo pela sua companhia, imagino.

— Só posso torcer por isso.

Ela acabou tendo mais visitas do que esperava. Antes do meio-dia, Lucinda e Evelyn apareceram.

— Céus — disse Lucinda, fechando a porta quando Mary saiu. — Eu meio que esperava vê-la coberta de curativos dos pés à cabeça.

Georgiana franziu o cenho.

— Foi apenas uma quedinha de nada. E como vocês ficaram sabendo, afinal?

— A aia da sra. Grawtham estava na modista no mesmo horário da filha do dr. Barlow.

— Ah, não. — Georgiana enterrou o rosto no travesseiro. — A sra. Grawtham não conseguiria guardar um segredo nem sobre si mesma.

— De toda forma — disse Evie, sentando-se na beirada da cama —, todos estão comentando sobre como seu cavalo a arremessou e lorde Dare a carregou para casa.

Isso não foi tão terrível assim.

— Bem, suponho que seja verdade — admitiu, erguendo a cabeça do travesseiro macio para poder respirar.

— E sobre como Dare estava tão preocupado que não saiu do seu lado até o dr. Barlow garantir que você ficaria bem e a duquesa prometer que o avisaria se algo mudasse.

— Isso não...

— Todos estão dizendo que ele está apaixonado por você — intrometeu-se Lucinda, os olhos castanhos sérios. — Georgiana, achei que fosse ensinar uma lição a ele. Agora acabou machucada. Se ainda está decidida a incentivá-lo, isso poderia ficar muito perigoso.

— Não o estou incentivando, e Dare, com toda a certeza, *não* está apaixonado. Nós nem sequer gostamos um do outro, lembram?

— É por isso que todos acham romântico. — A própria Evelyn parecia preocupada. — Você jurou que jamais se casaria, muito menos com Dare, e agora ele a está cortejando e você está tendendo a mudar de ideia.

— Pelos céus! — Georgiana agitou os pés debaixo das cobertas, o que só fez as costas doerem mais. — Nunca jurei nada, e não estou mudando de ideia, e... maldição!

Lucinda e Evelyn trocaram olhares.

— Não vou escolher ninguém para ensinar uma lição, se é isso que vai acontecer — disse Evelyn.

— Nada vai acontecer — afirmou Georgiana, começando a se perguntar quem estava tentando convencer disso.

— E o fato de Dare tê-la escoltado aos Jardins de Vauxhall aquela noite? — Lucinda apoiou o queixo na mão. — E vocês deviam estar cavalgando juntos, se ele a trouxe para casa.

— Dare diz que está me cortejando, mas não está falando sério — protestou Georgie. — Pelo amor de Deus, só está tentando se vingar da minha vingança.

Evelyn parecia ainda mais confusa, mas a expressão de Lucinda se fechou.

— Espere aí — disse ela, inclinando-se para a frente. — Dare *diz* que a está cortejando? Ele a *está* cortejando, Georgie. E todos já sabem.

Georgiana enterrou o rosto no travesseiro de novo.

— Vão embora. Não sei do que você está falando.

Lucinda fez um carinho em seu braço.

— Bem, é melhor você resolver isso logo, minha querida. Porque não somos as únicas levantando questionamentos, e nós somos as boazinhas.

Menos de uma hora depois que as amigas se foram, alguém bateu à porta. Quando Mary a abriu, Josephine, uma criada do piso inferior, fez uma reverência.

— Lady Georgiana, estou aqui para informá-la que lorde Westbrook está lá embaixo, veio para visitá-la.

— Céus, eu esqueci. Íamos passear. Por favor, peça para Pascoe explicar a ele que me machuquei e oferecer minhas desculpas ao marquês.

Josephine fez outra reverência.

— Sim, milady.

Alguns minutos depois, a empregada retornou.

— Lorde Westbrook expressou seu lamento por saber de seu acidente, e disse que lhe escreverá uma carta.

— Obrigada, Josephine.

Depois disso, Georgie ficou deitada na cama por um bom tempo, pensando. Todo mundo achava que Tristan a estava cortejando, e que ela aceitava seu interesse de bom grado. O problema era que isso era verdade. Não conseguia evitar ansiar por cada encontro, e todo o seu corpo reagia à voz e ao toque dele.

E se isso não fosse parte do jogo? E se Tristan estivesse sendo sincero? E se ele a pedisse em casamento?

Georgiana grunhiu, desejando conseguir levantar e caminhar pelo quarto. Sempre pensava melhor quando podia se movimentar. Aquilo era um desastre, e a pior parte de tudo era que a culpa era toda sua.

— Ah, eu desisto — lamentou Edwina, abaixando-se para pegar Dragão no colo e aninhá-lo. — Preciso admitir: você tinha razão sobre a combustibilidade entre eles.

Milly gostaria de encontrar alguma satisfação no fato de Edwina finalmente admitir que tinha razão quanto a alguma coisa.

— É uma pena. Por alguns poucos momentos, eles realmente pareciam estar se entendendo.

A irmã suspirou.

— Você supõe que será a srta. Johns, então?

— Provavelmente. Maldição. Ela tem bastante dinheiro, mas parece enfadonha demais para ser uma Carroway. E assim que se casarem, seremos enviadas de volta a Essex. Podemos muito bem dar adeus a nossos meninos agora. Duvido que os veremos em outra ocasião além do Natal, depois que formos banidas para o chalé.

Dragão saltou do colo de Edwina para atacar a cortina mais próxima.

— Ah, por que não poderia ter sido Georgiana? — grunhiu.

Milly fez um carinho em seu joelho.

— Ele ainda não se casou. Não me despedirei até que a nova lady Dare me expulse da casa. Então, por ora, temos apenas que esperar pelo melhor.

— E torcer para que ninguém se estropie — acrescentou Edwina, conseguindo dar um sorriso.

— Esse é o espírito.

Capítulo 16

Não dês tratos à bola...
— *Hamlet*, Ato V, Cena I

— E ENTÃO ELA DESMAIOU e ele a carregou nos braços até a casa da tia. Estava tão preocupado que não saiu do lado da cama dela.

Cynthia Prentiss colocou outro chocolate na boca.

Amelia Johns remexeu na mesa de iguarias doces, embora com menos entusiasmo do que alguns momentos antes.

— As famílias são muito próximas. Imagino que Tristan gostaria de se certificar de que lady Georgiana estava bem. O que há de tão surpreendente nisso?

— Quando foi a última vez que *você* saiu para cavalgar com lorde Dare, Amelia? — indagou Felicity.

— Fizemos um piquenique na semana passada — lembrou, decidindo-se pelas cascas de laranja açucaradas. — E ele foi bastante atencioso.

Tristan fora tão atencioso, na verdade, que ela voltou para casa pronta para escolher o tecido do vestido de casamento. Desde então, contudo, não o vira, nem sequer recebera uma carta ou um buquê.

— Também dizem que Dare enviou um buquê enorme de flores para ela — informou Cynthia, confirmando o que Amelia ouvira. — E isso foi antes do acidente com o cavalo.

Amelia forçou uma risada indiferente.

— Vocês duas fofocam sobre qualquer coisa. Todo mundo sabe que Tristan e lady Georgiana nem sequer gostam um do outro. Tenho certeza de que ele só estava sendo gentil, em prol do primo dela, o duque de Wycliffe.

Era verdade que os últimos dias não haviam se desenrolado como esperava, mas sabia como o seu visconde e lady Georgiana se sentiam com relação ao outro — ele até já fizera alguns comentários, na presença de Amelia, sobre a natureza teimosa e azeda de sua adversária. Tristan só estava aprendendo uma lição que o faria se apaixonar perdidamente por ela. Amelia seria uma viscondessa até o final do verão.

— Bem, suponho que possa estar certa — admitiu Felicity. — Quero dizer, lorde Dare é bastante bem-apessoado, é claro, mas todos sabem que não tem dinheiro. Tudo o que tem é o título, e lady Georgiana já é filha de um marquês e prima de um duque. Por que iria querer ser viscondessa?

— Exatamente. E todos sabem que recebo 3 mil por ano, então não vejo mais necessidade de discutirmos essa asneira.

Tristan Carroway *iria* se casar com ela. Ele começara a cortejá-la por causa de seu dinheiro e porque a achava atraente, e se casaria com ela pelos mesmos motivos.

— Lá está Dare — sussurrou Cynthia. — Talvez você deva lembrar a *ele* de seus rendimentos.

Respirando fundo, Amelia se virou. Lorde Dare acabara de entrar no salão principal do Almack's. Estava sozinho, usando uma casaca preta que parecia ter sido moldada para seus ombros largos. Por um instante, ficou apenas olhando para ele, admirando-o.

Com o semblante alto e moreno dele e sua figura *mignon* e jeitosa, formariam um casal deslumbrante. É claro que eram perfeitos um para o outro — e o pai lhe oferecera, na semana passada, uma mesada adicional de cinquenta libras após a oficialização do noivado. Lady Dare... Sim, seria a viscondessa perfeita.

Tristan parecia preocupado com alguma coisa, então, dando uma olhada para suas amigas cínicas, ela caminhou na direção da orquestra, em um trajeto que a levaria diretamente até o caminho dele. Amelia se sentiu feliz por ter escolhido o vestido amarelo de cetim com as mangas de renda branca para esta noite. Todos diziam que a veste deixava seus olhos com o mesmo azul perfeito de uma boneca de porcelana.

No último segundo, Amelia se virou para acenar para Cynthia, e deu um passo para trás, trombando nele.

— Ah, minha nossa — suspirou, cambaleando para que ele a segurasse em seus braços.

— Amelia, minhas desculpas — disse Tristan, sorrindo, enquanto a ajudava a se equilibrar novamente. — Costumo manter meus olhos atentos quando caminho. Pareço estar um tanto distraído esta noite.

— Não é necessário se desculpar, Tristan — garantiu ela, alisando a frente do vestido para ele reparar no decote profundo do corpete.

O olhar azul dele desceu por seu corpo, e então retornou para o rosto.

— A senhorita está particularmente encantadora esta noite.

— Obrigada. — Sorrindo, Amelia fez uma pequena reverência, que expôs ainda mais seu colo ao olhar masculino. A despeito de toda a conversa de lady Georgiana sobre lições complexas, às vezes os homens eram bem fáceis de entender. — Se o senhor continuar dizendo coisas tão belas, terei de lhe reservar uma valsa esta noite.

— Se a senhorita continuar sendo tão generosa, terei de convidá-la para uma. — Fazendo uma reverência breve, Tristan se afastou um passo. — Se me der licença, avistei alguém com quem preciso conversar.

— É claro. Podemos conversar mais tarde.

Ele deu um grande sorriso.

— Ou mais cedo.

Ah, sucesso. Dare não costumava ser tão gentil. O sorriso de triunfo que direcionou às amigas tolas desapareceu, no entanto, assim que se virou para ver com quem Tristan tinha ido conversar. Lady Georgiana Halley estava parada entre o duque de Wycliffe e sua esposa. Ela precisava admirar Emma Brakenridge, embora talvez ela tenha mirado alto demais ao passar de diretora de um colégio de meninas para uma duquesa.

Amelia suspirou. Ela só queria progredir da posição de neta do irmão de um conde para viscondessa — e, agora, nem mesmo isso parecia tão promissor quanto antes. Tristan nunca a olhara da forma como olhava para lady Georgiana.

Era melhor encarar os fatos como eram. Lady Georgiana podia achar que estava ajudando, ou talvez só estivesse dizendo que pretendia outra coisa, mas obviamente caberia a Amelia colocar Tristan no caminho certo. E dado o conhecimento que tinha dos homens, fazia uma boa ideia de como consegui-lo.

Grey não pareceu muito feliz ao vê-lo, mas Tristan estava mais preocupado com a presença de Luxley, Paltridge e, em uma escala menor, Francis Henning, rodeando Georgiana. Depois do susto que ela lhe dera ontem, não gostava nem mesmo da ideia de outro homem olhando-a.

— Georgiana — cumprimentou, afastando Henning com o cotovelo para pegar a mão dela e levá-la até os lábios. — O brilho retornou aos seus olhos. Está se sentindo melhor?

— Muito melhor — respondeu Georgiana, sorrindo —, apesar de não estar muito bem para dançar.

Ele imaginou que aquele comentário era direcionado aos outros pretendentes, mas nenhum entendeu a indireta e se afastou. Em vez disso, a presentearam com um coro grasnado de empatia e elogios que o fez franzir o cenho. Se o aviso era para seu benefício, bem, ele não iria a lugar algum. Antes que pudesse encorajar os palhaços a caçar em outro lugar, Emma tomou seu braço.

— Parece que você foi um verdadeiro herói ontem — comentou ela, seus calorosos olhos cor de mel brilhando.

Dando uma olhada irritada para a matilha, Tristan deixou a roda de admiradores de Georgiana.

— Sim, acho que reagi antes que minha natureza mais racional pudesse assumir o controle e me fazer desistir.

A duquesa riu.

— Não acredito nisso — revelou Emma baixinho. — Sei que você tem um bom coração, Tristan.

— Se puder não espalhar por aí, agradeço. Um bom coração e bolsos vazios fazem de Dare um rapaz muito solitário. — Deu uma olhada na direção de Georgiana. — Especialmente quando certas damas não acreditam na parte do *bom coração*.

— Ora, você precisa convencê-la. Eu, por sinal, estou do seu lado.

Tristan ergueu uma sobrancelha.

— E o que o poderoso Wycliffe pensa sobre isso?

— Ele quer protegê-la. Eu recomendo que você seja paciente, porém implacável.

— Seu conselho, querida Em, provavelmente acabará me matando. — Tristan deu um beijo no rosto dela para suavizar aquelas palavras. — Mas fico grato por ele.

— Quantas vezes tenho que dizer — ralhou Grey, aproximando-se com Georgiana em seu braço, ainda bem — para manter sua boca longe da minha esposa?

— Você não me deixa beijá-lo — respondeu Tristan, com a fala arrastada —, então não tenho outra opção.

— Que tal me acompanhar até a mesa de bebidas, em vez disso? Georgiana lhe estendeu o braço.

Foi bom, da parte de Wycliffe, arrancá-la daquela matilha de lobos.

— Com prazer. Suas Graças, se nos derem licença.

— Ora, suma daqui — disse Grey. — Mas fique de olho. Ela quase caiu ao descer do coche.

— Eu tropecei no vestido — protestou Georgie, enrubescendo.

— Eu a protegerei com a minha vida.

Georgiana olhou-o e, apesar da expressão de ceticismo óbvio, Tristan ficou surpreso ao perceber que estava falando sério. Permitir que outra pessoa a tivesse estava fora de questão. Não importava o que acontecesse, a tornaria sua. Permanentemente.

— Então, como foi que ganhei de seus outros pretendentes? — perguntou Tristan, guiando-a pela parte menos tumultuada do salão.

— Não posso mandá-los para o inferno se me irritarem — respondeu ela prontamente. — Com você, não me importo em fazê-lo.

— Suponho que eu tenha criado certa tolerância aos seus insultos com o passar dos anos — concordou ele. — Como está seu traseiro?

Georgiana corou ainda mais.

— Arroxeado, mas melhor. Por sorte, quase todos parecem pensar que torci o joelho e meu traseiro permaneceu fora das conversas.

Tristan fez que sim com a cabeça. Antigamente, talvez tivesse reivindicado o crédito que merecia por ajudar o boato falso a se espalhar, mas se sentia tão mal por Georgie ter se machucado que não queria nenhum agradecimento.

— Fico feliz que tenha vindo esta noite — disse ele, apenas para ter algo a dizer.

Georgiana estudou os olhos dele por um instante.

— Eu também. Tristan...

— Aí está você — disse Lucinda Barrett, correndo para pegar a mão de Georgie. — Estava torcendo para que você estivesse se sentindo bem o suficiente para vir esta noite.

Abafando a irritação, Tristan cumprimentou a moça de cabelo castanho-claro com um aceno de cabeça.

— Se fosse eu, teria fingido estar doente para *evitar* vir ao Almack's.

Georgiana o fitou, claramente surpresa.

— Então por que não fingiu?

— Porque você está aqui.

— Fique quieto — ordenou Georgie. — Assim você fará todos comentarem sobre nós.

— Todos já estão comentando — ponderou Lucinda, sorrindo. — Vocês dois são o assunto do momento de Londres.

Pela primeira vez, Tristan olhou em torno do salão. Pareciam, de fato, ser o objeto das conversas. Ora, que seja. Georgiana não escaparia novamente, nem por causa de sua teimosia, e nem por conta da estupidez dele. E esse tipo de boato só aumentava suas chances.

— Não seja boba, Luce. O visconde só quer o meu dinheiro.

Lucinda empalideceu, seus olhos se voltando para Tristan.

— Georgie, você não deveria dizer essas coisas.

Tristan abafou a raiva repentina. Ouvira conversas como aquela antes, é claro. Uma vez, chegara a ouvir, sem querer, várias mulheres discutindo se seus serviços na cama poderiam ser comprados. Aquela tinha sido uma noite e tanto.

Mas Georgiana nunca mencionara as finanças dele a ninguém, disso sabia — e mesmo que ela estivesse brincando, não gostou nada daquilo.

Cuidadosamente, Tristan desvencilhou o braço dos dedos dela.

— Senhorita Barrett, se puder cuidar de lady Georgiana, prometi uma dança à srta. Johns. — Ensaiou uma reverência breve. — Senhoritas.

Antes que pudesse se mover, Georgiana segurou sua manga de novo.

— Dare.

Tristan parou, olhando para ela com frieza.

— Sim?

— Luce, saia daqui — murmurou Georgie.

A srta. Barrett obedeceu, parecendo aliviada por escapar ilesa. Os burburinhos em torno aumentaram, mas ele não ligava a mínima. As pessoas iriam comentar. A única coisa que podia fazer era garantir que a multidão não teria nada mais sério para especular do que uma discussão. Ele e Georgiana discutiam o tempo todo, afinal de contas.

— Desculpe-me — sussurrou ela. — Eu não estava falando sério, e fui cruel.

Tristan forçou-se a dar de ombros com indiferença.

— É a verdade, em parte. Mas dinheiro não é tudo que quero de você, Georgiana, e sabe disso.

— Sei o que me diz, mas não sei no que acreditar. Você já me enganou antes.

— E você também me enganou, não é? — retrucou baixinho. — Então como posso provar?

Enquanto dizia aquilo, Tristan percebeu que aquilo poderia ser exatamente o que Georgiana estava esperando: forçá-lo a declarar suas intenções e seu afeto para o mundo, para que ela pudesse rir dele e humilhá-lo em público. E por não conseguir ficar longe sem tocá-la, caíra direitinho em sua armadilha.

Ela suspirou.

— Às vezes, não sei o que pensar.

Tristan se obrigou a relaxar os ombros.

— Não pense tanto. Eu nunca penso.

Georgie soltou uma risada curta.

— Droga, não tenho um leque. Se meu traseiro estivesse melhor, eu o chutaria.

Um sorriso lento repuxou os cantos da boca dele.

— Se seu traseiro estivesse melhor, eu sugeriria várias outras coisas mais agradáveis para fazermos juntos. — Olhando-a, Tristan se esforçava ao máximo para resistir à vontade de acarinhar-lhe o rosto. — Eu a quero — murmurou. — Muito.

Georgiana engoliu em seco.

— Você só está tentando me fazer corar. Não vai funcionar, então pare.

— Não quero que você fique corada — continuou, ainda falando baixinho. — Quero que você grite meu nome e goze para mim.

— Cale a boca — ordenou Georgiana, vacilando. — Você obviamente enlouqueceu.

O sorriso dele aumentou. Aquilo parecia estar funcionando bem, embora estivesse se sentindo um tanto desconfortável.

— Diga que irá passear comigo amanhã no Covent Garden, e eu paro.

— Vou tomar chá com Lu...

— E eu quero sentir sua pele quente sob meus dedos, e seu corpo debaixo do meu, minha Georgi...

— Está bem! — Enrubescendo ao extremo, o empurrou na direção da mesa de bebidas. — Às dez em ponto, ou eu *realmente* o chutarei na próxima vez que o vir.

Tristan assentiu com a cabeça.

— Acho justo.

A noite correra bastante bem, em retrospecto. Encontrara uma estratégia que parecia funcionar. Georgiana o queria, *sim*, o que tornava o próximo passo muito mais fácil.

Será que Tristan teria ido embora se não o tivesse segurado pelo braço? Georgiana não tinha a intenção de pará-lo, mas, no momento em que ele a soltou, não conseguira evitar puxá-lo de volta. E então ela concordara em passear com Tristan. Georgiana ainda o mantinha por perto, supostamente para auxiliá-la, caso caísse, mas, na verdade, era porque ansiava pelo calor e pelo desejo que ele provocava. Tinha ficado acalorada e tremendo só de ouvi-lo dizer aquelas coisas em voz alta.

Pior ainda: toda a multidão reunida no Almack's os vira conversando energicamente por um bom tempo. Viram seu sorriso, viram o sorriso dele, e a maneira como enrubescera como uma perfeita idiota. Se não tivesse concordado em passear, no entanto, tinha a forte sensação de que Tristan a arrastaria para a alcova mais próxima, arrancaria seu vestido e a devoraria — e mesmo com o traseiro dolorido, teria apreciado aquilo mais do que deveria.

Doze homens a tinham pedido em casamento nos últimos dois anos, e não reagia a nenhum como reagia a Tristan. Depois de sua segunda noite juntos, chegara a tentar se imaginar nua, desejando qualquer outro de seus pretendentes. Afinal de contas, se ela se casasse com algum deles, precisaria dividir sua cama ocasionalmente.

Mas tudo o que aquelas imagens conseguiram provocar foi uma débil sensação de nojo. Vários daqueles cavalheiros eram bem-apessoados e vários, como Luxley e Westbrook, eram bem bonitos. Entretanto, nada que tentou havia funcionado. Nem sequer conseguia suportar a ideia de um deles tocando e beijando-a, muito menos colocando seus...

— Milady — disse o conde de Drasten, aproximando-se —, peço que me conceda essa dança.

Ao lado dela, Tristan enrijeceu, os músculos do braço se contraindo. Georgiana forçou um sorriso gentil. Ninguém iria brigar por causa dela, e certamente não no Almack's. Seriam banidos pelo resto da vida.

— Não estou dançando esta noite, milorde.

— Isso é cruel demais — protestou o conde de cabelo escuro, fitando Dare com uma expressão de poucos amigos. — A senhorita não pode nos privar de sua companhia em favor desse libertino.

Georgiana pôde sentir a força da raiva repentina e sombria de Tristan flutuando ao seu redor.

— Você é surdo, Dras...

— Lorde Drasten — interrompeu antes que Tristan pudesse desafiar o conde imbecil para um duelo —, eu me machuquei em um acidente com meu cavalo anteontem, e ainda não estou bem para dançar. Ficaria feliz, no entanto, de ganhar um chocolate.

Drasten lhe ofereceu o braço.

— Eu a acompanharei, então.

Tristan olhou-o.

— Não, não acompanhará.

— Vá procurar outra herdeira, Dare. Esta aqui nem sequer o tolera.

Arfando, Georgiana se posicionou entre os dois, empurrando o peito de Tristan antes que ele pudesse proferir o soco que já estava preparado. O empurrão nem mesmo o desequilibrou, mas o soco também não se concretizou.

— Não — decretou ela, encarando-o.

Os olhos azuis que foram de encontro aos dela estavam estreitos e raivosos, mas Georgie não soltou suas lapelas. Após um longo instante, Tristan soltou o ar e fez uma careta.

— Não mato ninguém há um mês — resmungou, o humor retornando de leve ao seu olhar. — Ninguém sentirá falta de apenas um conde.

— Escute aqui, Dare, você não pode falar...

Movendo-se com toda a sua agilidade, Tristan contornou Georgiana e parou diante do conde. Pegando a mão do surpreso Drasten e apertando-a, se aproximou mais.

— Vá embora — murmurou, bem baixinho. — Agora.

O conde devia ter visto a mesma coisa que ela nos olhos de Tristan, pois, concordando brevemente com a cabeça, se afastou e logo encontrou outro grupo de amigos para conversar. Georgiana inspirou fundo. Às vezes, se esquecia de que, logo que se conheceram, Tristan era conhecido por beber muito, jogar ainda mais, e por ser um brigão. Ele mudara, e Georgiana se perguntou se seria, em parte, por sua causa.

— Minhas desculpas — disse ele, colocando a mão quente em cima da dela.

E agora ele era o Tristan calmo e controlado novamente. Por um instante, Georgiana se perguntou se aquela não seria a maior mudança de todas: ele aprendera que suas atitudes tinham consequências não apenas para si próprio, mas para os outros, e permitira que esse conhecimento o guiasse — em sua maior parte.

— Fico feliz por ter me livrado do conde — respondeu ela, perguntando-se se Tristan conseguia sentir as batidas aceleradas de sua pulsação. Tudo que precisava fazer, aparentemente, era falar sobre ficarem nus e depois ameaçar alguém fisicamente por sua causa, e os joelhos dela vacilavam. — Obrigada.

— Foi um prazer.

Georgiana podia sentir o ar carregado entre eles, a sensação de que não tocá-lo e não beijá-lo naquele exato momento causaria dor física. Tristan parecia sentir o mesmo, e deu uma olhada em torno do salão, como que desejando que todas as pessoas pudessem desaparecer. Talvez não fosse tão controlado quanto ela pensava.

— Georgiana — disse em uma voz grave.

— Você poderia me levar a... algum lugar?

Ela mal conseguia respirar; o queria tanto.

— A chapelaria? — sugeriu Tristan. — Você parece com frio.

Ela estava em chamas.

— Sim, exatamente.

Considerando que Georgiana queria correr, atravessaram o salão lotado de uma maneira bastante digna. Um lacaio guardava a porta da chapelaria. Assim que se aproximaram, Tristan soltou os dedos dela de seu braço e colocou as mãos para trás.

— Você poderia... — Parou de falar. — Maldição, esqueci minhas luvas. Você poderia, por favor, encontrar meu irmão Bradshaw e pegá-las para mim?

O criado assentiu com a cabeça.

— Imediatamente, milorde.

Assim que o lacaio se afastou, Tristan a empurrou para dentro do pequeno recinto e fechou a porta.

— Você está usando suas luvas — reparou Georgiana, olhando-lhe as mãos.

Tristan as arrancou e as enfiou em um bolso.

— Não, não estou.

Acabando com a pequena distância entre eles, Tristan prensou as costas dela contra a porta e capturou sua boca em um beijo selvagem. A eletricidade se espalhou e Georgiana gemeu, puxando o rosto masculino com força na direção do seu, tentando subir em cima dele.

As mãos de Tristan desceram por suas costas e seus quadris, agarrando suas nádegas e puxando-a contra o corpo firme. Georgiana se encolheu.

— Ai.

— O quê... Maldição. — Tristan a soltou imediatamente, posicionando as palmas das mãos na porta, ao lado dos ombros dela. — Desculpe.

— E Bradshaw? — perguntou Georgie, mordendo o lábio inferior de Tristan. — Aquele homem o está procurando.

— Vai levar um tempo. Shaw não está aqui.

Georgiana queria elogiá-lo pela malícia. Com o pouco tempo que provavelmente tinham, no entanto, isso pareceu menos importante do que se engajar em outro beijo quente e erótico.

— Como eu queria que esta maldita porta tivesse uma trava — murmurou Tristan na boca dela, beijando-a até Georgie se sentir zonza de desejo.

— Não poderíamos. — Deslizando as mãos pela cintura dele, por debaixo da casaca, apertou os músculos rijos das costas. — Poderíamos?

Com um último e longo beijo, Tristan se afastou.

— Não, não poderíamos — murmurou, a voz rouca de desejo. — Se eu quisesse vencer a concorrência arruinando-a, eu já o teria feito há muito tempo.

Georgiana se recostou na porta, tentando recuperar tanto os sentidos quanto o fôlego.

— Então *como* você pretende vencer a concorrência?

Tristan sorriu, uma curva lenta e maliciosa de seus lábios que fez Georgiana querer se jogar nos braços dele novamente.

— Persistência e paciência — respondeu, passando os dedos pelo rosto dela. — Não é apenas o seu corpo que quero, Georgiana. Eu a quero por completo.

Algumas semanas antes, ela teria duvidado da sinceridade de Tristan. Esta noite, olhando em seus olhos inteligentes e famintos, acreditava nele. E aquilo a apavorava e a excitava até o último fio de cabelo.

A porta se mexeu. Praguejando, Tristan se jogou no chão acarpetado e segurou um dos joelhos com as mãos.

— Maldição, Georgie! Eu apenas *pedi* por um beijo — ralhou, olhando para o lacaio, que entrava novamente no cômodo. — Achou meu irmão?

— N... Não, milorde. Eu procurei, mas...

— Esqueça. Ajude-me a me levantar. Malditas mulheres desequilibradas.

Corando, o criado correu até ele e ajudou Tristan a se levantar.

Tentando impedir que seu queixo caísse, Georgiana conseguia apenas observar enquanto Tristan a fitava irritadamente uma última vez, então mancava até seu xale.

— Suponho que você queira voltar ao seu primo agora? — perguntou, erguendo uma sobrancelha.

— Si-sim. Imediatamente, por favor.

O lacaio escondeu uma olhada surpresa para as costas de Dare quando, com um cuidado deliberado, Tristan ofereceu o braço. Georgiana hesitou, para causar um efeito, e então aceitou.

Enquanto retornavam aos salões principais, Georgiana não conseguia evitar olhá-lo. Quaisquer rumores que resultassem daquela pequena aventura seriam exatamente como ele plantara: tentara roubar um beijo e ela o chutara.

Georgiana sabia, pela falta de reação da sociedade no primeiro encontro deles, que Tristan fizera alguma coisa para manter os rumores abafados. O que não percebera, até este momento, era que ele o fizera intencionalmente e que permitira que os boatos arruinassem a própria reputação, em vez da dela.

— Obrigada — disse baixinho, olhando-o.

Tristan a olhou de volta.

— Não agradeça. Quando a tiro do bom caminho, é minha obrigação protegê-la de quaisquer fofocas a respeito disso.

Georgiana não sabia ao certo o quanto o que acontecera aquela noite era, de fato, culpa dele.

— De toda forma, foi muito gentil da sua parte.

— Agradeça-me indo passear comigo pela manhã.

Ela se perguntou brevemente se conseguiria manter as mãos longe de Tristan por tanto tempo.

— Está bem.

Capítulo 17

Sai, mancha amaldiçoada! Sai! Estou mandando.
— *Macbeth*, Ato V, Cena I

AMELIA INSTRUIU O COCHE ALUGADO a esperar no final da quadra, e pagou ao motorista cinco xelins extras para manter a visita e a identidade dela — se percebesse quem era — em segredo. Puxando o capuz para cobrir bem o rosto, desceu a rua e atravessou a curta viela de entrada da Residência Carroway. Ela só havia visto a casa do lado de fora, e a ideia de que em breve aquele palacete seria seu provocou um calor arrepiante em si.

A casa de seus pais era opulenta, mas não ficava na rua Albermarle. Apenas as famílias de sangue azul mais antigas tinham casa nessa região nobre de Mayfair. E logo faria parte daquele grupo de elite, o único lugar onde nem mesmo o dinheiro do pai poderia comprar sua entrada.

Faltando duas horas para o amanhecer, Amelia esperava que a casa estivesse escura e todos, adormecidos. Quando empurrou lentamente a porta da frente, que, por sorte, estava destrancada, pareceu estar correta. A lua estava cheia e demoraria a se pôr, e sob a luz fraca que penetrava pela janela ela subiu a escada até o segundo piso.

Tristan mencionara que os irmãos ocupavam os quartos da ala oeste da casa, então ela pegou o corredor que seguia naquela direção. Seria tão fácil que Amelia desejou ter pensado nisso antes. O plano de lady Georgiana não parecia estar indo bem, então era preciso resolver o problema — e o que mais fosse necessário — com suas próprias mãos. Amelia conteve o riso. O resultado certamente a beneficiaria.

O cômodo da primeira porta que abriu estava escuro e vazio, então, fechando-a delicadamente, seguiu para o próximo. Nele, um pequeno amontoado de cobertas ocupava o centro da cama. Prendendo a respiração, entrou no quarto e fez uma careta. O rosto que espiava por debaixo das cobertas era jovem e angelical demais para ser de Tristan — um de seus irmãos mais novos. Ele tinha muitos.

Reconheceu o ocupante adormecido do quarto seguinte como Bradshaw, algum tipo de oficial da marinha. Ele era bastante bonito, mas não tinha um título nem mesmo uma chance real de conseguir um, a não ser que Tristan morresse sem deixar herdeiros. E se ela tivesse opinião sobre aquele assunto — como teria —, isso não iria acontecer.

O relógio que tiquetaqueava silenciosamente no corredor a lembrou de que tinha um tempo bastante curto antes que a criadagem começasse a se levantar. Ela abriu a porta seguinte e espiou.

Ah, sucesso. Ficou feliz por ver Tristan estirado na cama, de barriga para cima, debaixo das cobertas, e não o irmão do meio, Robert. Na única ocasião em que o vira, ele a deixara desconfortável e nervosa, com seu silêncio e os olhos perspicazes. Parecia que nunca dormia.

Movendo-se o mais silenciosamente possível, Amelia fechou a porta e foi até a cama na ponta dos pés, tirando a capa enquanto andava. Não pôde conter um sorriso. Se Tristan fizesse jus a metade da reputação que tinha, esta noite seria prazerosa em mais de um sentido.

Tristan abriu um olho de leve quando dedos delicados deslizaram por seu peito. Primeiro, pensou estar sonhando com Georgiana novamente, e, sem querer acordar, suspirou e fechou o olho.

Uma língua lambeu sua orelha, e os dedos delicados escorregaram para debaixo da coberta. Ele franziu o cenho. Mesmo em seus sonhos, Georgiana tinha um cheiro suave de lavanda. Esta noite, ela cheirava a limão.

Algo se mexeu no colchão e se acomodou em seus quadris. Ele abriu os olhos de supetão.

— Olá, Tristan — sussurrou Amelia Johns, abaixando-se para beijá-lo, seu cabelo escuro esparramado pelos ombros e seios desnudos.

Praguejando, a jogou para o lado e saltou da cama.

— Que merda você acha que está fazendo aqui? — inquiriu, agora plenamente desperto.

Amelia se sentou na cama, os olhos brilhantes sob a luz fraca do luar. O olhar desceu pelo corpo dele e se focou na região abaixo do umbigo, menos chocada do que se esperaria de uma debutante inocente. Aparentemente, ela não era tão inocente quanto fora levado a acreditar.

— Quero assegurá-lo de que seu cortejo é bem-vindo — arrulhou ela, passando a língua pelo lábio superior.

Tristan pegou um cobertor de cima de uma poltrona e o enrolou nos quadris. Antes de Georgiana voltar a se deitar em sua cama, teria apreciado uma visita de madrugada de qualquer mulher bonita, mas as coisas tinham mudado. Além disso, reconhecia uma armadilha quando via uma. E esta era uma das boas. Totalmente nua, tudo que Amelia precisava fazer era gritar, e ele seria um homem casado.

A parte mais masculina dele reconhecia que ela era bastante bonita e desejável — além, é claro, de rica. Engolindo em seco, Tristan voltou seu olhar para o rosto dela.

— Não entendi bem do que a senhorita está falando — disse baixinho, torcendo para que ninguém na casa tivesse ouvido sua explosão inicial, e um tanto surpreso por Amelia não ter angariado umas testemunhas. Ela o faria, disso tinha certeza. — Mas podemos discutir melhor essa questão amanhã durante um almoço, não acha?

Amelia meneou a cabeça.

— Posso satisfazê-lo tão bem quanto qualquer outra mulher.

Tristan duvidava disso, mas, dadas as circunstâncias, aquele não parecia um bom momento para argumentar.

— Amelia, discutirei qualquer coisa que você quiser amanhã, mas isto não é... decente.

Céus, ele parecia uma das mulheres que costumava seduzir falando daquele jeito. Tristan torcia para que funcionasse melhor com Amelia do que funcionava com ele.

Ela fez uma careta.

— Sei que não é decente, mas você não me deu escolha. Mal tem reparado em mim ultimamente. E eu sei por quê.

Aquilo parecia ameaçador. Independentemente do que estivesse se passando naquela cabecinha bonita, precisava se certificar de que não ultrapassaria aquelas paredes.

— Conte-me por que, então, sim?

— Lady Georgiana Halley. Ela me assegurou que você seria um péssimo marido.

— Alertou, é?

Aquela intrometida abelhuda. Para falar a verdade, já esperava aquilo.

— Ah, sim. Ela disse coisas horríveis sobre você. E então me prometeu que iria lhe ensinar uma lição que o faria me apreciar mais. — Amelia saiu da cama e desfilou na direção dele, com a pele desnuda clara como leite no quarto escuro. — Então, veja, ela só está tentando fazê-lo parecer um tolo.

Tristan deu um passo para o lado quando ela se aproximou, querendo ter o máximo de distância possível entre eles caso algum dos membros da família ou da criadagem os descobrisse juntos.

— Eu poderia dizer o mesmo de você, Amelia.

Ela meneou a cabeça, os seios fartos espiando por debaixo de longas ondas de cabelo castanho enquanto andava.

— Não quero fazê-lo parecer um tolo — sussurrou Amelia. — Quero que se case comigo.

Ainda bem que Georgiana fora honesta em relação à sua lição sobre o comportamento dele, caso contrário talvez tivesse ficado tentado a usar Amelia para apagar a sensação dela em sua pele.

— Isso é muito interessante — respondeu Tristan, abaixando-se para pegar o vestido enquanto andavam em círculos pelo quarto; ela avançado e ele recuando. — Por que você não coloca isto de volta?

— Eu não quero.

— De toda forma, está muito tarde, e, se seus pais acordarem e perceberem que você não está em casa, ficarão desesperados.

Fosse verdade ou não, Amelia desacelerou como se estivesse refletindo sobre as palavras dele. Aproveitando a oportunidade, Tristan segurou o vestido aberto para ela.

— Por favor — pressionou. — Você... me distrai demais, Amelia. — Nunca se esforçara tanto para *não* fazer sexo antes na vida. — Uma discussão importante como essa precisa acontecer em um ambiente mais adequado.

— Não, não precisa. Estou ficando impaciente, Tristan. Você vem me cortejando há semanas. Acho que deveria me levar para a cama e...

— Teremos tempo para isso mais tarde — interrompeu. Sua calça estava pendurada nas costas de uma cadeira. Largou o vestido e a pegou. — Estou, para falar a verdade, muito cansado esta noite.

— Eu poderia gritar e acordar a todos — disse ela com sua voz açucarada.

Tristan estreitou os olhos. *Maldição*.

— E aí terá de explicar por que está no *meu* quarto, e não eu no seu. Dirão que você é quem foi oferecida.

Amelia fez um bico.

— Como posso ser oferecida, ou qualquer outra coisa que não seja paciente, sendo que esperei a temporada inteira para você se declarar, Tristan?

Amelia tentou arrancar o cobertor da cintura dele. Tristan percebeu o movimento e segurou sua mão, mantendo-a longe.

— Se você me zangar — alertou em um tom de voz firme —, eu não me casarei com você, não importa quem sairá arruinado. Minha reputação sobreviveria a isso.

— Mas o seu bolso, não. Porque ninguém iria querer se casar com você depois da maneira vergonhosa com que me tratou.

— É um risco que correrei.

Se conseguisse fazer com que Amelia acreditasse em seu blefe, talvez amanhecesse como um homem solteiro.

— Hunf. — Batendo o pé, Amelia pegou o vestido que estava no chão. — Sabe o que acho? Acho que você está apaixonado por lady Georgiana e, quando se declarar, ela vai rir de você. E então precisará implorar para me casar com você. E eu o farei implorar!

Virando-se, Tristan enfiou a calça e largou o cobertor.

— Já disse a você, podemos discutir isso amanhã, durante o almoço. Nós dois estaremos mais calmos e descansados.

E mais vestidos.

— Ah, está bem.

— Onde estão os seus sapatos?

Ela apontou.

— Ali, com minha capa.

Tristan foi até lá e acendeu uma lamparina, enquanto Amelia, irritada e mais do que um pouco insatisfeita depois de ver o belo corpo masculino, puxou o vestido até os ombros. Quando a luz da lamparina iluminou o quarto de amarelo, Amelia percebeu a ponta de uma meia feminina escapando da gaveta do criado-mudo. Tristan ainda estava ocupado juntando suas roupas, então se aproximou e puxou. Um bilhete veio junto com a meia, e ela abriu, lendo-o rapidamente.

Não era de se admirar que o visconde estivesse relutante em abrir mão de Georgiana Halley. Ela estava dormindo com ele. E deixando meias e mimos. Olhando para as costas largas de Tristan, Amelia pegou a outra meia da caixinha pitoresca e enfiou ambas no bolso, juntamente com o bilhete.

Então aquela história de lição era balela. Aquela vadia estava planejando, esse tempo todo, roubar Tristan, e estava usando a tal lição como truque para impedir que suas rivais ficassem desconfiadas. Bem, lady Georgiana iria se surpreender agora.

— Muito bem, coloque os sapatos, a capa e vamos — grunhiu ele.

Por um instante, Amelia considerou seu plano original de acordar a casa inteira e forçar Dare a se casar. Suas amigas poderiam rir dela por ser tão desesperada, depois de ter passado semanas dizendo a elas o quanto estava confiante em relação ao cortejo dele.

— Não estou muito feliz com isso — murmurou Amelia, para causar um efeito, colocando os sapatos.

— Nem eu. — Tristan não a ajudou a colocar a capa, apenas a entregou da máxima distância possível. — Algum coche a aguarda? — perguntou enquanto colocava o casaco.

— Tenho um esperando por mim na esquina.

— Eu a levo até lá, então.

Tristan só estava com medo de que ela tentasse algo travesso. Mas Amelia tinha a carta e as meias. Mantendo uma mão no bolso para se certificar de que nada cairia, ela o seguiu pelas escadas até saírem pela porta da frente.

— Lembre-se de que você vai me encontrar amanhã para almoçar — disse Amelia quando os dois chegaram ao coche. — Espero sua visita na casa dos meus pais.

— Estarei lá. — Abruptamente, Tristan deu um passo adiante. — Não estou feliz com isso, Amelia. Não gosto de truques. Nem de armadilhas.

— Só estou pensando em nós dois — retrucou ela, afastando-se de leve. Nunca vira esse lado dele antes. E achou bastante excitante. — Eu quero um título e você quer meu dinheiro. Mas tive outras ofertas esta temporada, Tristan. Considere isso amanhã, também.

— Irei à sua casa às 13h.

Amelia entrou no coche.

— Estarei esperando.

Tristan voltou para casa e fechou a porta da frente. Respirando fundo, se recostou na robusta peça de carvalho e a trancou. Aquele tiro passara perto demais.

No entanto, a visita repentina de Amelia, respondera uma pergunta que estava martelando em sua cabeça. Ela ainda era a escolha lógica em sua vida: jovem, obediente — embora não tão obediente quanto costumava pensar — e rica. E ele definitivamente não queria se casar com ela.

Dando um leve sorriso, se endireitou e caminhou até a escadaria. Tristan se perguntou o que Georgiana diria se a pedisse em casamento amanhã. Isto é, depois que recobrasse a consciência.

Ele e Georgiana *iriam* se casar. Ela podia muito bem estar planejando o terreno para outra humilhação dele e, se fosse esse o caso, Tristan precisava contorná-la. Desde que Georgie aceitasse o pedido, ele podia lidar com o resto.

Uma figura escura se moveu no topo da escada e Tristan ficou tenso, cerrando as mãos em punhos. Se fosse alguma outra mulher que não Georgiana, iria se atirar da sacada.

— Você vai se casar com ela? — perguntou a voz baixa e grave de Bit.

Tristan relaxou.

— Ainda bem que é você. E não, não vou.

— Ótimo. — O irmão se virou e desapareceu nas sombras novamente.

— Boa noite.

— Boa noite.

Independentemente do que Robert vira ou ouvira, obviamente não iria dizer nada. Tristan voltou ao quarto e trancou a porta. Depois de refletir por um instante, apoiou uma poltrona para bloquear a passagem. Chega de visitas esta noite. Precisava pensar.

—⚬—

Quando Tristan chegou à Residência Hawthorne na manhã seguinte, precisamente às 10h, estava usando um conjunto conservador de casaco azul e calça cinza, uma gravata rebuscada e botas polidas. Georgiana o observou pela janela enquanto ele entrava pela viela e batia à porta da frente.

Ela ainda não conseguia acreditar que Tristan estava ali para visitá-la. Mesmo quando o odiava e desprezava, ver aqueles olhos azuis e o cabelo escuro e encaracolado tocando o colarinho fazia seu coração bater mais rápido. Dizia a si mesma que era raiva, e que o procurara em todas as ocasiões para insultá-lo e feri-lo pelo mesmo motivo. Agora, já não tinha tanta certeza.

Mas o que isso dizia sobre ela, se continuava se sentindo atraída por um homem que a magoara e a humilhara? Será que só achava que Tristan tinha mudado ou será que ele realmente mudara? Será que a visita era outro truque que partiria seu coração para sempre dessa vez, ou ele estava sendo sincero?

— Milady, lorde Dare está aqui para vê-la — anunciou Pascoe da porta de sua sala de estar particular.

Ela se virou para o mordomo.

— Obrigada. Descerei em um minuto.

— Está bem, milady.

Depois de colocar as luvas e pegar a sombrinha, Georgiana se olhou uma última vez no espelho e desceu a escada. Tristan estava no salão matinal, andando de um lado para o outro como parecia sempre fazer na casa de sua tia.

— Bom dia.

Ele parou.

— Bom dia.

Os olhos se encontraram, e aquele calor familiar se espalhou pelas veias dela. Foi com grande dificuldade que Georgiana se conteve para não ir até Tristan e puxar seu rosto para um beijo. Isso era novidade — antigamente, depois que o sangue fervia, queria ir até ele e enfiar um leque em sua cabeça. Talvez isso fosse parte da atração: desejar Tristan Carroway era perigoso. Gostar era ainda mais nocivo.

— Como está o seu... — Ele olhou para além dela, onde Pascoe estava espreitando. — Como estão seus machucados? — se corrigiu.

— Muito melhores. Estou apenas um pouco dolorida e com algumas cores interessantes em alguns lugares.

Tristan sorriu.

— Fico feliz em saber que esteja se sentindo melhor. Está pronta?

Georgie confirmou com a cabeça.

— Mary nos acompanhará.

— Está bem. Teremos uma guarda armada, também?

— Não se você se comportar.

O sorriso de Tristan aumentou. — Então talvez você precise requisitar uma.

Os batimentos de Georgiana vacilaram.

— Ora, pare com isso. Vamos.

Mary os aguardava no saguão, e eles desceram a escada da frente e viraram na direção da rua Grosvenor. Georgiana repousara a mão no braço de Tristan, desejando não precisar usar luvas e que pudessem andar de mãos dadas. Gostava de tocar a pele dele, e o cheiro de sabonete, couro e charutos que parecia sempre o acompanhar a inebriava.

— O que foi? — perguntou Tristan.

Ela o fitou.

— Como assim, *o que foi?*

— Você está se apoiando em mim. Achei que quisesse me dizer alguma coisa.

Georgiana enrubesceu, endireitando-se.

— Não.

— Ah. Bem, eu quero lhe contar uma coisa.

— Conte — respondeu, torcendo para que ele não percebesse o quanto achava sua presença excitante.

Tristan olhou-a, a expressão suavizando com um sorriso.

— O gato de Edwina tomou conta da casa. Esta manhã, Dragão *matou* a flor-de-lis do quepe do uniforme social de Bradshaw e levou até as tias, todo orgulhoso, como se tivesse matado um elefante.

— Ah, não. O que Shaw fez?

— Ele ainda não sabe. Milly arrancou uma das miudezas daquele chapéu espalhafatoso dela, cortou, tingiu e costurou no quepe de Bradshaw.

Georgiana riu.

— Você vai contar?

— Ele é um oficial da marinha de olhos perspicazes. Se não reparar, a culpa é dele próprio, pelo que me consta.

— Você é terrível! E se um dos superiores dele perceber?

Tristan deu de ombros.

— Se conheço Shaw, ele transformará isso na nova tendência da moda naval. Todos estarão usando chapéus femininos e bijuterias até o outono.

Ele desviou o olhar quando um coche passou por eles, e Georgiana aproveitou o momento para analisar seu perfil.

— Era isso mesmo que você queria me contar? — questionou.

— Não. Mas imagino que você receba elogios pelos seus olhos esmeralda e pelo cabelo dourado o tempo todo. Estou tentando ser mais original. — Tristan olhou para trás, para Mary, que os seguia a alguns passos de distância. — Elogiar seus belos seios, no entanto, provavelmente não ajudaria minha causa.

O calor desceu pela espinha dela.

— E qual é a sua causa? — perguntou no mesmo tom doce.

— Acho que você já sabe — respondeu Tristan —, mas ainda estou tentando conseguir uma confissão de que você confia em mim.

— Eu...

— Dare!

Uma voz alegre veio de algum lugar à frente e Georgiana parou abruptamente. Lorde Bellefeld emergiu de uma loja de roupas e foi até eles, apertando a mão de Tristan.

— Ouvi um boato incrivelmente extraordinário — contou o gorducho marquês, fazendo uma reverência para Georgiana.

Tristan enrijeceu.

— E qual boato seria? — perguntou ele. — Sou objeto de tantos.

— Ah! De fato, você é, meu caro. Este que ouvi diz que você está cortejando esta adorável jovem aqui. É verdade?

Tristan sorriu para Georgiana. Algo nos olhos dele fez seu coração palpitar.

— Sim, é verdade.

— Excelente, meu caro! Vou apostar dez libras em lady Georgiana, então. Tenham um bom dia.

O sangue dela congelou. Antes mesmo que pudesse perceber, tinha se desvencilhado do braço de Tristan e agarrara o marquês pelo ombro.

— O que... — Sua voz tremia, e Georgiana precisou começar novamente. — O que quis dizer com isso? Apostar dez libras em mim?

Bellefeld não parecia nem um pouco perturbado.

— Ah, há um quadro em aberto no White's sobre com quem Dare acabará se casando. No momento, os palpites são de dois para um de que ele vai conchavar com aquela tal de Amelia Johns até o final da temporada. A senhorita é uma aposta mais improvável, mas agora tenho informações privilegiadas.

O marquês piscou para ela.

O sangue se esvaiu do rosto de Georgiana, e ela agarrou o paletó de Bellefeld para não desabar no chão desmaiada.

— Quem... quem mais está nesse quadro? — conseguiu perguntar.

— Hum? Não me lembro de todos os nomes. Uma moça chamada Daubner, e uma Smithee, ou algo assim. Quase meia dúzia, pelo que me lembro. Não é isso, Dare?

— Eu não saberia — respondeu Tristan após um momento, a voz estranhamente seca. — Ninguém me contou.

Finalmente, Bellefeld pareceu perceber que dissera algo inapropriado. Enrubescendo, se afastou.

— Ninguém está insinuando nada, tenho certeza — defendeu-se o marquês. — É tudo um mero divertimento, a senhorita sabe.

— É claro — disse ela, soltando-o.

Ele debandou dali, mas Georgiana permaneceu onde estava. Não conseguia se virar para encarar Tristan. Queria voltar correndo para casa e nunca mais olhar para ninguém.

— Georgiana — disse ele baixinho, e ela se encolheu.

— Não... ouse...

— Vá para casa com Mary, por favor — ordenou Tristan em um tom sombrio e raivoso que nunca ouvira antes. — Preciso resolver algo.

Georgiana se forçou a olhá-lo. O rosto estava pálido, como o dela provavelmente também estava. É claro que Tristan estava chateado; fora delatado, seu plano fora descoberto.

— Vai apostar em mim? — Forçou-se a dizer. — Eu não apostaria, se fosse você... Informações privilegiadas. E não, eu não confio em você. Nunca, *nunca*, confiarei.

— Vá para casa — repetiu Tristan, com a voz vacilante.

Ele a encarou por mais um instante, então se virou e saiu a passos largos na direção de Paul Mall. Provavelmente para mudar sua aposta para uma moça mais suscetível.

— Milady? — chamou Mary, aproximando-se. — Tem algo errado?

Uma lágrima escorreu pelo rosto de Georgiana, e ela a secou antes que qualquer um pudesse perceber. Jamais poderiam pensar que estava chorando porque Tristan a deixara ali.

— Não. Vamos para casa.

— Mas e lorde Dare?

— Esqueça-o. Eu já esqueci.

Ela marchou até em casa, com Mary trotando para acompanhá-la. Seu traseiro doía, mas apreciava a dor, dava-lhe algo diferente em que pensar. Ele fizera a mesma coisa. Tristan a seduzira, deitara-se com ela e a traíra. E, dessa vez, não tinha ninguém a quem culpar senão a si própria.

Ainda bem que descobrira antes de perder seu coração completamente. Um soluço escapou da garganta quando Pascoe abriu a porta. Não, não doía, porque não se importava. Qualquer coisa entre eles era apenas luxúria. E podia afastar a luxúria de sua cabeça.

— Milady?

— Estarei em meus aposentos — disse, passando correndo pelo mordomo. — Não devo ser incomodada, por nada nem ninguém. Fui clara?

— Si-sim, milady.

Falar em um "quadro" no White's era, na verdade, um erro. Tratava-se de um livro-razão no qual qualquer um admitido no clube exclusivo podia anotar uma aposta com outra pessoa. A maioria se resumia a apostas privadas entre duas partes. Ocasionalmente, aparecia alguma que despertava um interesse maior, ou que era fechada entre um número maior de cavalheiros.

Quando Tristan entrou no White's, empurrando para longe o porteiro, que tentou informá-lo de que o almoço só seria servido dali a uma hora, foi diretamente até o salão de jogos principal e até o livro-razão depositado em cima do estrado em um dos cantos. Proferira todas as obscenidades possíveis durante o trajeto até ali, mas repetiu algumas selecionadas quando avistou o livro e a meia dúzia de homens que estava em pé ao seu redor.

— Dare, seu safado — disse um dos mais novos, sorrindo —, você não pode apostar em si mesmo, sabe. Traz má...

Tristan cerrou as mãos em punhos e acertou o rapaz no queixo.

— Saia da frente — ordenou tardiamente quando o homem desabou no chão como um pano molhado.

Lacaios apareceram de todas as direções enquanto o restante dos espectadores saía apressadamente de seu caminho. Sem olhar para eles novamente, Tristan virou o pesado livro para seu rosto.

— "Na perspectiva de matrimônio com Tristan Carroway, lorde Dare" — leu para si mesmo —, "as candidatas estão listadas abaixo. Por favor, faça sua aposta de acordo com sua escolha".

Nenhum nome reclamava a responsabilidade pela inclusão daquela aposta, mas a lista de candidatas e de seus apoiadores já ocupava duas páginas inteiras, mesmo a aposta tendo sido registrada apenas ontem.

— Quem fez isto? — rugiu, virando-se para encarar a multidão crescente.

— Milorde, por favor, venha tomar uma bebida comigo em particular — convidou Fitzsimmons, gerente do clube, em um tom apaziguador.

— Eu perguntei: quem fez isso? — repetiu, a raiva fervilhando no fundo de seu estômago.

A expressão no rosto de Georgiana quando Bellefeld contou sobre a aposta quase o matara. Ela *tinha* começado a confiar nele; podia ver em seus olhos. E agora nunca mais confiaria. Poderia jurar sua inocência pelos céus, e Georgie sempre acreditaria que era responsável, de alguma forma, ou pelo menos que sabia. Alguém iria pagar por isso — e, com sorte, algum sangue seria derramado.

— Milorde.

— *Quem?* — berrou Tristan.

Agarrando as páginas, as arrancou do livro.

A multidão arfou. *Ninguém* removia páginas do livro de apostas. Isso simplesmente não se fazia. Olhando com raiva para o ofensivo documento, o rasgou no meio, e novamente, e novamente, até que as páginas pareciam confetes em suas mãos.

— Lorde Dare — disse Fitzsimmons, a voz mais severa —, por favor, venha comigo.

— Inferno! — ralhou Tristan. — Esta aposta acabou. Fui claro?

— Preciso pedir que o senhor se re...

— Eu não voltarei, a não ser que fique sabendo de outra aposta relacionada a lady Georgiana Halley. Se ficar sabendo de alguma, *qualquer uma*, incendiarei este lugar, e que Deus me ajude se precisar fazer isso! — Antes que qualquer um dos corpulentos lacaios pudessem se mexer para escoltá-lo para fora do clube, ele marchou até Fitzsimmons e o segurou pela gravata.

— Agora, pela última maldita vez, Fitzsimmons, *quem registrou essa aposta?*

— Foi... Foi o seu irmão, milorde. Bradshaw.

Tristan congelou.

— Brad...

— Sim, milorde. Agora, por favor, solte...

Soltando o homem tão rapidamente que ele quase caiu, Tristan trotou para fora do clube e tomou o primeiro coche que viu.

— Residência Carroway — rosnou, batendo a porta.

O tráfego do meio da manhã estava intenso, o que lhe deu mais tempo para contemplar o tamanho do estrago que a aposta de Bradshaw causara. De todas as coisas que pensara que pudesse ter de enfrentar com Georgiana, outra aposta não era uma delas.

Quando o coche parou, saltou fora, arremessou um xelim para o motorista e caminhou a passos largos até a casa. Desta vez, Dawkins estava em seu posto, e quase teve o nariz quebrado quando Tristan escancarou a porta mais rápido do que o mordomo podia abri-la.

— Onde está Bradshaw? — perguntou, jogando o sobretudo e o chapéu no chão.

— Mestre Bradshaw está no salão de bilhar, eu acre...

Tristan estava no segundo piso antes mesmo de Dawkins terminar a frase. A porta do salão de bilhar estava entreaberta, e ele a escancarou com tanta força que uma pintura na parede do corredor caiu no chão.

— *Bradshaw!*

Seu irmão se endireitou, com um taco de bilhar na mão, e Tristan o esmurrou. Ambos rolaram pela mesa e caíram com força no chão do outro lado. Tristan se levantou primeiro, e deu um soco no queixo de Bradshaw.

Shaw rolou por debaixo da mesa e saiu do outro lado, pegando o taco de bilhar ao se levantar.

— Que diabos há de errado com você? — indagou ele, passando a mão pelo lábio cortado.

Tristan deu a volta na mesa, furioso demais para falar. Bradshaw acompanhou seu ritmo, mantendo a mesa entre os dois. Dawkins, aparentemente, alertara a casa de que algo estava errado, porque Andrew, seguido de Edward, apareceu à porta. Robert chegou um instante depois.

— O que está acontecendo? — perguntou Andrew, entrando no salão.

— *Saia daqui* — ralhou Tristan. — Isso é entre mim e Bradshaw.

— O quê?

— Não faço ideia — arfou Bradshaw, limpando o sangue novamente. — Ele enlouqueceu. Simplesmente entrou aqui e me atacou!

Tristan saltou por cima da mesa e atingiu parte do taco de bilhar. Aquilo o desequilibrou, e ele acertou o ombro de Bradshaw, em vez do peito. Não sabia ao certo o que estava fazendo, só que queria machucar Bradshaw, pois ele o machucara e a Georgiana.

— Faça-o parar! — gritou Edward, correndo para dentro do salão.

Robert o agarrou pela nuca.

— Deixem os meninos maiores resolverem isso — disse, entregando Edward a Andrew. — Leve-o lá para baixo.

Drew corou.

— Mas...

— Agora.

— Droga.

Robert entrou no salão e fechou a porta, trancando a criadagem e quaisquer outros espectadores para fora.

— Fique fora disso — alertou Tristan, empurrando Bradshaw novamente.

— Eu ficarei. Por que você o está surrando?

— Porque — respondeu Tristan, dando outro soco de que Bradshaw desviou no último segundo — ele fez uma aposta.

— Eu faço apostas o tempo todo — exclamou Bradshaw. — Você também faz!

— Você fez uma aposta sobre Georgiana, seu imbecil!

Bradshaw tropeçou na perna de uma cadeira e desabou. Arrastando-se para trás, pegou a cadeira e a segurou à sua frente.

— Do que você está falando? Fiz uma aposta sobre com quem você vai acabar se casando. Só isso, Tris. Pelo amor de Deus, qual é o seu problema?

— Ela não confia em mim, esse é o problema. E agora, graças a você, nunca confiará. Quero você fora desta casa ainda hoje. E nunca mais quero pôr meus olhos em...

— Ela o culpa pela aposta? — interrompeu Robert do lado oposto do salão.

— Sim, ela me culpa pela aposta.

— É por causa daquela outra aposta? — continuou Bit.

Tristan se virou para encará-lo.

— Quando você decidiu voltar a falar? Não se intrometa e saia daqui.

— Se você mandar Shaw embora — ponderou Robert, cruzando os braços —, ele não poderá explicar nada. Então o que você quer: que ele desapareça, ou uma explicação para Georgiana?

Considerando suas chances com ela, aquela era uma decisão difícil. Bit, maldito seja, o estava fazendo pensar, desacelerar e olhar para o que estava fazendo. Bradshaw segurava a cadeira com as pernas apontadas em sua direção. Estava ofegante, com os olhos fixos no rosto de Tristan.

Ele voltou a encará-lo.

— Georgiana — rosnou. — Acha que tive algo a ver com a aposta.

Bradshaw abaixou a cadeira, mas continuou segurando-a.

— Então direi a ela que não teve.

— Não é tão simples assim. O fato de eu saber é quase tão ruim quanto se eu tivesse registrado a aposta. Que merda, Bradshaw!

— Então, direi a ela que você não sabia, e que tentou me matar quando descobriu.

Provavelmente não importaria. Provavelmente será tarde demais.

— Vista-se — ordenou, saindo do salão.

Ao passar por Bit, esticou-se para segurá-lo pelo ombro, mas seu irmão fugiu ao contato. Não se sentia preparado para a frustração adicional de lidar com Robert hoje, mas também não queria deixar o milagre passar em branco.

— Explique — disse, continuando a atravessar o corredor até seu quarto.

Ele tinha rasgado a manga da camisa, e Bradshaw acertara pelo menos um soco. Precisava parecer semicivilizado, ou então Georgiana nunca o ouviria.

Bit o seguiu.

— Explicar o quê?

— Por que você decidiu abrir a boca.

O silêncio os acompanhou pelo corredor. Irritado novamente, Tristan se virou para encarar o irmão.

— Isso é um jogo, Bit?

Robert meneou a cabeça, pálido, a boca formando uma linha tensa e reta. Pela primeira vez, Tristan percebeu que a intervenção custara algo a seu irmão. Ele se virou para a frente e entrou no quarto.

— Conte-me quando quiser contar, então. Mas vá se certificar de que Bradshaw não escapou.

— Ele não fará isso.

Respirando fundo algumas vezes, Tristan tentou acalmar o alvoroço de emoções e angariar algum senso de lógica. Por mais que odiasse admitir, Bit tinha razão: se ainda tinha alguma esperança de reconquistar um pouquinho da confiança de Georgiana, precisava que Bradshaw explicasse o que acontecera. E então, precisava fazer algo que não fazia havia muito tempo: rezar. A qualquer um que o ouvisse.

Capítulo 18

*Transformarei em pez sua virtude, e com a própria
bondade apresto a rede que há de a todos pegar.*
— *Otelo*, Ato II, Cena III

AMELIA ESTAVA SENTADA NO SALÃO matinal, bordando uma bela flor na extremidade de um lenço. Sua mãe estava sentada à escrivaninha, enviando correspondências, e sabia que seu pai estava no escritório fingindo fazer contas.

Dada a importância daquele dia, achava que parecia extraordinariamente tranquila. O vestido de musseline azul-clara que escolhera para o evento era tanto discreto quanto bonito, e destacava seus olhos ao mesmo tempo em que acentuava a pele clara do pescoço e dos braços. O colar duplo de pérolas que estava usando talvez fosse um pouco exagerado para um almoço, mas queria lembrar Tristan Carroway com que ela iria contribuir em sua união.

Ele tinha razão em uma coisa: uma declaração formal era, no fim das contas, muito mais satisfatória do que um casamento forçado para preservar sua reputação. E, dessa forma, seus pais poderiam dizer que o visconde de Dare tinha ido até eles, e não que Amelia o tinha aliciado. Bem, talvez o tivesse aliciado, mas ninguém mais precisava saber.

O relógio atrás dela acabara de anunciar que faltavam 15 minutos, e Amelia respirou fundo. Não estava exatamente animada; na verdade, sentia-se ansiosa. Dedicara várias semanas de trabalho, e as recompensas desse esforço estavam prestes a se materializar pela porta da frente, tornando-a uma viscondessa.

Coches e pedestres passavam na rua lá embaixo, mas mal reparava no barulho. Não esperava que ele chegasse cedo — Tristan dissera 13h, e era nesse horário que chegaria. Foi o que disse aos pais.

No mínimo, eles estavam mais animados do que ela, embora tivessem sido cautelosos para não contar a ninguém o que todos esperavam que acontecesse. Protocolo era tudo, e nem seu pai, nem sua mãe mencionariam a palavra "casamento" até que Dare o fizesse. Mas sabiam, e ela sabia, que, até o final do almoço, Amelia estaria noiva.

Quando alguém bateu à sua porta pouco antes das 13h, Georgiana esperava que fosse tia Frederica com uma xícara de chá de ervas.

— Por favor, vá embora — disse, movendo-se em uma cadeira de balanço perto da janela, apertando uma almofada contra o peito. Precisaria jogá-la fora, visto que estava encharcada com suas lágrimas.

— Milady — disse a voz de Mary —, lorde Dare e seu irmão estão aqui para vê-la.

O coração palpitou.

— Diga a lorde Dare que não quero vê-lo — conseguiu dizer — nunca mais.

Até mesmo dizer o nome dele doía.

— Eu direi, milady.

Evitá-lo em Londres seria quase impossível, visto que participavam dos mesmos círculos sociais. Não, dessa vez iria para Shropshire, como devia ter feito no momento em que saíra da cama dele. Nunca encontraria Dare por lá.

Alguém bateu à sua porta novamente.

— Milady, lorde Dare insiste que ele e o irmão precisam falar com a senhorita.

Por um instante, se perguntou qual irmão ele arrastara consigo. Provavelmente Edward, visto que sabia que ela morria de amores pelo menino. Mas não iria vencê-la usando crianças fofas como arma. O que ele tinha feito dessa vez era pior do que indesculpável.

— Diga a ele que não, Mary.

A aia hesitou.

— Sim, milady.

Dessa vez, quando Mary voltou à porta, sua voz estava agitada.

— Ele se recusa a ir embora, lady Georgiana. Devo chamar Gilbert e Hanley?

Parte dela gostaria de ver Dare sendo expulso da Residência Hawthorne pelos corpulentos ajudantes do estábulo, embora não fosse ser tão fácil quanto Mary parecia pensar. Mas dizer a ele pessoalmente para deixá-la em paz e nunca mais visitá-la talvez fosse ainda mais satisfatório.

— Descerei em um minuto.

— Sim, milady.

Mary pareceu aliviada.

O corpo de Georgiana tremeu quando se levantou. Parecia que seus pés eram feitos de chumbo, e cada passo exigia esforço. Concentrar-se em caminhar ajudava, e ela manteve a mente focada em colocar um pé diante do outro enquanto saía do quarto e descia as escadas, com Mary logo atrás, parecendo muito preocupada.

— Onde estão? — perguntou.

— Na sala de estar da frente, milady. Pascoe não os deixou passar de lá.

Muito bem, Pascoe. Endireitando os ombros e torcendo para que os olhos não estivessem tão vermelhos e inchados quanto os sentia, Georgiana abriu a porta da sala de estar, pronta para proclamar algo devastador e derradeiro — e então esqueceu o que era.

Tristan, com um hematoma do lado esquerdo do rosto, estava parado perto da porta. Bradshaw estava sentado no sofá, com um olho roxo, inchado e quase fechado, e o lábio dilatado e arroxeado. Nenhum dos dois se olhou quando ela entrou.

— Georgiana — disse Tristan, seu rosto terrivelmente sério —, dê-me um minuto, e então faça o que bem entender.

— O senhor está assumindo, lorde Dare — retrucou, surpresa por sua voz soar firme e objetiva enquanto fechava a porta e deixava Mary e Pascoe para fora —, que eu acho que o senhor merece um minuto. Eu não acho.

Ele abriu a boca, e então a fechou novamente, assentindo com a cabeça.

— Está bem. Então, por favor, dê um minuto a Bradshaw.

O olhar que lançou ao irmão, sombrio e cheio de raiva, a surpreendeu. Georgiana nunca o vira expressar nada além de calor e afeição por todos os membros de sua grande família.

— Um minuto.

Bradshaw se levantou.

— Registrei uma aposta no livro do White's ontem à noite — começou ele, no mesmo tom seco que o irmão usara — sobre com quem Tristan acabaria se casando. Achei que seria divertido. Ele não sabia de nada. Na verdade — tocou o lábio com os dedos —, ele ficou muito desgostoso quando ficou sabendo o que eu tinha feito. Peço desculpas, Georgiana, se fiz algo que a magoou. Não era minha intenção.

Uma lágrima escorreu por seu rosto, e Georgie a secou.

— Seu irmão o obrigou a fazer isso? — perguntou, recusando-se a olhar para Tristan.

— Obrigou-me a vir até aqui com ele. Disse que se eu não o fizesse, me expulsaria de casa. — Seu olhar se desviou para o lado, fitando Dare com raiva. — Fora isso, não, ele não me obrigou a nada.

— Georgiana — disse Tristan, desesperado —, fui um idiota no passado, mas espero que saiba que nunca faria algo assim, nem com você, nem com ninguém. Aprendi minha lição.

Tristan não disse que ela deveria confiar nele, mas era isso que estava implícito. Georgiana o encarou relutantemente. Seus olhos azuis analisaram o rosto dela com a expressão preocupada. Tristan se incomodava tanto com o fato de ela o dispensar para sempre? Talvez ela fosse uma idiota completa, mas confiava nele. Confiava porque queria confiar, e porque sofreria demais se decidisse, de uma vez por todas, que não conseguia confiar.

Lentamente, assentiu com a cabeça.

— Eu acredito em você.

Como se tivesse sido libertado de correntes invisíveis, Tristan foi até ela a passos largos e a envolveu em seus braços, beijando sua testa, suas bochechas e sua boca.

— Eu sinto muito — sussurrou Tristan. — Sinto muito mesmo.

Georgiana o beijou de volta, buscando o calor e o conforto de seu corpo quente e esguio. Se ele estava planejando uma armadilha, não era isso.

E dada a reação dele, Georgiana começou a pensar que, talvez, Tristan não estivesse brincando. Se ele não estava...

— Humm.

Arfando, Georgie se endireitou, mas não conseguiu se afastar muito porque Tristan segurou seus braços. Bradshaw exibia uma expressão de extrema curiosidade e surpresa.

— Perdi alguma coisa no meio do caminho? — perguntou ele, cruzando os braços.

— Isso é óbvio, não é? — respondeu Tristan, sem tirar os olhos de Georgiana.

Ver Bradshaw parado ali a lembrou de que ele não era o único especulando sobre ela. Georgie tremeu.

— E a aposta?

— Não existe mais.

Bradshaw franziu o cenho.

— Como assim, *não existe mais*? Está nos registros do White's. Por mais que odeie dizer isso, essas apostas não desaparecem, Tris.

— Essa desapareceu.

— E como você conseguiu isso?

— Eu a arranquei do livro e a destruí. — Tristan deslizou os dedos pelo rosto de Georgiana. — Fui banido do White's no processo. Isso é algo bom, agora que parei para pensar. Eu não iria querer ser membro de um clube que permite que pessoas como eu passem por suas portas.

Georgiana riu, apesar do som ter saído um tanto empapado.

— Em meu nome e em nome das outras damas envolvidas, agradeço. — Olhando para Bradshaw, Georgiana fez uma carranca. — E quanto a você, que vergonha!

— Eu também aprendi minha lição — garantiu Shaw. — E me lembrarei disso por um bom tempo, posso garantir. Na próxima vez que você for me agredir, tire seu maldito anel de sinete, Dare.

Tristan ainda parecia mais zangado do que conciliatório. Para não deixar outra briga acontecer, Georgiana saiu dos braços dele e chamou Pascoe.

— Os cavalheiros gostariam de ficar para o almoço? — perguntou.

Bradshaw estava concordando com a cabeça, mas Tristan pareceu subitamente nervoso.

— Que horas são?

— Duas e 15, milorde — respondeu o mordomo.

— Maldição. Eu gostaria de ficar — disse ele, virando-se para a porta —, mas tenho um compromisso que já estava agendado e para o qual estou muito atrasado. — Tristan parou, olhando novamente para Georgiana. — Wycliffe oferecerá um jantar esta noite. Você estará lá?

— Sim, estarei lá.

Ainda com uma expressão séria, ele fez uma reverência.

— Então eu a verei esta noite.

Bradshaw o seguiu, andando um pouco rígido. Ele tocou no ombro de Georgiana ao passar.

— Nunca o vi daquele jeito. Obrigado por me perdoar.

Ela apertou os lábios.

— Se Tristan não o tivesse deixado com um olho roxo, eu teria deixado, Bradshaw.

— É justo.

As pessoas ainda especulariam sobre a aposta, especialmente agora, que Tristan a aniquilara de um jeito tão espetaculoso. Mas ele o fizera para proteger a honra dela e porque aquilo a tinha magoado. Independentemente do que acontecera nos últimos seis anos, algo estava ficando bastante claro: Tristan Carroway tinha, de fato, aprendido sua lição.

Seu alívio quando Bradshaw explicou a aposta deixou outra coisa igualmente clara: seu coração, seus desejos e seus sonhos haviam parado de dar ouvidos a qualquer tipo de razão e lógica. Tudo que Georgiana podia esperar era que, dessa vez, ela e Tristan seguissem por um outro caminho, e que não acabasse arruinada.

Até Tristan retornar à Residência Carroway, fazer Bradshaw jurar manter segredo, trocar novamente de roupa, e montar em Charlemagne para ir até a casa dos Johns, já eram quase 15h. Com sorte, se conseguisse ser delicado o suficiente com Amelia, a visita da noite passada não renderia mais nada. E ele se esforçaria ao máximo para ser extremamente delicado.

O mordomo dos Johns o levou até uma sala de estar no térreo, perto da porta de entrada. Estava começando a parecer que ninguém em Londres o queria em sua casa hoje. Não se importava — depois de seu último encontro com Amelia, quanto mais perto de uma rota de fuga estivesse, mais seguro se sentiria.

Amelia apareceu alguns minutos depois, e ele fez uma reverência curta.

— Eu lhe devo um pedido de desculpas — disse Tristan, sorrindo. Seu charme costumava funcionar com as jovens.

Ela inclinou a cabeça e, pela primeira vez, Tristan não conseguiu desvendar sua expressão. Logo que se conheceram, achava que Amelia era uma mocinha ingênua e ambiciosa, pouco mais velha que uma menina e disposta a se vender por um título. Como esposa, teria sido fútil, bonita e facilmente manipulável. O que ela tentara fazer na noite passada, no entanto, exigira planejamento, coragem e determinação, o que o deixou visivelmente transtornado. Aquilo tinha sido uma casualidade, ou ele errara feio em seu julgamento da personalidade de Amelia.

— Nós almoçamos sem você — informou ela, indicando que ele se sentasse.

— Eu esperava que vocês tivessem mesmo almoçado. Novamente, peço desculpas. Surgiu algo de... extrema urgência.

Tristan se sentou no sofá, permitindo que ela ditasse a conversa por ora. Mesmo assim, os pelos de sua nuca se arrepiaram, e ele ficou de olho na porta, só para garantir que permaneceria aberta. Amelia já o pegara desprevenido uma vez; não permitiria que isso se repetisse.

— Estou muito zangada com você — disse ela, sentando-se na sua frente.

— Não tenho dúvidas. Também não estou plenamente feliz com você.

O mordomo entrou.

— Devo trazer chá, senhorita?

Amelia sorriu.

— Gostaria de chá, lorde Dare?

Ele teria preferido uísque.

— Chá está ótimo. Obrigado.

— Imediatamente, Nelson.

— Sim, senhorita.

Ainda sorrindo, Amelia cruzou as mãos e as repousou no colo, a imagem perfeita de uma debutante empertigada e respeitável. Se não a tivesse visto despida em seu quarto na noite anterior, Tristan jamais acreditaria na história. E isso, ele sentia, poderia se tornar um grande problema.

— Quero lhe fazer uma pergunta direta.

— Por favor, faça-a.

— Você vai se casar comigo, Tristan?

— Não, não vou.

Ela assentiu com a cabeça, sem parecer nem um pouco surpresa.

— Por que não?

— Eu já considerei me casar com você — disse lentamente, tentando poupar os sentimentos de Amelia e percebendo que só o estava fazendo por causa das irritantes lições de Georgiana —, mas, depois de conhecê-la melhor, acho que eu seria um péssimo marido para você.

— Não deveria ser eu a tomar essa decisão?

— Não, não exatamente. Sou 12 anos mais velho, e minha experiência é muito maior. Eu...

— Acho que você deveria me pedir em casamento mesmo assim — interrompeu Amelia, cerrando as mãos empertigadas em punhos.

Tristan meneou a cabeça.

— Daqui a seis meses, quando você estiver casada e feliz com qualquer um dos outros cem cavalheiros que ficariam extremamente gratos por tê-la como esposa, você me agradecerá.

Um lacaio bateu à porta aberta e entrou com uma bandeja de chá nas mãos. O sorriso de Amelia reapareceu como que por mágica, e Tristan se perguntou como pudera, um dia, julgá-la ingênua e inocente. Assim que o criado se foi, o sorriso desapareceu outra vez.

— Entendo que você pense que eu talvez fosse mais feliz com outra pessoa, mas estou decidida a me tornar a viscondessa de Dare. Soa muito bem aos ouvidos, não acha? Dare é um título de 260 anos, e é muito respeitado.

— Você pesquisou direitinho.

Ela confirmou com a cabeça.

— Pesquisei, sobre todos os meus pretendentes. E, após uma análise cuidadosa, eu o escolhi.

Agora ele estava começando a se perguntar se Amelia era desequilibrada. Tristan olhou para a chaleira. Provavelmente continha arsênico.

— Aprecio sua admiração e sua amizade, mas nós não nos casaremos. Sinto muito se você compreendeu mal minhas intenções. Foi muito ordinário da minha parte. Agora, acho que a deixarei para contemplações mais agradáveis.

Tristan se levantou.

Ela ergueu o tom de voz.

— Tenho sua carta.

Ele continuou caminhando na direção da porta.

— Infelizmente, Amelia, em meu longo e lamentável passado, escrevi cartas para várias mulheres. Em algumas raras ocasiões, até poemas nasceram da minha caneta.

— Não uma carta que você escreveu *a mim*. Uma carta escrita *para você*.

Tristan parou.

— E que carta seria essa?

— Bem, não é exatamente uma carta. É mais um bilhete, embora esteja assinado, está um tanto amassado, também, receio...

— O que o bilhete diz? — interrompeu Tristan, a cólera se espalhando por seu corpo. Ela não podia ter *aquele* bilhete. Não aquele.

— Acho que você sabe o que diz — respondeu Amelia em um tom calmo. — Também tenho os mimos que ela lhe deu. Você pode não querer que *eu* divida a sua cama, mas sei *quem* a dividiu com você, Tristan. E cá estavam vocês, fazendo todos pensarem que eram inimigos.

Uma centena de reações passaram por sua cabeça, a maioria das quais teriam acabado com ele na Prisão de Newgate, acusado de homicídio.

— É melhor você me devolver qualquer coisa que tenha roubado da minha casa, Amelia — ameaçou, falando bem baixo.

— Não quer saber o que quero em troca pelos itens bastante pessoais de lady Georgiana?

— Você está indo longe demais — sibilou Tristan, dando um passo na direção dela. Aceitaria ir para a Prisão de Newgate, se aquilo poupasse Georgiana de mais sofrimento.

— Ficarei feliz em retorná-los a você — continuou Amelia no mesmo tom calmo, embora os olhos tenham se voltado brevemente para a porta —, para que faça com eles o que bem entender.

— Então faça-o imediatamente.

— Só depois que estivermos casados, lorde Dare. Eu lhe garanto que os manterei em segurança em minha cômoda até tal dia.

Por Deus, Amelia era uma bruaca cruel. Tristan precisava de um plano, e de tempo suficiente para bolar um.

— E que garantia tenho de que você fará o que promete?

O sorriso dela retornou.

— A garantia de que quero ser lady Dare. — Amelia se levantou, alisando a saia. — Vamos contar a feliz notícia a meus pais?

Extrapolando o limite de sua paciência, Tristan segurou o braço dela e a puxou com força em sua direção.

— Não presuma tanto, Amelia. Eu cooperarei até certo ponto. Mas se você a arruinar, eu arruinarei você. Fui claro?

Pela primeira vez, ela não parecia tão serena.

— Nós nos casaremos — afirmou Amelia, desvencilhando-se —, e nosso noivado será anunciado. Pode escolher a data, mas nós dois sabemos que precisa do meu dinheiro antes do final do verão. Eu lhe darei três dias, lorde Dare, para me pedir em casamento da maneira mais adequada e lisonjeira possível.

Tristan virou as costas e partiu. Enquanto retornava à Residência Carroway, um único pensamento revirava em sua mente: Georgiana precisava saber disso, mas não conseguiria suportar ver a dor em seus olhos mais uma vez.

Ele consertaria isso tudo. Precisava consertar, pelo bem de ambos.

Capítulo 19

Em tempo algum teve um tranquilo curso o verdadeiro amor...
— *Sonho de uma noite de verão*, Ato I, Cena I

FICAR SENTADA POR MEIA HORA com fatias de pepino em cima dos olhos finalmente fizeram Georgiana achar que poderia sair do quarto sem assustar criancinhas. O coração parecia mais leve também, embora as intenções de Tristan e a própria resposta ao que ele talvez lhe pedisse estavam lhe dando dor de cabeça e a fizessem ansiar por uma taça grande de bebida alcoólica.

Desde seu retorno à Residência Hawthorne Georgiana estava tentando retomar as atividades de costume para ajudar a tia, mas andava sendo terrivelmente irregular. Aquilo precisava parar. A essa hora da tarde, a duquesa viúva devia estar separando a correspondência e os convites para eventos.

Georgiana encontrou a tia na sala de estar, como esperava, mas Frederica não estava cuidando da correspondência. E nem estava sozinha.

— Lorde Westbrook — cumprimentou, fazendo uma reverência. — Que agradável surpresa.

O marquês se levantou.

— Lady Georgiana. Sua Graça me disse que a senhorita não estava se sentindo muito bem. Fico feliz por vê-la recuperada.

— Sim, estava com um pouco de dor de cabeça. O que o traz aqui esta tarde?

— Para falar a verdade, vim para vê-la, milady.

Dando um passo adiante, ele pegou sua mão e a levou aos lábios.

Assentindo com a cabeça, Georgiana repassou sua agenda de compromissos mentalmente, mas não se lembrou de ter feito planos com o marquês para esta tarde.

— Posso oferecer um chá? Ou uma taça de vinho clarete?

— Vinho seria formidável.

Tia Frederica se levantou.

— Eu me encarregarei disso. Com sua licença, milorde.

Georgiana franziu o cenho, desconfiada. Afastando aquela expressão com um sorriso, voltou a olhar para lorde Westbrook. Tia Frederica agia como uma mãe urso quando Tristan estava por perto, mas se voluntariara para deixá-la a sós com Westbrook.

— Sua Graça é muito generosa de compartilhá-la comigo — disse o marquês, sorrindo.

Ele ainda segurava seus dedos. Aquilo estava começando a parecer familiar, embora Georgiana não pudesse encaixar Westbrook na mesma categoria da maioria dos outros pretendentes. John não precisava de dinheiro, o que tornava sua presença ali ainda mais problemática. A menos que Georgiana estivesse interpretando mal suas intenções, o que era perfeitamente possível. O alvoroço que Dare provocava dentro dela era prova suficiente de que, na maior parte do tempo, não sabia o que estava fazendo.

— Por que queria me ver, John? — perguntou.

— Porque não consegui resistir. — Ele apertou lhe a mão e então a soltou, com uma expressão atipicamente encabulada em seu belo semblante. — Não sei ao certo como dizer isso sem parecer um... palhaço. Mas *preciso* dizer.

— Diga-o, então.

— Sim. Georgiana, como a senhorita sabe, sou um cavalheiro solteiro de fortuna considerável. Não digo isso para me gabar, mas apenas porque é verdade.

— Uma verdade bastante conhecida, milorde.

— Mesmo assim. Por conta das minhas circunstâncias, tenho uma grande gama de jovens moças que poderia escolher para me casar. Conheci todas, analisei seu caráter, suas perspectivas e sua aparência. O que estou aqui para dizer é que estou... desesperadamente apaixonado por você, Georgiana, e gostaria que fosse minha esposa.

Esperou sentir uma palpitação, um aceleramento das batidas de seu coração. Tudo que conseguia sentir, contudo, era dúvida de que Westbrook um dia se desesperara com relação a qualquer coisa na vida — muito menos ela.

— John, eu...

— Sei que talvez você não se sinta da mesma maneira em relação a mim, mas estou disposto a esperar. — A expressão dele se fechou. — Também sei que Dare anda apoquentando a senhorita nas últimas semanas e que, com a influência dele, pode ser que você fique... incerta quanto ao curso que seu futuro deveria tomar.

— Não compreendo.

— Estou tentando falar como um cavalheiro deveria falar de outro, mas, pelo seu bem, serei honesto. Receio que Dare ainda esteja obcecado com a aposta que fez seis anos atrás com relação à sua virtude, e que talvez ainda esteja tentando desviá-la de seu caminho.

Ah, céus. Se Westbrook soubesse a verdade sobre quão longe ela já se desviara de seu caminho, ficaria chocado. E também retiraria sua proposta na mesma hora.

— O senhor tem provas disso?

— Estou confiando em minha intuição e em meu conhecimento pessoal de Dare. Ele é conhecido por ser um malandro e um libertino. Além disso, suas propriedades estão quase falidas, o que me leva a duvidar ainda mais de seus reais motivos com relação à senhorita.

— Então o senhor acha que ele pretende me arruinar e se casar comigo pelo meu dinheiro — disse Georgiana.

— Esse é meu receio.

Se cultivara alguma coisa nos últimos seis anos, era um profundo desgosto por fofocas, especialmente as relacionadas a ela e a Tristan.

— Está promovendo sua própria causa, John, ou sabotando a de lorde Dare?

— Estou apenas preocupado com o seu bem-estar, e sei que seu julgamento pode não ser racional quando se trata de Dare. Logicamente, você sabe que sou a melhor escolha.

Em sua cabeça, Georgie sabia que ele tinha razão, mesmo que seu coração dissesse o contrário.

— John, você disse que esperaria. Pode me dar alguns dias para refletir sobre minha resposta?

— Sim, é claro. — O marquês voltou se aproximar. — Posso pedir um beijo, para indicar que minhas intenções são sérias?

Afastando a ideia irritante de que, de alguma forma, estava sendo infiel a Tristan, concordou com a cabeça. Além de suas afirmações de que queria mais que seu corpo, Dare nunca lhe fizera nenhum tipo de declaração direta. Devia a si mesma a obrigação de ter todos os fatos necessários para tomar uma decisão bem-informada.

Com um leve sorriso, Westbrook segurou seu rosto com as duas mãos, abaixou-se e tocou os lábios nos dela. O beijo foi breve, civilizado, e muito cortês — o beijo casto adequado à jovem donzela que devia ser.

— Posso visitá-la amanhã, Georgiana?

Ela piscou.

— Sim.

— Então me retirarei. Uma boa tarde, milady.

— Boa tarde.

Minutos depois que ele se foi, tia Frederica entrou na sala.

— E então?

— Muito sutil, tia Frederica.

— Ora, não ligue para isso. Ele a pediu em casamento?

— Sim, pediu.

— E?

— E eu disse que pensaria no assunto.

A duquesa viúva desabou em uma poltrona.

— Ah, Georgiana...

— Ora, o que a senhora esperava? Eu não o amo.

— O que isso significa? Você não segue os conselhos dos seus pulmões ou dos seus rins, segue?

— O que...

— Então não dê tantos ouvidos ao seu coração. Dare *não* é um homem adequado para uma dama de verdade, com fabulosas perspectivas matrimoniais.

Georgiana colocou as mãos nos quadris.

— Foi a senhora quem mandou Westbrook me pedir em casamento?

— É claro que não.

— Ótimo. Se existe uma coisa de que não preciso é que uma das poucas pessoas em cujos conselhos eu confio se transforme em um cupido.

— Só quero que seja feliz. Você sabe disso.

Suspirando, Georgiana cedeu. Ela não queria criar atritos com sua amada tia, dentre todas as pessoas.

— Eu sei. Venha me ajudar a escolher um vestido para usar no jantar de Grey e Emma.

―∽―

A noite parecia um daqueles momentos mágicos de que Georgiana se lembrava da época em que Tristan começara a cortejá-la pela primeira vez, quando era uma debutante inocente, que acabara de terminar a escola. Aqueles jantares costumavam acontecer na casa de tia Frederica, e não na de Grey, e nem todos os irmãos Carroway costumavam estar ao mesmo tempo na cidade, mas, ainda assim, os ares eram familiares.

Ela e sua tia foram os primeiros convidados a chegar na Residência Brakenridge e, quando subiram, encontraram Emma tentando ensinar Grey a tocar harpa. Pelo rubor nas bochechas de Emma, não era exatamente isso que estavam fazendo antes, mas, dado seu próprio comportamento recente, Georgiana não iria comentar. Ao menos eles eram casados.

Grey soltou a esposa e a harpa e caminhou a passos largos para dar um beijo em Frederica e, depois, nela.

— Agora me diga — falou ele, pegando suas mãos e afastando-a das outras mulheres —, permito que Tristan entre nesta casa ou não?

O olhar dele era tanto curioso quanto preocupado, e Georgiana não pôde evitar um sorriso.

— No momento, estamos amigáveis — respondeu. — Se essa civilidade durará até a sobremesa ou não, não faço ideia.

Seu primo enganchou o braço de Georgiana no dele e a levou até a janela do jardim.

— Ficou sabendo que ele foi banido do White's?

— Sim, ele me contou.

— E lhe contou por quê?

Georgiana confirmou com a cabeça.

— Não se sinta como se precisasse me proteger, Greydon. Sua amizade não deveria se abalar por minha causa. E posso garantir que sou perfeitamente capaz de cuidar de mim mesma.

— Você não é tão calejada quanto finge ser, minha querida. Nem eu sou tão obtuso quanto você e minha mãe gostam de pensar. — O duque olhou para a esposa, que estava sentada conversando com Frederica, com carinho. — Pergunte para Emma. Eu a decifrei.

— Sim, e quase arruinou cinquenta meninas da escola no processo.

— *Quase* é a palavra-chave, Georgie. Não mude de assunto.

— Tudo que posso dizer é que, se precisar de ajuda, eu vou pedir.

— É melhor que peça. Nunca se esqueça de que sou maior e mais cruel do que você.

— Eu jamais esqueceria. Ainda tenho pesadelos com sanguessugas grudadas no meu nariz.

O duque riu, um som que florescia caloroso e vivaz em seu peito. Georgiana não pôde evitar um sorriso de resposta, e apertou o braço dele.

— Fico contente que você esteja feliz — disse. — Você merece.

O sorriso desapareceu.

— Você está feliz?

Ela deu de ombros.

— No momento, estou, no geral, confusa.

— Estar confuso não é tão ruim assim, prima. Você está acostumada demais a pensar que tem a resposta para tudo, de qualquer forma.

— Não sei nada de...

Com a sincronia de um dramaturgo, Tristan entrou no salão, trazendo Milly em um braço e com o restante dos Carroway os seguindo. Até mesmo Robert estava lá, reparou Georgiana com certa surpresa. Era verdade que as duas famílias se conheciam há anos, e que eram os únicos convidados esta noite, mas, mesmo assim, seu coração se sentiu acalentado ao vê-lo.

Quando Tristan se aproximou, a sensação de afeição se transformou em algo mais ardente.

— Olá — cumprimentou ela.

— Olá.

Ele pegou sua mão, encostando os lábios em seus dedos, e se endireitou novamente. Os olhos encontraram os dela e, juntamente com a excitação formigante que sempre sentia na presença de Tristan, algo mais frio tocou seu coração.

— O que foi?

— Precisamos conversar em algum momento esta noite. — Emma e Bradshaw se aproximaram, e ele soltou sua mão. — Mas não agora.

Aquilo foi o suficiente para fazer sua mente viajar em todas as direções possíveis. Conhecendo Tristan, qualquer coisa podia ter acontecido. Alguém tinha colado a página da aposta de volta e o caos recomeçara, ou alguém percebera que fora mais que uma mera afronta pessoal o que provocara a ira de lorde Dare em relação à aposta e, na manhã seguinte, ela estaria arruinada. Ou ele descobrira sobre o pedido de Westbrook e assassinara o marquês.

Durante todo o jantar e durante os jogos subsequentes de cartas e charadas, Georgiana continuou preocupada. Tristan parecia o de sempre: charmoso, perspicaz, e até arrancou uma risada relutante de tia Frederica. Aquilo era difícil demais. Estar apaixonada não deveria ser tão difícil assim. É claro que isso só era verdadeiro quando as duas pessoas em questão eram completamente imaculadas e nunca magoaram, discutiram ou enganaram uma à outra. Georgiana suspirou, Westbrook lhe oferecia isso, mas tinha a sensação de que seria mortalmente entediante.

Estava sentada no chão ajudando Edward a desenhar o navio de Bradshaw, que ele decidira chamar de *Temporal*, quando uma mão tocou seu ombro. Embora tivesse passado a noite toda aguardando, deu um pulo.

— Com sua licença, Nanico — disse Tristan com a fala arrastada —, mas preciso conversar com Georgie por um instante.

— Mas estamos desenhando o novo navio de Bradshaw — protestou Edward.

— Eu perdi meu navio antigo? — perguntou Bradshaw, abaixando-se para ver o desenho enquanto Tristan ajudava Georgiana a se levantar.

— Este é para quando você for capitão — explicou o caçula.

— Então posso sugerir colocar mais botes salva-vidas? — respondeu Shaw, olhando para Tristan enquanto ocupava o lugar de Georgiana no chão.

Ela sentiu os olhos de todos os ocupantes do salão em suas costas quando saíram da sala de visitas, mas ninguém falou nada. Georgiana se perguntou o quanto eles realmente sabiam sobre seu relacionamento conturbado com lorde Dare. A essa altura, ao menos deviam suspeitar.

O coração começou a bater mais forte quando Tristan a levou até o salão de bilhar de Grey e trancou a porta.

— Por favor, me conte o que aconteceu antes que eu tenha uma apoplexia — implorou Georgie, tentando ler a expressão dele.

Tristan foi até ela e segurou seus ombros com a mão.

— O que...

Ele se abaixou e a beijou, forçando a cabeça de Georgiana para trás com a ferocidade de sua paixão. Os quadris dela bateram na mesa de bilhar, lembrando-a de que fora arremessada de um cavalo recentemente, mas não queria que o beijo parasse. Ninguém além de Tristan a fazia se sentir tão... possuída, nem a fazia gostar tanto dessa sensação.

Ele a devorava, deixando-a sem ar e enfraquecida, como se a possuísse com todo o corpo, e não apenas com a boca. Quando Tristan se afastou, Georgiana se apoiou no peito dele, segurando as lapelas do paletó.

— Minha nossa — falou ela em um suspiro. — E eu achando que todo aquele segredo significava que havia algo de errado.

— *Há* algo de errado — respondeu Tristan baixinho. — Você não vai gostar nem da notícia e nem de mim, depois que contar, e eu queria beijá-la uma última vez, ao menos.

— Agora estou preocupada — disse Georgiana, ainda o segurando. O pavor envolveu seu coração com dedos gelados. — Conte-me.

Tristan respirou fundo.

— Tive uma visita na noite passada. Nesta madrugada, na verdade.

— Uma visita?

— Em meu quarto.

— Ah. — Tristan encontrara outra amante. Um ciúme intenso e agudo a ferroou, e ela o soltou. — Obrigada por me contar. Ao menos você o fez em particular, o que é mais do que eu es...

— O quê... Não! Não. Não é... — Ele respirou fundo novamente. — Era Amelia Johns, Georgie. Ela se lançou sobre mim enquanto eu estava dormindo.

— Amelia! Não posso acreditar! Ela é apenas uma criança.

— Não, não é.

— Mas...

— Acredite em mim, eu mesmo já cometi esse equívoco. Amelia é bem crescidinha.

Tristan escorregou os dedos pelo decote do vestido, como se não conseguisse parar de tocá-la, sem perceber o que estava fazendo.

— O que aconteceu, então?

— Eu surtei de uma forma nada masculina e a expulsei de casa.

Graças a Deus. Georgiana o puxou em sua direção, encostando os lábios nos dele.

— Ótimo.

Nunca achara que tinha muito em comum com Amelia além de Tristan e descobriu que não gostava nem um pouco da garota. Ela se perguntou como *ele* reagiria se soubesse do pedido de Westbrook.

— Não acaba aí. Amelia roubou algo do meu quarto.

Georgie o chacoalhou, embora não tenha surtido efeito algum.

— O quê, pelo amor de Deus?

— Sua carta. E suas meias.

— Minha...

Georgiana piscou. Um rugido repentino ressoou tão alto em seus ouvidos que ela não conseguia ouvir, não conseguia pensar. Seus joelhos cederam.

Praguejando, Tristan a apertou contra o corpo, erguendo-a para sentá-la na beirada da mesa de bilhar.

— Georgiana — sussurrou, angustiado —, não desmaie. Por favor, não desmaie.

Repousando a cabeça no ombro masculino, ela inspirou tremulamente.

— Não desmaiarei. Ah, não. *Ah, não.* Por que ela faria isso, Tristan?

— Porque quer que eu me case com ela.

Georgiana ergueu os olhos, zonza e atordoada, e começando a achar que o amor seguro e enfadonho tinhas suas vantagens, no fim das contas.

— Não entendo.

— Quem diria que sou um partido tão desejável? — brincou Tristan, dando um meio sorriso desanimador. — Amelia pretende revelar a sua, e minha, indiscrição para o mundo a não ser que eu faça dela a lady Dare.

— Por que ela pensaria que precisa ameaçar você, e a mim, desse jeito?

— Talvez por eu ter dito que não tenho intenção alguma de me casar com ela. — Tristan a beijou, lenta e suavemente, como se aquele contato fosse algo precioso. — Como poderia dizer qualquer outra coisa quando eu e você... Quando... Não quero estragar isto aqui?

Lágrimas se acumularam nos olhos de Georgiana. Tinha a resposta para Westbrook agora.

— Tenho três dias antes de dar uma resposta a ela, mas eu precisava que você soubesse — continuou Tristan.

Georgiana sacudiu a cabeça, buscando desesperadamente por qualquer motivo lógico que indicasse que aquilo não estava acontecendo.

— Amelia sabe que eu estava tentando ajudá-la. Mesmo que você tenha mudado de ideia em relação a ela, deve saber que não era minha intenção que algo assim acontecesse.

— Não acho que ela se importe com isso, Georgie.

— É claro que se importa — insistiu ela. — Você deve tê-la ameaçado, ou algo assim, não foi?

Ele franziu a testa.

— Não no início.

— Está vendo? Você a assustou. Amelia deve ter achado que precisava guardar aqueles... itens para se proteger de outros sofrimentos provocados por você.

Tristan começou a parecer irritado.

— Eu não...

— Vou vê-la e explicarei que aqueles itens não significam nada, mas que preciso deles de volta para me proteger de um escândalo.

— Não significam nada? — repetiu Tristan, erguendo o queixo de Georgiana para que ela encarasse seu olhar brilhante.

Georgiana engoliu em seco.

— É isso que direi. Ela é mulher, vai entender.

— Amelia está mais perto de um dragão do que de uma mulher, mas acho que não conseguirei convencê-la a desistir.

— Não, não conseguirá.

Tristan a beijou novamente. *Minha nossa*. Georgiana poderia se acostumar com ele tocando-a e abraçando-a. Suspirando, beijou-o de volta, deslizando as mãos por sua cintura, por debaixo do paletó.

— Não está brava comigo? — perguntou ele, voltando a beijá-la com mais intensidade.

— Não estou feliz com isso, é claro, mas não estou brava com você. E também tenho algo para lhe contar.
— O quê?
— Lorde Westbrook me pediu em casamento.
A expressão de Tristan se fechou.
— Hoje?
— Esta tarde.
— E você o rejeitou.
— Tris...
Ele a beijou novamente.
— E você o rejeitou — repetiu, novamente falando como uma afirmação, e não uma pergunta. — Conte-me.
Ele lhe contara sobre Amelia, e ela precisava ser igualmente sincera.
— Ele não queria uma resposta. Queria que eu pensasse no assunto.
— E você pensará?
Georgiana engoliu em seco.
— Tenho algumas outras coisas com que me preocupar agora.
Tristan deu um sorriso um tanto lúgubre.
— Você tem razão, é claro. Mas não gosto mesmo assim.
— No entanto, não fez nenhuma ameaça de violência. Quase parece um verdadeiro cavalheiro.
Tristan riu.
— Precisamos remediar isso.
Afastou os joelhos dela e se posicionou entre eles, bem perto do corpo feminino. Todos estavam a apenas duas portas de distância, mas, quando subiu a saia longa do vestido até as coxas, não havia como Georgie não compreender as intenções.
— Alguém vai ouvir — exclamou ela, ofegando quando as mãos quentes de Tristan começaram a acariciar a parte interna de suas coxas.
— Não se formos silenciosos. — Ele sorriu. — E rápidos. A porta está trancada. Viu como sou cauteloso agora?
— Isso não é cautela. É...
— Uma ótima ideia.
Georgiana não tinha tanta certeza assim, e teria protestado novamente — em sua maior parte porque não queria ter pressa. Quando abriu a

boca, contudo, os dedos experientes dele mergulharam entre suas coxas, penetrando-a. Ela arqueou as costas, seu protesto se transformando em um gemido abafado.

— Você me quer — murmurou Tristan, a voz tremendo de leve.

— Não consigo evitar.

Georgiana não queria ter dito aquilo, parecia uma enorme admissão de fraqueza. Tristan apenas riu, esticando os braços em torno dos ombros femininos para desabotoar os botões de cima do vestido.

— Não sei se é o sexo, ou simplesmente tocá-la — disse, puxando o vestido para frente para poder enfiar a mão esquerda no corpete e acariciar o seio macio. — Você ainda me mata, Georgiana Elizabeth.

Ela não conseguia mais respirar.

— Rápido — arfou, abrindo a calça dele.

Beijando-a de forma erótica, Tristan se libertou, puxou-a para frente novamente e a penetrou. Georgiana jogou a cabeça para trás; a sensação dele a preenchendo era tão extraordinariamente satisfatória que lhe roubava o ar. Jogando os braços para trás para manter o equilíbrio, ela atingiu as bolas de bilhar, que saíram rolando pela mesa.

— Ah, sim — gemeu Georgie, enrolando as pernas no quadril masculino. — Ah, Tristan.

— Shh — repreendeu ele, segurando as coxas femininas enquanto movia o quadril com força. — Ah, céus.

Os olhos dele se encontraram com os dela e se fixaram enquanto Georgiana espiralava em seu êxtase.

Tristan a seguiu com um grunhido grave, e então apoiou a cabeça em seu ombro. Tremendo, Georgiana voltou a se sentar.

— Céus — suspirou ela, deslizando os dedos pelo cabelo dele.

— Eu disse a você que podíamos ser rápidos — falou, a voz grave e cheia de divertimento. — E você joga bilhar bastante bem, também.

— Rápido é bom — concordou Georgie. — Mas já nos afastamos dos outros há um bom tempo.

— Não faz tanto tempo assim.

Ele segurou-lhe os seios novamente.

— Não podemos — reiterou ela com pesar. Era difícil ser firme quando tudo em que conseguia pensar era em como era bom senti-lo.

— Certo. — Tristan se afastou, reabotoando o vestido dela e puxando as saias para baixo. — Diremos que estávamos discutindo.

Ele fechou a calça e enfiou a camisa para dentro novamente. Fazer amor — ainda mais na maldita mesa de bilhar de Grey — tinha sido extremamente imprudente, mas não podia se arrepender. Jamais se arrependeria de estar com Georgiana, não importavam as consequências.

Ela girou lentamente, tentando olhar para a parte de trás do vestido.

— Como estou?

— Está linda.

O rubor coloriu as bochechas dela, já coradas do sexo.

— Não foi isso que eu quis dizer. Estou intacta?

— Tudo em seu lugar, Georgiana — murmurou.

Mesmo agora, a queria novamente, apesar de, no momento, parecer mais com uma necessidade de protegê-la. Cedendo ao impulso, a puxou para seus braços, aninhando a cabeça dela em seu ombro.

Georgie suspirou, relaxando contra o corpo dele e envolvendo a cintura com os braços.

— Fico feliz que você tenha me contado — confessou. — Se não tivesse, eu...

— Você jamais confiaria em mim de novo — completou Tristan. — E por que você me contou sobre Westbrook?

— Pelo mesmo motivo, suponho.

O próximo passo era simples e óbvio: precisava pedir Georgiana em casamento. Mas não queria que ela pensasse que estava simplesmente com ciúmes, ou tentando escapar de Amelia e usando-a como o método mais conveniente para fazê-lo.

Então, cheio de remorso, a soltou.

— Melhor voltarmos, ou perderemos o bolo e os morangos. Estou bastante faminto.

Os olhos de Georgiana brilharam.

— Sim, você parece ter um apetite e tanto.

— Apenas quando estou com você.

Ao menos a fizera esquecer, por alguns minutos, que outra pessoa agora detinha suas meias e sua carta, mas quando Georgiana aceitou o braço dele e os dois saíram do salão de bilhar, o divertimento satisfeito nos olhos dela se esvaiu, substituído pela preocupação mal-encoberta que frequentemente percebia neles. Tristan sabia disso, porque não conseguia tirar os olhos dela enquanto Georgie se reunia novamente com os outros e ia checar o progresso do navio de Bradshaw.

Queria ver aquela expressão de preocupação desaparecer para sempre dos olhos de Georgiana. E queria acordar de manhã com ela ao seu lado, e poder tocá-la e beijá-la sem precisar arrastá-la para chapelarias para isso.

— Está tudo bem? — perguntou Grey de trás dele.

Tristan se virou, estampando uma expressão de divertimento exaurido no rosto.

— Nada que um copo de uísque não cure — respondeu. — Por quê?

— Porque parece que alguém espancou você e Shaw até a beira da morte e você foi banido do White's. Não é, exatamente, um dia comum na sua vida.

— Hummm. Achei que foi bastante tranquilo.

— Está bem. Não me conte. Mas fique sabendo — alertou o duque, aproximando-se e baixando o tom de voz — que se você magoar Georgiana novamente, vai se arrepender.

Depois do que Tristan tinha passado durante o dia para evitar justamente isso, não se conteve.

— Eu lhe garanto — retrucou, com o mesmo tom severo — que estou levando tudo isso muito a sério. E, se você me ameaçar de novo, é melhor fazê-lo com uma pistola na mão.

Grey assentiu com a cabeça.

— Era só para garantir que nos entendemos.

— Acho que nos entendemos, sim.

Precedida por um suave aroma de lavanda, Georgiana apareceu entre os dois.

— Minha nossa — disse ela —, vocês dois estão batendo o pé e bufando como dois touros. Comportem-se, ou então levem sua querela para o pasto.

— Grosseiro — disse Grey, afastando-se para se juntar à esposa.

— Eu é que ia dizer isso — protestou Tristan, sem conseguir se conter e segurando a mão de Georgiana. — Preocupada comigo?

— Emma acabou de redecorar este salão. Não queria que vocês quebrassem nada.

Os olhos dela brilharam, e a secura repentina na garganta de Tristan o fez engolir em seco. Ninguém além de Georgiana conseguia fazê-lo se sentir como um menininho ingênuo.

— Venha ver o galeão que Edward desenhou — continuou ela, puxando sua mão. — Ele vai ser o grumete, sabia?

— E todos nós nos juntaremos à tripulação como piratas, sem dúvidas.

Edward se levantou prontamente.

— Podemos?

Tristan ergueu a sobrancelha.

— Não.

— Ah, eu gostaria de ser pirata — revelou Edwina. — Todos poderíamos usar calças e falar obscenidades.

— Sim! — Edward galopou até a tia. — E Dragão pode ser o mascote do navio!

— Dragão? — perguntou Emma, rindo.

— Meu gato — explicou Edwina.

— E eu poderia cavalgar meu pônei no convés!

— Meu senhor — exclamou Georgiana, engasgando e rindo até ficar sem ar —, seríamos o tormento dos sete mares.

— Nós seríamos a piada dos sete mares, quer dizer — corrigiu Tristan, o coração acelerando ao ver o sorriso dela.

— Bem, se meu almirantado ficar sabendo que meu primeiro navio contará com gatos, pôneis e tias de calças, é melhor mesmo eu virar pirata — disse Bradshaw secamente. — Suponho que a senhora vai querer bordar nosso símbolo do crânio com os ossos cruzados, tia Milly?

— Ah, certamente não. Não um crânio. Talvez uma xícara de chá. É muito mais civilizado.

Até mesmo Frederica estava rindo agora.

— Então você deveria sugerir isso para a Companhia das Índias Orientais.

— Vocês não conseguem ouvir os gritos de pavor enquanto içamos nossa bandeira de xícara de chá? — brincou Andrew, que estava sentado ao lado de tia Milly.

— Eu é que estarei gritando. — Tristan pegou seu relógio de bolso. — Crianças e piratas, já é quase meia-noite e meia. Acho que precisamos nos despedir.

Se estivesse sozinho, teria ficado a noite toda, ou ao menos até Georgiana ir embora. Depois das últimas semanas, não gostava que ela ficasse longe de seus olhos. Muitas coisas ainda podiam dar errado.

Ela e Frederica também decidiram ir embora, então ao menos ele pôde acompanhá-la escada abaixo até a porta da frente.

— Cuide-se — recomendou, desejando poder lhe dar um beijo de boa-noite.

— Eu me cuidarei. E irei visitar Amelia amanhã.

— Boa sorte. — Relutantemente, Tristan soltou sua mão e ela desapareceu dentro do coche da tia. — Depois me avise do que acontecer.

— Ah, sim. Pode apostar que avisarei.

— Mas não no White's — comentou a duquesa viúva enquanto um lacaio fechava e trancava a porta.

Se ter sido banido do White's fosse seu único problema, seria um homem feliz. Suspirando, Tristan acomodou a família nos dois coches que os levaram. Edward estava com tanto sono que permitiu que Bradshaw o carregasse em cima do ombro. Todos precisavam de uma boa noite de sono. Ele, é claro, precisava fechar suas contas mensais esta noite para poder se encontrar com o advogado pela manhã e determinar quantos dias ele ainda tinha antes de precisar se casar ou começar a vender as propriedades.

Por mais funesto que isso fosse, ainda estava mais preocupado com o encontro de Georgiana com Amelia. Aquela moça o surpreendera com seu veneno, e só podia torcer para que Georgie tivesse mais sorte. Do jeito que as coisas estavam se desenrolando, contudo, duvidava que ela conseguiria. Então precisava bolar outro plano.

Tristan sorriu ao se acomodar na escuridão do coche. Depois desta noite, achava saber exatamente o que esse plano requereria.

Frederica Wycliffe acompanhou Georgiana até o segundo piso da Residência Hawthorne. Alguém precisava dizer alguma coisa, e com os pais de sua sobrinha distantes, essa tarefa cabia a ela.

Parou na porta do quarto da jovem.

— Georgiana?

Sua sobrinha parou com um meio sorriso distraído no rosto.

— Sim, tia?

— Ele vai pedi-la em casamento?

— O quê? — Georgiana corou. — Tristan?

— Westbrook já pediu, e você o dispensou. Sim, Dare. Vai?

— Eu não sei. Céus, o que a faria perguntar isso?

— Só Deus sabe por que, mas você tem um apego por aquele homem há anos. E sei que partiu seu coração no passado. Vai dar a ele a oportunidade de fazê-lo novamente?

Georgiana riu.

— Estou bem mais velha e sábia hoje em dia. E ainda não decidi se gosto dele ou não.

— Francamente... — suspirou a duquesa, sem conseguir evitar o ceticismo em sua voz. — Pareceu-me que você já havia se decidido quanto a isso.

O sorriso de Georgiana desapareceu.

— Existe algo que a senhora queira me dizer, tia Frederica?

— Apenas alguns dias atrás, você estava histérica por conta dele. Admito que Dare parece ter amadurecido desde a morte do pai, mas você acha que ele é alguém a quem você possa entregar seu coração, minha querida?

— Essa é uma ótima pergunta. Eu a avisarei quando souber da resposta. — Georgiana deu as costas para a tia, seguindo na direção de seu quarto. — Eu realmente gostaria que meu coração e minha cabeça tomassem as mesmas decisões, no entanto.

Frederica franziu o cenho. Isso era ainda pior do que imaginara.

— Não gostaríamos todos?

Capítulo 20

*E uma coisa eu digo, com certeza: quem vier
a desposá-la ficará cheio de ouro.*
— Romeu e Julieta, Ato I, Cena V

Tristan queria bater a cabeça em alguma superfície dura.

— Sei que é ruim — grunhiu, contentando-se em olhar irritadamente para o advogado, do outro lado da mesa. — Estou vendo os números com a mesma clareza que você.

— Sim, milorde, é claro que está — concordou Beacham em um tom apaziguador, empurrando os óculos para cima. — O que quis dizer é que a situação é *muito* ruim. Insustentável, quase.

— Quase — repetiu Tristan, apegando-se àquela palavra como um salva-vidas. — Então é remediável.

— Hum, bem, veja...

— O quê?

Tristan esmurrou a mesa.

O advogado deu um pulo, e os óculos escorregaram por seu nariz. Engolindo em seco, ele os empurrou de volta para o lugar.

— A propriedade de Glauden, em Dunborough, é alienável, milorde. Conheço vários nobres, e até mesmo um ou dois comerciantes, que estão procurando por um terreno pequeno na Escócia. Para caçar, o senhor sabe.

Tristan meneou a cabeça.

— Glauden está na minha família há duzentos anos. Não serei eu quem vai perdê-la.

E Robert tinha passado o último inverno lá. Se Bit se sentia confortável em algum lugar, Tristan não iria tirar isso do irmão.

— Para ser sincero, milorde, mesmo conhecendo sua... habilidade para as apostas, e até mesmo depois de ver os resultados, não sei ao certo como o senhor conseguiu se manter solvente. É, realmente, uma espécie de milagre.

— O que importa é que *eu* não quero ser o homem que começará a vender qualquer uma das propriedades da família. Dê-me outra opção.

— O senhor já vendeu a maioria dos pertences pessoais. Seus cavalos, com exceção de Charlemagne, o iate, a cabana de caça em Yorkshire, o...

— Seja prestativo, Beacham, pelo amor de Deus — interrompeu Tristan. Sabia o que tinha vendido, mas não era o suficiente. — Do que preciso para conseguir pagar meus impostos, minha criadagem, e a comida que ponho na mesa pelos próximos três meses, me diga?

— De outro milagre — murmurou o advogado, passando a mão pela cabeça quase calva como se aquilo fosse estimular sua atividade cerebral.

— Em números, por favor.

Beacham suspirou, inclinando-se para a frente para abrir um dos livros-razão das centenas que parecia ter.

— Trezentas libras por mês.

— É bastante.

— Sim. A maioria dos seus credores continuará honrando os contratos por mais alguns meses, mas somente se o senhor não assumir novas dívidas.

Tristan supunha que essa era uma boa notícia, mas se sentia como alguém que chamara um padre para proferir as últimas bênçãos.

— Muito bem. Posso conseguir trezentas libras.

Não fazia ideia de como, mas conseguiria, porque era necessário.

— Está bem, milorde.

— E agora a má notícia — continuou Tristan. — Para pagar todos os meus credores, ter recursos para sementes, para o rebanho, tudo. Quanto?

— Tudo, milorde? Não gostaria de vislumbrar um número mais... prático?

— Estou aguardando o dia em que você responderá uma pergunta sem fazer algum comentário antes — ralhou Tristan, fitando o advogado com irritação.

Se começasse a destruir as coisas, o pobre Beacham poderia morrer de pavor.

— Sim, milorde. Para poder retomar para si mesmo e para as propriedades uma condição de adimplência de uma só vez, o senhor precisaria, aproximadamente, de 78.521 libras.

Tristan piscou.

— Aproximadamente — repetiu.

Ao menos, quando dava o golpe de morte, Beacham o fazia com precisão.

— Sim, milorde. Que podem ser pagos em parcelas, é claro, o que provavelmente é mais inteligente e mais fácil de conseguir pôr em prática, mas isso acabará aumentando a quantia de dinheiro necessária.

— É claro.

A quantia era próxima do que esperava, mas ouvir outra pessoa confirmar o número tornava tudo pior, de alguma forma.

— Quanto tempo tenho para conseguir as trezentas libras para este mês? — perguntou, recostando-se em sua poltrona velha e confortável.

— Meu palpite seria de uma semana, ou duas, se o senhor conseguir... fechar alguma aposta contra as pessoas certas. E vencer, é claro.

— Não tenho tido muito tempo para apostas ultimamente.

Havia, também, o fato de que ele fora banido do White's, o local onde sempre encontrara seus mais abastados oponentes.

Beacham pigarreou.

— Se me permitir a ousadia, ouvi dizer, milorde, que o senhor está cortejando uma jovem com a intenção de desposá-la. Como o senhor se recusa a vender qualquer propriedade, talvez essa seja a única alternativa viável.

— Sim, tenho alguém em mente, mas ela precisará ser convencida.

O destino podia ser caprichoso, mas também parecia saber o que estava fazendo. Lady Georgiana Halley tinha um rendimento anual de quase 20 mil libras e, mesmo sem seu dote, por acaso sabia que ela investira seu dinheiro com sabedoria nos últimos seis anos. Todas as propriedades de sua família seriam salvas em uma questão de segundos assim que ela dissesse os votos. O problema era que Tristan não sabia se podia convencê-la a dizê-los.

A determinação em torná-la sua esposa tinha mais a ver com uma necessidade urgente e desejo do que com dinheiro. Se Georgiana fosse uma pobretona, sua obsessão provavelmente acabaria com ele no tribunal de Old Bailey por falência. Se ela o rejeitasse... Não, não pensaria nisso.

O advogado se mexeu, e Tristan retornou ao presente.

— Obrigado, Beacham. Marquemos nossa próxima reunião para a terça-feira que vem, e veremos se estarei em uma condição melhor ou pior do que hoje.

— Está bem, milorde.

Pela expressão do advogado, ele não esperava que as coisas melhorassem. O próprio Tristan tinha suas dúvidas quando a isso.

Teria de contar a Georgiana exatamente o quanto estava desesperado pelo dinheiro dela antes de pedi-la em casamento. Eles contornaram sentimentos e problemas de verdade por anos. Já passara da hora de falarem a verdade.

A pior parte de tudo era que *queria* se casar com Georgiana. Quando Amelia lhe contou sobre a carta e as meias, aquilo se tornou a questão mais importante em seu calendário. Precisava proteger Georgiana de quaisquer rumores que emergissem.

A ideia de viver sem ela era completamente inaceitável. Mesmo que isso significasse vender cada maldita peça de roupa. Não conseguia considerar o matrimônio com qualquer outra pessoa. Seria ela, ou mais ninguém. E *seria* Georgiana.

Uma coisa que aprendera em meio a esse caos era simples: precisava dizer a verdade, não importava quão furiosa ou magoada ela pudesse ficar. Sabia que podia cortejá-la, se tivesse tempo. Georgiana precisava ver, repetidamente, que ele mudara.

Mas três meses não pareciam suficientes para se redimir, muito menos os dois dias do ultimato de Amelia Johns. Com quatro irmãos, duas tias e um bocado de propriedades, todas ocupadas por criados que dependiam de Tristan para colocar comida na mesa e roupas em seus corpos, ele não tinha muita alternativa.

Tristan subiu para se arrumar para ir à Câmara dos Lordes. Ao passar pela porta aberta do quarto de Robert, deu uma olhada para dentro, esperando ver o irmão sentado à janela, lendo. Em vez disso, Robert estava colocando um casaco de cavalgada.

— Bit? — chamou, parando abruptamente.

O irmão olhou-o por cima do ombro e colocou um par de luvas.

— O quê?

— O que você está fazendo?

— Vestindo-me.

Continuando a fazê-lo, Bit colocou um chapéu de pele azul sobre o cabelo preto longo demais.

— Por quê?

O antigo Robert, aquele antes de Waterloo, teria feito algum comentário sobre não querer sair à rua nu em um dia tão frio. Este Bit, no entanto, passou em silêncio por ele.

— Você está bem, ao menos?

— Sim.

Aquilo tinha que bastar, embora Tristan desejasse ter tempo para seguir Robert e se certificar de que realmente estava bem. No entanto, segui-lo não levaria a lugar algum. Além de ser muito bom em não se deixar seguir, Bit precisava de ajuda, e Tristan não fazia ideia de que tipo de ajuda, ou quem seria a melhor pessoa para fornecê-la.

— Dane-se — resmungou, seguindo até o quarto.

Georgiana era a única com quem Bit parecia conseguir conversar em frases inteiras, e ela estava a caminho da casa de Amelia Johns para negociar. Que porcaria de dia *maravilhoso* todos estavam tendo, pensou com sarcasmo.

— E aonde você vai?

Georgiana deu um pulo, quase arrebentando o botão de sua peliça ao se virar.

— Tia Frederica, a senhora me assustou!

— Percebi.

A duquesa viúva continuou olhando-a, erguendo uma sobrancelha para a escolha de traje.

Georgiana olhou para o próprio vestido. Verde-claro e bastante simples, provavelmente era o mais modesto que tinha. Parecer o mais inocente possível lhe parecera uma boa ideia.

— Tenho alguns afazeres a cumprir. — Aquilo não pareceu fazer a tia querer continuar seguindo-a pelo corredor, então ela sorriu. — Quer alguma coisa da Mendelsohns?

— Ah. Eles têm uma renda nova que quero ver. Importa-se se eu a acompanhar?

Droga. Não podia levar a tia a tiracolo à casa de Amelia para pedir suas meias de volta. Bem, era isso que merecia por tentar enganá-la.

— É claro que não. Apenas pensei que a senhora acharia tedioso.

— Besteira. Vou pegar minha bolsa.

Frederica saiu da porta bem quando Pascoe apareceu.

— Lady Georgiana — disse o mordomo —, a senhorita tem uma visita. Devo informar que não está?

Ele. Uma visita poderia ser qualquer pessoa, e ela sabia que o marquês de Westbrook apareceria por lá aquela tarde. Mas é claro que seu coração disparou de toda forma, apenas com a possibilidade de ser Tristan. Sua tia tinha parado de novo e Georgiana conteve um suspiro. O subterfúgio era muito mais difícil do que imaginava.

— Sim, por favor, transmita minhas desculpas, Pascoe.

— Está bem, milady.

O mordomo se encaminhou para a escada.

Praguejando para si mesma, Georgiana o observou descê-las.

— Pascoe, quem é, afinal? Você não informou — gritou ela.

O mordomo parou.

— Ele não tinha um cartão, milady, senão eu o teria entregue à senhorita. É Robert Carroway, acredito. Tudo que o cavalheiro disse é que queria lhe falar.

— *Robert* Carroway? — Georgiana correu escadaria abaixo. — Importa-se em esperar, tia?

— Não se preocupe, querida. Vou almoçar com lady Dorchester. Sua agenda é errática demais para mim.

— Obrigada!

Georgiana sorriu ao chegar à porta da sala de visitas — e quase colidiu com Bit ao entrar correndo no recinto. Ele deu um passo atrás, evitando-a, embora parecesse estar de saída. Aquilo não a surpreendia.

— Bit, bom dia — cumprimentou, afastando-se para dar espaço a ele.

— Minhas desculpas — murmurou, como se falar o machucasse. Passou por ela apressadamente, saindo no saguão. — Foi um erro.

— Eu estava saindo para fazer uma caminhada — disse para as costas dele, jogando a bolsa para Pascoe, que a pegou e escondeu atrás do corpo sem nenhuma outra reação além de uma sobrancelha erguida. — Gostaria de me acompanhar?

Robert desacelerou, concordando com a cabeça. Ela precisava de um acompanhante. Mary estava no piso de cima remendando o vestido que ela usara na noite anterior na casa de Grey e Emma e que, misteriosamente, perdera dois botões. Uma criada do piso inferior emergiu de uma porta, com os braços cheios de toalhas de mesa.

— Josephine, por favor, largue essas toalhas e acompanhe-me em uma caminhada.

— E-eu, milady?

Pascoe se adiantou.

— Faça o que lady Georgiana ordenou, Josephine. Imediatamente.

Logo estavam na rua. Robert andava tão rápido que Georgiana não teve sequer tempo de pegar o *bonnet* ou a sombrinha.

— Robert — disse, tentando alcançá-lo sem precisar correr —, seu ritmo é um tanto vigoroso para uma caminhada.

Ele desacelerou imediatamente, permitindo que Georgiana se aproximasse, mas o maxilar estava cerrado com tanta força que ela não achava que Bit teria falado qualquer coisa, mesmo que quisesse. Bem, se aprendera alguma coisa com a duquesa, era como tagarelar sobre nada até a outra pessoa se sentir confortável para também se pronunciar.

— Esqueci de dizer a Edward ontem à noite — começou — que ele devia datar e assinar seus desenhos. Quando os vir futuramente, terão mais valor se souber quando os desenhou.

— Também tenho dificuldade em me lembrar das coisas, às vezes — comentou Robert em sua voz baixa e silenciosa.

Sucesso.

— Eu também, embora dependa do que se trata — continuou Georgiana, depois de dar um tempo para Robert prosseguir, se quisesse. — Sou boa com rostos, mas, quando se trata de onde ou quem disse o quê, minha mente tem mais buracos que um metro de renda.

— Duvido disso, mas obrigado por dizê-lo. — Bit respirou fundo, soltando o ar em um suspiro. — Algum dia a pedi em casamento?

— Não. Você foi um dos poucos que não pediram.

— Eu era um idiota.

Georgiana riu, embora um suspiro de inquietação tenha soprado por seu corpo. Estar envolvida com o irmão dele já era difícil o bastante, e não queria magoá-lo.

— Você era, ainda é, independente.

— Tão independente que não consigo me obrigar a sair de casa, na maioria dos dias.

— Você está aqui hoje.

Algo que se assemelhava a um sorriso tocou-lhe os lábios.

— Você gosta de Dare hoje. Não tinha certeza de que iria querer conversar comigo amanhã.

— Sempre vou conversar com você, Robert. Independentemente do que possa acontecer entre mim e Tristan.

Ele assentiu com a cabeça.

— Ótimo. E você sempre pode conversar comigo. Já me disseram que sou um bom ouvinte.

Bit olhou-a de lado por detrás dos longos cílios pretos, como que para se certificar de que Georgiana entendera que a estava provocando.

— Estou vendo que você não perdeu seu senso de humor.

— Não totalmente.

Chegaram ao limite leste do Hyde Park, que estava repleto de cavaleiros e coches àquela hora da manhã. Embora Robert não tenha dito nada, Georgiana podia sentir que ele estava ficando cada vez mais perturbado com a presença da multidão.

— Você já comeu os doces da Johnston's?

— Não.

— Então comprarei um para você.

Georgiana virou-se para o sul, na direção oposta à do parque.

— Não. Preciso ir.

Um músculo no maxilar dele se contraiu, o semblante era igualmente exausto e raivoso — consigo mesmo, ela imaginou. Os Carroway eram homens orgulhosos, e Robert devia odiar o fato de que ela podia perceber sua angústia.

Retornaram pela rua Regent, caminhando lado a lado em silêncio com Josephine em seu encalço. Queria perguntar a Bit se havia uma razão em especial para ele ter decidido visitá-la hoje, ou se havia algo em específico que queria lhe dizer. Mas não queria afastá-lo ou deixá-lo tão desconfortável a ponto de não querer voltar.

Quando chegaram à Residência Hawthorne, Georgie pediu a um cavalariço que buscasse o cavalo de Robert.

— Fico feliz por você ter vindo — disse. — E falo sério: sempre que quiser conversar, estarei à disposição.

Os olhos azuis intensos a fitaram por um longo momento, deixando-a com a sensação de que Robert podia ler seus pensamentos.

— Você é a única pessoa que não faz com que eu me sinta como Pinch — contou ele, por fim.

Georgiana franziu o cenho.

— Pinch?

— Você sabe, de *A Comédia dos Erros*. "Com eles vinha um tipo denominado Pinch, um magricela, uma espécie de esqueleto, um saltimbanco, um charlatão e tirador de sortes, um pobre-diabo de olhos encovados, um biltre de olhar baço, um morto-vivo."

A citação e o tom grave e seco da voz a perturbaram.

— Para alguém que alega ter problemas de memória, você se lembrou disso muito bem.

Aquele quase-sorriso débil tocou os lábios dele novamente, e então desapareceu em um instante.

— Passei sete meses em uma prisão francesa. Decorei esse trecho, um velho livro de peças era a única coisa que tínhamos para ler. Nós éramos... encorajados a permanecer em silêncio. O tempo todo.

— Robert... — murmurou ela, esticando a mão em sua direção.

Ele se afastou.

— Não há... nada pior; não se deixe ser encurralada, Georgiana, não importa se isso significa ficar com Tristan ou não. Não desista porque é mais fácil. Se o fizer, nada restará. Foi isso que vim lhe dizer.

Ele montou no cavalo e partiu ruidosamente pela viela de entrada.

Inquieta, Georgiana se sentou nos degraus da frente. Robert não falava muito, mas quando falava...

— Minha nossa — sussurrou.

Por mais terrível que fosse o que lhe contara, aquilo ajudava a esclarecer as coisas. Não permitiria que ninguém mais ditasse como viveria o resto de sua vida. Amelia Johns detinha algo que não lhe pertencia — e Georgiana pretendia retomá-lo.

―⁂―

O mordomo dos Johns levou Georgiana até uma sala de visitas no térreo, onde uma dúzia de jovens damas da idade de Amelia estava reunida, rindo e comendo sanduíches.

Amelia se levantou para cumprimentá-la com um sorriso em seu belo rosto oval.

— Boa tarde, lady Georgiana. Eu jamais esperaria vê-la por aqui.

— Bem, eu precisava de uns minutos para conversar com a senhorita sobre um assunto, srta. Johns — explicou Georgiana, sentindo-se desconfortável. Fora Tristan, Amelia era a única pessoa que sabia o que tinha feito, e que possuía os meios para arruiná-la perante a sociedade.

Olhando-a, contudo, com os olhos bonitos e inocentes e suas amigas risonhas, Georgiana não pôde evitar pensar que Tristan devia ter interpretado mal os motivos da garota para ter guardado a carta e as meias. Talvez só estivesse com ciúmes. Afinal de contas, Tristan demonstrara interesse por Amelia, e ele era devastadoramente atraente, além de que Georgiana *tinha* prometido ajudá-la. Em certo sentido, tudo aquilo era culpa sua.

— Certamente deveríamos conversar — respondeu Amelia —, mas a senhorita não gostaria de tomar um chá primeiro?

Georgiana forçou um sorriso.

— Seria ótimo. Obrigada, srta. Johns.

— Ah, pode me chamar de Amelia. Todos chamam.

— Está bem. Amelia, então.

Sua anfitriã virou-se para as outras garotas na sala.

— Meninas? Tenho certeza de que vocês conhecem lady Georgiana Halley. O primo dela é o duque de Wycliffe.

— Ah. Ouvi dizer que ele se casou com uma governanta — exprimiu uma delas. — É verdade?

— Emma era a diretora de um colégio de meninas — explicou Georgiana. O clima na sala parecia... estranho. Quase hostil. Os pelos da nuca de Georgiana se arrepiaram. — E prima de um visconde — acrescentou, aceitando uma xícara de chá de um lacaio.

— E agora é duquesa — observou Amelia, indicando que Georgiana se sentasse ao seu lado. — Então nada de seu passado tem importância alguma.

O olhar que lançou parecia cheio de segredos, como se estivesse instigando Georgiana a dizer algo em defesa do caráter da mulher. Começando a sentir que a irritação estava florescendo, bebericou seu chá. Ela podia estar em menor número ali, mas certamente não estava desarmada.

Embora já as tivesse visto em vários eventos durante a temporada, Georgiana não conhecia muito bem a maioria das garotas. Eram filhas e sobrinhas de barões e cavaleiros, em sua maior parte, e uma ou outra neta de um nobre de classe mais alta adicionada à equação para equilibrar as coisas.

As meninas começaram a conversar novamente, coisas mundanas, como o tempo e moda, e ela relaxou um pouco. Talvez só estivesse nervosa e interpretando mal as coisas.

— Lady Georgiana — disse Amelia suavemente. — Estou surpresa por vê-la aqui.

— Eu queria me desculpar com a senhorita — respondeu Georgiana.

— É mesmo? E por quê?

— Por lorde Dare. Meus planos saíram alarmantemente dos trilhos, receio.

— Como?

Depois de ver o bilhete, Amelia certamente sabia. Se queria ouvir outro pedido de desculpas, no entanto, Georgiana estava disposta a atendê-la. Olhando para as outras meninas, disse:

— Acho que esta conversa requer um pouco mais de privacidade, se não se importar.

— Humm. Suponho que minhas convidadas possam ficar sem mim por uns minutos. — Amelia se levantou, puxando Georgiana consigo. — Podem nos dar licença por um instante?

O burburinho e os risos não diminuíram enquanto Georgiana seguia a anfitriã para fora da sala de visitas e atravessava um corredor até uma sala menor, com vista para a rua silenciosa.

— Sua casa é realmente linda — comentou, admirando novamente a decoração cara e de bom gosto.

— Obrigada. Agora, você veio aqui para pedir desculpas por suas... indiscrições com Tristan? Isso não é necessário, garanto.

Georgiana engoliu uma resposta. Amelia tinha o direito de estar zangada.

— É necessário porque eu lhe disse que a ajudaria a se casar com ele, e acabei fazendo tudo errado.

— Bobagem. Você é o motivo pelo qual Tristan *será* o meu marido.

Seja gentil, lembrou Georgiana a si mesma.

— É tudo um terrível mal-entendido, e me sinto péssima. Eu só queria ajudá-la. Você deve acreditar nisso.

— Não acredito nem por um segundo — respondeu Amelia, o sorriso calmo ainda estampado em seu rosto. — Mas, como disse, não significa nada. Eu me decidi por lorde Dare, e me casarei com lorde Dare.

— Chantageando-o? — ralhou Georgiana, antes que conseguisse se conter.

A garota deu de ombros.

— Não sou tola de não usar de artifícios que apareceram em meu caminho.

Perguntas diretas e indignação pareciam estar rendendo melhores resultados.

— Você os roubou.

— E como Tristan os conseguiu? Por favor, conte.

Georgiana abriu a boca para dar uma resposta brusca, mas se conteve. Brigar não adiantaria de nada.

— Amelia, o que aconteceu entre mim e Tristan foi totalmente inesperado, mas não pretendo permitir que você use disso para prejudicar qualquer um de nós. Você não faria algo tão... desnecessário, que prejudicaria tanto sua amizade com Tristan quanto comigo.

— Não somos amigas, lady Georgiana. Somos rivais. E eu venci.

— Não acho que isso seja uma disputa, Ame...

— E minhas ações *são* necessárias porque Tristan já me informou que não tem intenção alguma de se casar comigo. — Ela suspirou. — Suponho que ainda não precise fazê-lo, mas o que acontecerá em seguida, nesse caso, será culpa *dele*. Eu disse que você o estava enganando e lhe ensinando uma lição, então Tristan não vai querê-la agora, de toda forma. Assim que estivermos casados, devolverei seus pertences nojentos e todos podemos ser felizes.

E pensar que Georgiana achava que Amelia era uma garota ingênua e indefesa. Por um bom tempo, ficaram apenas olhando uma para a outra, e então Georgiana se virou e foi embora.

Seu primeiro instinto, ao entrar no coche de sua tia, foi encontrar Tristan, contar que tinha razão e ver se ele bolara algum plano.

Ao analisar o problema, contudo, uma coisa insistia em retornar à sua cabeça. Realmente tinha provocado tudo isso para si mesma. Primeiro, decidira que Tristan precisava aprender uma lição e que era a única que podia aplicá-la. Depois, falhara em sua missão, emaranhando sua vida com a dele novamente.

Mas ela queria Tristan Carroway. Como Robert dissera, não podia desistir e aceitar o futuro que outra pessoa lhe relegara. Eles precisavam conversar para que pudesse decidir se poderia, um dia, confiar nele tanto quanto seu coração desesperadamente desejava.

Georgiana debruçou-se na janela.

— Hanley, por favor, leve-me à Residência Carroway — ordenou. — Quero visitar a sra. Milly e a sra. Edwina.

O motorista assentiu com a cabeça.

— Está bem, milady.

Capítulo 21

O que dizeis? Sois capaz de amar o jovem?
— *Romeu e Julieta*, Ato I, Cena III

Quando Tristan voltou para casa no intervalo vespertino do Parlamento, foi direto para o escritório. Sabia muito bem que jamais conseguiria novecentas libras nos próximos três meses, mas precisava de audácia para dar a si mesmo alguns dias de respiro — para planejar como é que iria convencer Georgiana a se casar com ele sem arruiná-la no processo.

— Milorde?

Dawkins bateu à porta do escritório.

— O que foi?

— Coube a mim informá-lo de que lady Georgiana está aqui, visitando a sra. Milly e a sra. Edwina.

Tristan se levantou prontamente e foi até a porta, abrindo-a com tanta força que o mordomo quase caiu para trás.

— Quem lhe pediu para me informar dessa visita?

— Lady Georgiana, milorde. Estão no salão matinal. Ela chegou há um tempo, mas não acho que saiba que o senhor está de volta.

— E por que não disse a ela que estou aqui?

— Eu estava na despensa, milorde, inspecionando.

— Você quer dizer dormindo.

O mordomo se endireitou na hora.

— Milorde, eu...

— Esqueça.

Se Georgiana estava ali, então tinha conversado com Amelia. Parte dele estava torcendo para que ela tivesse convencido a moça a abrir mão da carta e das meias — se nada comprometesse Georgiana, podia pedir a mão dela hoje mesmo. Mas a outra parte, a que queria chegar como um cavaleiro medieval e libertar a donzela do dragão, torcia para que Amelia a tivesse refutado. Era culpado por tantas coisas que sentia que isso era responsabilidade sua.

— Boa tarde — cumprimentou, entrando no salão matinal.

Georgiana estava sentada entre as tias, e todas riam. Quando o olhar dela encontrou o seu, soube que ela não fora bem-sucedida. Não importava o que Georgie pudesse tentar dizer, os olhos nunca mentiam.

— Boa tarde — respondeu ela. — Suas tias estavam me contando sobre as travessuras de Dragão.

— Sim. Ainda bem que ele é pequeno, ou estaria demolindo a casa debaixo de nossos narizes. — Tristan se aproximou. — Tias, posso roubar Georgie por um instante?

— Ah, suponho que sim — respondeu Milly, rindo. — Você sempre rouba nossas visitas mais formosas.

— É mesmo? — murmurou Georgiana enquanto passava por ele e saía no corredor. — E quantas visitas formosas você já roubou?

— Apenas você. O que aconteceu?

Ela olhou para um lado e para outro do corredor. Percebendo a relutância, Tristan a levou até a biblioteca e fechou a porta enquanto Georgiana se sentava no sofá.

— Conte-me.

— Achei que você estaria aqui quando eu chegasse — disse ela, com a expressão agitada. — Esqueci-me completamente da reunião no Parlamento e me atrasei para ver Amelia depois de meu passeio com Bit. Ela estava dando um almoço para as amigas, e não sei o que pode ter dito a elas, mas...

— Espere aí — pediu Tristan, sentando-se no braço do sofá. — Pode voltar à parte do *passeio com Bit*?

— Ah. — O divertimento reapareceu brevemente nos olhos femininos. — Parece-me que você não sabia que seu irmão veio me ver, então.

— Ele nunca fala. Como eu poderia saber de qualquer coisa?

— Você podia ter me contado que Robert ficou encarcerado em uma prisão francesa por meses sem poder emitir nem um som — retrucou Georgiana. — Não é de se admirar que tenha tanta dificuldade agora.

Tristan permaneceu sentado, tentando absorver o que ela acabara de contar e conciliar com o comportamento do irmão.

— Meu Deus — murmurou.

Georgie tocou em seu braço.

— Você não sabia, não é?

— Não. Não sabia. Quanto tempo ele...

— Sete meses.

Sete meses.

— Ele esteve mesmo em Waterloo?

— Não sei. Importa?

Tristan reprimiu uma careta, enraivecendo-se pela política que havia mandado o irmão para a França e criado uma burocracia tão ineficiente que ele nem sequer soubera que Robert estivera privado do convívio social por *sete malditos meses*.

— Importa apenas porque removeram cinco balas de mosquete de dentro de Bit e eu gostaria de saber como se chegou a esse ponto. Jesus.

— Tristan — murmurou Georgiana —, ele está vivo e contará a você quando estiver pronto.

Respirando fundo, ele concordou com a cabeça, pegando na mão dela.

— Obrigado.

— Não há por quê.

Tristan se sacudiu. Bit melhoraria. O problema de Georgiana era mais imediato.

— Diga que você tem boas notícias sobre sua missão.

A preocupação se transformou em desespero nos olhos verdes.

— Sabe, na primeira vez em que vi você e Amelia juntos, pensei que aquela pobre criatura não teria chance alguma, e que precisava ser resgatada — disse Georgiana, entrelaçando os dedos nos dele. — Não fazia ideia de que ela é a pessoa que menos precisava de resgate em toda a Inglaterra.

— Amelia não devolveu suas coisas.

— Ah, ela ficará mais que feliz em devolvê-las, assim que vocês dois estiverem casados.

O olhar que Georgiana lhe lançou dizia mais do que as palavras jamais conseguiriam expressar. Ela queria saber se Tristan pretendia se casar com Amelia, mas não queria que ele o fizesse. O coração dele palpitou. Se Georgie escapasse por seus dedos novamente, aquilo o destruiria.

— Precisamos de um plano alternativo, pois não vou me casar com aquela bruxa.

— Humm. E o que você sugere? — Ela alisou a saia do vestido. — Se você não se importa, eu preferiria que o... sigilo do nosso relacionamento até este ponto permanecesse secreto.

— O plano que tenho faria com que manter esse sigilo fosse bastante difícil — respondeu lentamente, o coração batendo tão rápido que Tristan achou que fosse explodir do peito.

— Então você precisa pensar em outra coisa. Eu não conseguiria suportar... Ah, é tudo culpa minha. Talvez eu mereça ser arruinada.

— Não, não merece — garantiu Tristan com delicadeza, ajoelhando-se aos pés dela.

A garganta de Georgiana se contraiu quando engoliu em seco.

— Tristan, o que...

— Case-se comigo, Georgiana. Essa notícia abafaria qualquer fofoca que Amelia tente espalhar.

Ela se levantou tão rápido que quase o derrubou.

— Mas isso...

— Mas isso o quê? — indagou ele, levantando-se. — É perfeito.

— Mas... — Georgie caminhou até a janela e voltou, torcendo as mãos. — Quando você foi tão amável comigo depois... daquela noite, pensei que talvez estivesse... tentando me conquistar novamente para se vingar.

Tristan piscou.

— No início, esse pensamento pode ter passado pela minha cabeça, mas, pelo amor de Deus, Georgiana, não percebe que estou sendo sincero? Que tenho sido sincero há um bom tempo?

Virando-se novamente para ele, Georgiana concordou com a cabeça.

— Mas não podemos fazer isso.

O sangue se esvaiu do rosto de Tristan.

— Por que não? Por que diabos não podemos nos casar?

— Porque não quero me casar com você para evitar fofocas ou chantagens, Tristan. Do jeito que começamos, não suportaria ficar imaginando se um de nós fora forçado a se casar por algum motivo.

Um músculo no maxilar dele se contraiu. Georgiana desejou não ter dito aquilo, mas era verdade. Se eles se casassem ou por culpa, ou por proteção, sempre ressentiriam um ao outro, e jamais seria capaz de confiar em Tristan.

— Sempre há um motivo para o matrimônio — retrucou ele, encarando-a. — Você não pode achar que conseguirá evitar todos.

— Mas posso evitar esse. Não permitirei que tente me salvar desse jeito. Posso salvar a mim mesma.

— Georgiana, não...

— Não — interrompeu ela, virando-se para a porta. Precisava ir embora agora, antes que a visse chorando. — Não posso me casar com você, Tristan. Não sob essas circunstâncias.

Ele segurou o ombro feminino e a virou antes que ela sequer percebesse que Tristan a seguira.

— Mas sob outras circunstâncias, você se casaria.

Não era uma pergunta, mas uma afirmação, e quase uma súplica.

— Talvez.

Georgiana se desvencilhou e saiu correndo pela porta.

Em nome das boas maneiras, devia se despedir das tias primeiro, mas as lágrimas começaram a rolar involuntariamente por seu rosto. Desceu a escada correndo, pegou o *bonnet* e o xale do bastante perplexo Dawkins, e entrou correndo no coche de tia Frederica.

— Leve-me para casa.

— Sim, milady.

Precisava conversar com alguém, contar sobre a lambança que fizera. Se contasse a Frederica, contudo, a tia provavelmente contaria a Grey, e então o primo iria atrás de Tristan e um deles iria se machucar. O mesmo aconteceria se recorresse a seu irmão ou a Emma, e não podia recorrer a um dos irmãos de Tristan. Acima de tudo, não queria voltar para casa aos prantos novamente. Se o mundo pudesse parar de girar por uns instantes, talvez tivesse alguma chance de se recompor.

— Hanley — chamou, debruçando-se na janela novamente —, por favor, leve-me à casa de Lucinda Barrett.

O motorista nem pareceu confuso por mudarem de rumo pela segunda vez no meio do caminho para a Residência Hawthorne no meio de Mayfair.

— Sim, milady.

Também podia confiar em Evelyn, mas a amiga sempre insistia em acreditar no melhor das pessoas, o que seria de pouca ajuda a essa altura. Lucinda era quase tão cética quanto ela própria e, por vezes, mais inescrupulosa. Era exatamente desse tipo de amiga que ela precisava no momento.

— Lady Georgiana! — exclamou Madison, o mordomo dos Barrett, ao abrir a porta. — Há algo de errado?

Georgiana secou o rosto molhado.

— Não, não, Madison, estou bem. Lucinda está?

— Vou verificar, milady. Pode aguardar no salão matinal?

Ele a acompanhou até o salão e então desapareceu. Agitada demais para se sentar, ficou andando de uma janela para outra, torcendo as mãos. Aquilo era demais. O dia inteiro estava sendo demais.

— Georgie? O que aconteceu?

Lucinda entrou no salão, vestida com seu melhor vestido vespertino.

— Desculpe — disse, as lágrimas obscurecendo sua visão novamente. Georgiana tentou não piscar, mas aquilo só piorou as coisas. — Não sabia que você ia sair. Vou embora.

Lucinda a interceptou e a levou de volta para o sofá.

— É claro que não. Madison, peça para alguém nos trazer um chá, por favor.

— Sim, senhorita.

— Não sei por que estou chorando — confessou Georgiana, forçando um sorriso e secando as lágrimas novamente. — Acho que estou muito frustrada.

— Conte-me tudo — pediu Lucinda, tirando as luvas e largando-as na mesa de apoio. O mordomo reapareceu com um lacaio trazendo uma bandeja de chá, e ela indicou que deixassem a bebida ali e se retirassem. — E, Madison, se lorde Mallory aparecer para me visitar, por favor, informe que estou lamentavelmente indisposta.

— Sim, srta. Lucinda.

— Mallory? — indagou Georgiana depois que a porta se fechou e elas ficaram sozinhas. — Achei que você tivesse dito que não estava interessada.

— Eu disse, várias vezes, mas ele permite que eu dirija sua carruagem.

— Lucinda estendeu o braço e pegou a mão de Georgiana. — Diga-me, o que aconteceu?

Agora que chegara o momento, Georgiana não sabia ao certo o quanto queria contar. Passara os últimos seis anos querendo guardar segredo, pois falar sobre aquilo era mais difícil do que esperava.

Lucinda pareceu perceber isso.

— Conte somente o que quiser — disse baixinho. — Você sabe que nada sairá destas paredes.

Georgiana respirou fundo.

— Tristan me pediu em casamento.

— *O quê?* Ele o quê?

— Ele me pediu em casamento.

Levantando-se, Lucinda serviu uma xícara de chá para si mesma.

— É em momentos como este que gostaria que as mulheres bebessem conhaque. O que você respondeu?

— Disse que não podia me casar com ele. Não sob essas circunstâncias.

— E quais circunstâncias seriam essas?

— Ah, céus. Eu... dei a Tristan alguns itens pessoais — começou, agitando-se —, e outra pessoa tomou posse deles. Agora, se Tristan recusar se casar com a pessoa que roubou os itens, ela os usará para me arruinar.

— Entendo. — Lucinda tomou um gole de chá e acrescentou um punhado de açúcar. — Não estou tentando bisbilhotar, mas seria mais fácil ajudá-la se você usasse mais substantivos e menos pronomes.

Respirando brevemente, Georgiana concordou com a cabeça.

— Os itens são um par de meias e uma carta. A pessoa que os pegou é Amelia Johns.

— Achei que Dare pretendesse se casar com ela.

— Ele chegou a cogitar.

— Mas agora quer se casar com *você*.

Quando Lucinda verbalizou aquilo, a frase pareceu ter ainda mais significado. Tristan *queria* se casar com ela. Realmente *a* queria.

— Sim. Foi isso que ele disse.

— E quando foi que *isso* aconteceu?

— Vinte minutos atrás. — Georgiana compreendia a confusão da amiga. — Tente me acompanhar aqui, Luce — brincou, dando um leve sorriso.

— Estou tentando. Mas se não fosse pelo fato de Amelia Johns estar tentando chantagear Dare com as suas coisas, o que não faz sentido a essa altura, você se casaria com ele?

— Meu coração quer — sussurrou Georgiana, seus olhos se enchendo d'água novamente. — Minha cabeça ainda não tem certeza.

— Então case-se, e aí não importa o que Amelia fizer.

— Não é tão simples assim. Muitos anos atrás, Tristan participou de uma aposta que... me magoou. De alguma forma, ele conseguiu impedir que as pessoas fofocassem sobre isso, mas tenho receio de con...

— De confiar nele — completou Luce. — Você acha que Dare usaria suas coisas contra você?

— Não. Jamais faria isso. Mas até que essa questão esteja resolvida, não posso confiar que qualquer decisão que um de nós tome seja a certa.

— Então pegue suas meias de volta, Georgie.

— Amelia não quer devolvê-las. Não até que ela e Tristan estejam devidamente casados.

— E eu repito: pegue-as de volta.

Georgiana se recostou no sofá, olhando para a amiga. A ideia de invadir a casa de alguém e roubá-las... É claro que as meias eram suas, afinal de contas. E se as tivesse de volta e a culpa descabida não fosse o motivo pelo qual Tristan a pedira em casamento, talvez ele pedisse novamente. E aí poderia aceitar — embora isso fosse exigir mais coragem de sua parte do que invadir a casa de alguém. De toda forma, queria suas meias de volta.

— Quer ajuda? — ofereceu Lucinda.

— Não. Qualquer problema que advenha disso será apenas meu, Luce. Bem como a decisão de fazê-lo ou não.

Elas terminaram o chá, conversando sobre outras coisas, mais triviais. Lucinda estava tentando acalmá-la, e Georgiana era grata pelo esforço, mas, o tempo todo, estava ruminando sobre o que faria em relação a Amelia Johns.

Era muito fácil dizer que invadiria a Residência Johns e retomaria o que lhe pertencia. Mas decidir se conseguiria fazer aquilo sozinha era outra história. Ela pouparia Tristan de um casamento que ele não desejava, e salvaria a si mesma de um escândalo. Ao mesmo tempo, estaria enviando uma mensagem clara de que queria se casar com ele. Se Tristan ainda tivesse alguma intenção de vingança, entretanto, poderia facilmente aproveitar o momento para partir seu coração.

Mais forte que o medo e a inquietação era a vontade de ouvir Tristan pedi-la em casamento não porque se sentia obrigado, mas porque queria.

Enquanto retornava à Residência Hawthorne, ela se decidiu. Na noite seguinte, haveria o sarau de Everston, e Amelia certamente participaria. Georgiana, por outro lado, estaria fazendo um passeio pela casa da srta. Johns, para reaver suas meias e sua carta.

Georgiana decidiu que a primeira coisa que precisava fazer para se preparar era encontrar as vestimentas adequadas. Remexeu o guarda-roupa até encontrar um velho vestido de musseline marrom e cinza que usara no funeral de um parente distante de uma amiga. Ainda servia, embora estivesse um pouco justo no peito. Como Tristan apontara, estava mais curvilínea agora.

Georgiana sorriu com a lembrança, e então se viu no espelho de corpo inteiro. Aquele sorriso era de uma pessoa apaixonada. Como seus sentimentos chegaram tão longe em apenas algumas semanas, não fazia ideia, mas não podia negar como se sentia.

O verdadeiro teste, supunha, seria quando presenteasse Tristan com as meias e a carta. Ou se descobriria uma grande idiota, ou ele a pediria em casamento de novo — e ela decidiria de uma vez por todas se poderia confiar seu coração a Tristan ou não.

Mary apareceu à porta, e Georgie jogou o velho vestido no guarda-roupa novamente.

— O que foi?

— Lorde Westbrook está aqui para vê-la, milady.

Ah, não. Estava tão preocupada com Tristan e suas meias que nem parara para pensar no pedido de Westbrook.

— Droga. Descerei em um minuto.

Quando chegou à sala de visitas, parou à porta aberta. Westbrook estava sentado em uma das pontas do sofá, com um buquê de rosas na mão e o olhar fixo no fogo que queimava na lareira. Aquele poderia ser seu futuro: calmo, sereno e pacífico. Dormiriam em quartos separados, é claro, e promoveriam o número ideal de jantares a cada temporada para as pessoas certas. Às noites, ele lidaria com a papelada e ela faria bordados. Ele não lhe contaria nada de seu dia, o que poderia magoar a delicada sensibilidade de John.

Georgiana tremeu. Queria noites apaixonadas, risos e discussões sobre preços, política e aleatoriedades, simplesmente porque achava esses assuntos interessantes. Se com isso viriam a raiva e as discussões, tanto melhor.

Georgiana o observou por mais um instante, mas Westbrook não se mexeu. Tristan não conseguia ficar parado enquanto a esperava. Ela pigarreou.

— Georgiana — disse lorde Westbrook, levantando-se quando ela entrou. — A senhorita parece bem.

— Obrigada. Peço desculpas por fazê-lo esperar.

— Não há necessidade.

— Posso oferecer um pouco de chá?

— Obrigado, mas não. Eu... gostaria de saber se a senhorita considerou meu pedido?

— Considerei, John. Não sei ao certo como dizer isso.

Uma leve careta marcou o rosto do marquês, mas logo se foi quando ele abaixou o buquê.

— Você está me rejeitando.

— O senhor é um homem maravilhoso e atencioso, e qualquer mulher seria sortuda em tê-lo como marido. Eu...

— Por favor, Georgiana. Você tomou uma decisão. Faça-me a cortesia de não explicar por que um de nós dois não é compatível. Vamos parar na recusa, e seguirei meu caminho. Tenha um bom dia, milady.

Ainda parecendo totalmente calmo, Westbrook passou por ela, pegou o chapéu e foi embora. Georgiana sentou-se no sofá. Aquilo tinha sido tão fácil que, na verdade, ela estava se sentindo melhor. John fora um perfeito cavalheiro, frio e correto. Não poderia estar, nem de longe, apaixonado por ela, muito menos desesperadamente.

E assim voltara à estaca zero: ansiando por um homem com um título antigo, porém maculado, com uma reputação sombria, sem dinheiro e especialista em tumultos e malandragens. Só que, desta vez, ele a queria tanto quanto ela o queria.

―᭫―

Aquela noite, Georgiana jogou uíste com a tia e escreveu uma carta para a mãe, sem mencionar nada sobre Tristan ou os múltiplos pedidos de casamento, nem coisa alguma além das últimas modas da temporada. Com três outras filhas para casar, a mãe dissera várias vezes que isso era tudo que Georgiana precisava lhe contar. Por sorte, lady Harkley parecia convencida, bem como o restante da sociedade, de que sua segunda filha jamais se casaria, e parara de perturbar Georgiana quanto àquilo.

— Você está bem, minha querida? — perguntou Frederica.

Georgiana se sacudiu.

— Sim, é claro. Por que pergunta?

— Você não ganhou quase nenhuma rodada a noite toda, e nós duas sabemos que é uma jogadora mais calculista do que eu. Sua mente parece estar em outro lugar.

— Estou tentando atraí-la para uma armadilha — respondeu Georgie, esforçando-se para se concentrar no jogo.

— Georgiana — continuou a tia, colocando a mão em cima da dela e parando de embaralhar as cartas —, você é como uma filha para mim, sabe disso. Pode me contar qualquer coisa que quiser, e farei o que puder para ajudar.

— A senhora é como uma mãe para mim — respondeu, com a voz vacilante. — Mas descobri que existem coisas que preciso resolver sozinha.

— As pessoas estão comentando sobre você e Dare, sabe disso. Estão dizendo que os velhos inimigos parecem ter se reconciliado.

— Ele mudou muito — observou, distribuindo as cartas.

Frederica concordou com a cabeça.

— Eu percebi algumas mudanças. Mas não se esqueça de que algumas coisas nunca mudam. Toda aquela família está em sérios apuros financeiros, minha querida. Odiaria pensar que você está sendo manipulada a pensar nas coisas de certa maneira apenas porque ele quer o seu dinheiro.

— Como eu disse — retrucou Georgiana, os músculos das costas enrijecendo, a despeito do esforço para se manter relaxada —, cuidarei disso sozinha.

Sabia que o dinheiro fazia parte da equação. Essa era uma questão que Tristan nunca escondera. E ela era grata por essa honestidade, ou as dúvidas em relação a isso seriam suficientes para abater sua determinação.

— Assim como você cuidou de lorde Westbrook.

— Eu disse à senhora que não o amava.

— E eu disse a você para pensar em segurança e conforto, em vez de seguir seu coração.

— Estou tentando.

— Esforce-se mais.

Tia Frederica finalmente abrandou, e terminaram o jogo conversando sobre amenidades. Quando pediu licença para ir para a cama, a tensão agarrou os ombros de Georgiana novamente. No dia seguinte à noite, teria de resolver as coisas com as próprias mãos. E, se agisse da mesma maneira transparente com que agira hoje, todos saberiam que alguma coisa estava acontecendo.

— Pare, pare, pare — murmurou para si mesma. Se continuasse ficando histérica, a família Johns a encontraria desmaiada na porta da casa.

Aquilo a fez sorrir. Isso causaria algum transtorno a Amelia, de toda forma.

No dia seguinte, encontrou Evelyn e Lucinda para almoçar em seu café preferido, e embora Luce tenha tentado várias vezes descobrir se ela tomara uma decisão ou não, Georgiana achou que se desvencilhou bem das indagações. A curiosidade de Evie era muito mais difícil de contornar.

— Só estou dizendo — explicou a amiga, cortando um pêssego — que pensei que a lição que você ia ensinar a lorde Dare estava relacionada ao perigo de brincar com o coração das mulheres.

— Era exatamente isso, minha querida.

— Então por que todos estão dizendo que ele a está cortejando?

Georgiana corou.

— Não é isso...

— Evie — interrompeu Lucinda —, ouvi dizer que seu irmão retornará da Índia antes do final do ano. É verdade?

A amiga de cabelo escuro sorriu.

— Sim. Preciso admitir que senti saudades de Victor, a despeito de seu hábito irritante de achar que sabe de tudo. Todas as histórias dele são tão românticas... Eu mostrei o cachecol que ele me mandou de Deli?

— Sim — responderam Georgiana e Lucinda em uníssono, rindo depois.

— É lindo. Você deveria usá-lo quando seu irmão chegar — continuou Georgiana.

Surpreendentemente, aquilo fez Evelyn franzir o cenho.

— Minha mãe quer que eu escolha um marido antes do retorno dele — contou, taciturna. — Ela acha que Victor jamais aprovará nenhum dos meus pretendentes, então se encontrar um parceiro antes que possa refutá-lo, será tarde demais para ele fazer qualquer coisa.

— Isso é horrível! Por favor, não diga que você o fará apenas para satisfazer sua mãe — falou Lucinda, pegando a mão de Evelyn.

— Não quero, mas você sabe como ela é. Como os dois são.

Evie estremeceu.

Um garçom se aproximou com mais limonada, e Georgiana sorriu calorosamente para as duas mais queridas amigas. Mais do que qualquer outra pessoa, podia contar com elas para arrancá-la do marasmo, sem forçar perguntas que não queria responder.

— Georgie — sussurrou Lucinda agitadamente —, atrás de você. É Da...

— Boa tarde, senhoritas.

A voz grave e arrastada de Tristan espiralou deliciosamente por sua espinha.

Sem esperar por um convite, ele acomodou-se na quarta cadeira da mesa. Estava usando um paletó cinza-claro que deixava o azul de seus olhos tão intenso quanto o crepúsculo.

— Boa tarde, lorde Dare — respondeu Lucinda, oferecendo-lhe um sanduíche de pepino.

Ele meneou a cabeça.

— Agradeço, mas não posso ficar. Tenho reunião no Parlamento esta tarde.

— Nesse caso, a rua Regent parece ser bastante fora de mão para o senhor, milorde — observou Evelyn.

— Quem você subornou para descobrir onde eu estava? — perguntou Georgiana, sorrindo.

— Ninguém. Usei minha intuição depois que Pascoe disse que você saíra para almoçar. Por acaso sei de seu apreço por sanduíches de pepino, e por acaso também sei que prefere os daqui. Logo, cá estou.

— E por que foi me visitar em minha casa, sendo que precisa comparecer à Câmara dos Lordes em breve?

— Já se passou quase um dia inteiro desde a última vez que a vi — disse Tristan, apoiando o queixo na mão para olhá-la. — Senti sua falta.

Georgiana corou. Sabia que deveria responder algo recatado e espirituoso, mas era difícil pensar racionalmente quando boa parte de seu ser estava ocupada se controlando para não se jogar nos braços dele e encher sua boca de beijos.

— É muito gentil de sua parte dizer isso — foi o que conseguiu responder, reparando na breve expressão de surpresa nos olhos de Tristan, que logo desapareceu.

— Você parecia perturbada quando foi visitar minhas tias ontem. Elas ficaram preocupadas. Posso enviar-lhes um recado seu?

— Sim. Diga a elas... — Parou, pois embora quisesse dizer que estava melhor, isso não a favoreceria se desistisse de ir ao sarau esta noite. — Diga que sinto muito por ter interrompido a visita, mas estava com um pouco de dor de cabeça.

Tristan se aproximou, aparentemente esquecendo que as amigas dela estavam sentadas bem ao lado, e que estavam em um café lotado em plena rua, com uma centena de testemunhas atentas.

— E como está se sentindo hoje?

— Melhor, porém cansada — respondeu baixinho. — Agora vá embora, Tristan.

Um sorriso sensual curvou os cantos da boca dele.

— Por quê?

Georgiana decidiu que ele não conseguia evitar ser desejável e atraente.

— Porque eu o acho extremamente irritante, e você está interrompendo meu almoço.

O sorriso aumentou, chegando a seus olhos.

— Eu também a acho irritante — respondeu suavemente. Recostando-se na cadeira, olhou para as amigas de Georgiana se afastou da mesa. — Tenham um bom dia, senhoritas. Espero vê-las esta noite, sim?

— Ah, sim, no sarau de Everston — confirmou Evie. — Até lá, lorde Dare.

O olhar permaneceu fixo em Georgiana.

— Até lá.

— Minha nossa — disse Lucinda enquanto ele se afastava. — Até minha manteiga derreteu.

Georgiana riu.

— Lucinda!

Sabia do que a amiga estava falando. A conversa fora sensual e íntima e, de alguma forma, muito significativa. Tristan a procurara apenas para saber como estava e para deixar claro que ainda pretendia cortejá-la, independentemente do que acontecesse com Amelia.

Aquilo a deixou mais otimista e motivada. Lamentaria não o ver naquela noite, mas tinha um crime a cometer.

Capítulo 22

*Os amantes e os loucos são de cérebro tão quente, neles a fantasia
é tão criadora, que enxergam o que o frio entendimento jamais pode entender.*
— Sonho de uma noite de verão, Ato V, Cena I

GEORGIANA MANDOU MARY AVISAR TIA Frederica que não iria ao sarau de Everston, e então ficou correndo de um lado para o outro o mais rápido que podia em seu quarto durante 15 minutos. Parando à porta ao final de cada circuito para prestar atenção no barulho, segurou a barra da combinação, correu novamente até a janela e voltou.

Frederica esperaria até o último instante possível para vir vê-la, caso mudasse de ideia. É claro que a tia acharia que Georgiana não queria comparecer por causa de Dare — o que era verdade, mas não no sentido que ela poderia imaginar.

Finalmente, ouviu a duquesa viúva atravessando o corredor e se deitou na cama. Estava sem fôlego e enrubescida, o que era a intenção, mas temia que aqueles sintomas, combinados com o nervosismo extremo, fizessem as pessoas pensarem que estava tendo uma apoplexia.

— Georgiana?

Frederica abriu a porta e colocou a cabeça para dentro do quarto.

— Desculpe, tia Frederica — disse, tentando não ficar sem ar. — Não estou me sentindo bem.

A duquesa viúva se aproximou da cama, abaixando-se para colocar a mão na testa de Georgiana.

— Minha nossa, você está ardendo em febre! Vou pedir para Pascoe chamar um médico imediatamente.

— Ah, não! Por favor, não faça isso. Só preciso descansar.

— Georgiana, não seja tola.
Ah, céus. Isso jamais funcionaria.
— Tia Frederica, espere.
A tia se virou para ela.
— O que foi, minha criança?
— Estou mentindo para a senhora.
— Ah, é mesmo?
Uma sobrancelha delicada se arqueou, o sarcasmo em sua voz difícil de passar despercebido.

— Eu passei os últimos vinte minutos correndo pelo quarto para poder dizer à senhora que não estava bem. — Georgiana se sentou, indicando que a tia se acomodasse na beirada da cama. — Toda aquela sandice sobre conseguir cuidar de tudo sozinha é apenas... Bem, uma sandice.

— Ainda bem que você percebeu isso. Bem, vamos ficar em casa esta noite e você pode me contar tudo sobre seus problemas.

Georgiana apertou a mão da tia.

— Não. A senhora está tão... bonita, e eu só quero ficar quieta lendo um livro, sem ter que fazer nada.

Aquela era a verdade, fosse o que realmente iria fazer esta noite ou não. Tia Frederica deu um beijo em sua testa e se levantou.

— Fique lendo, então, meu amor. Irei aproveitar a atenção que ganharei de todos ao contar que receio que você está em seu leito de morte.

Georgiana riu.

— A senhora é muito perversa, mas, por favor, não diga nada a Grey e Emma. Eles virão correndo para cá e deixarão todos apavorados.

— É verdade. — A duquesa parou à porta, erguendo a mão para parar Pascoe quando o mordomo apareceu. — Alguma instrução em particular quanto a lorde Dare?

Frederica Wycliffe era a pessoa mais astuta que Georgiana conhecia, e mesmo depois de tudo que fizera a tia passar — não apenas nas últimas semanas, mas nos últimos seis anos — fingir que não havia conexão alguma entre ela e Tristan seria um insulto.

— Por favor, conte a verdade a ele, tia Frederica. Tristan saberá, de toda forma.

— Sim, imagino que sim.

— Sua Graça — ofegou o mordomo —, minhas desculpas, mas a senhora requisitou...

— Sim, requisitei que você me acompanhe até o térreo — respondeu a duquesa, dando um sorriso que fez Pascoe enrubescer, a primeira vez que Georgiana via o mordomo sem jeito. Frederica piscou para ela e fechou a porta, deixando-a no silêncio tranquilo da noite.

Ao menos o silêncio era tranquilo, ao contrário dela. Ainda estava cedo demais para escapulir; embora Amelia e os pais já pudessem estar no sarau, a criadagem ainda devia estar acordada e perceberia uma estranha nos quartos do piso superior.

Presumiu que era lá que as meias e o bilhete estariam, então iniciaria sua busca pelo quarto de Amelia e esperaria pelo melhor. Se suas coisas não estivessem lá, não fazia ideia do que faria. Não teria outra chance de uma nova busca, visto que, dali a dois dias, Amelia começaria a contar às pessoas — certamente para as amigas tagarelas e risonhas — sobre os itens que adquirira.

Pelas três horas seguintes, Georgiana ficou perambulando de um cômodo para o outro, tentando quatro vezes se sentar para ler e desistindo quase imediatamente. Não conseguia ficar parada, muito menos se concentrar em qualquer coisa. Quando os semblantes do mordomo e do resto da criadagem começaram a parecer exaustos, pediu desculpas e os dispensou.

Também apostava que, a essa hora, a casa dos Johns estaria às escuras e silenciosa. Georgiana inspirou trêmula e profundamente. *É agora ou nunca.*

Tirou o deselegante vestido marrom do guarda-roupa e o vestiu. Em seguida, colocou suas botas de caminhada mais confortáveis. Prendeu o cabelo em um rabo simples que escorria por suas costas, tanto para que não a atrapalhasse quanto para que, se alguém por acaso a visse, não a reconhecesse — se tivesse sorte.

Não estava fazendo aquilo apenas por Tristan, mas por ela também. Na última vez em que alguém a lesara, ficara parada chorando e sentindo pena de si mesma. Esta noite, iria agir.

Apagando a lamparina de sua mesa de cabeceira, saiu para o corredor na ponta dos pés e fechou a porta. Pascoe deixara a porta da frente aberta para tia Frederica, e ela escapuliu e desceu a escada sem que ninguém a visse ou ouvisse. Georgie sentiu certa apreensão quando o primeiro coche não parou, mas quando chegou a uma esquina mais movimentada, um velho e surrado coche parou ao seu lado.

— Para onde, senhorita? — perguntou o motorista barbudo, inclinando-se para abrir a porta.

Ela deu o endereço e entrou, permanecendo imóvel em um canto enquanto o veículo voltava a se mover. O coração batia rápido e continuamente contra seu peito, e ela tinha os punhos cerrados. Georgiana se forçou a relaxar e se agarrou ao fiapo de excitação escondido em algum lugar debaixo de sua pele que lhe dizia que esta seria a coisa mais ousada que jamais fizera.

Sentia-se nua, pois saíra intencionalmente da Residência Hawthorne sem xale ou bolsa, levando apenas dinheiro suficiente para o coche. Levar uma bolsa para um furto parecia tolo demais, e possivelmente perigoso, caso a perdesse em algum lugar. Seus bolsos eram fundos o bastante para carregar as meias e a carta.

O coche parou e o motorista abriu a porta. Respirando fundo mais uma vez, Georgiana desceu, entregou o dinheiro contado ao motorista e o observou sumir na escuridão.

— Lá vamos nós — disse para si mesma, subindo a viela de entrada da Residência Johns.

Todas as janelas estavam apagadas. Aquilo a deixou um pouco mais confiante. Subiu os degraus da frente, lembrando-se de permanecer nas sombras, e empurrou a maçaneta da porta para baixo. Não abriu. Empurrou com mais força. Nada.

— Maldição — sussurrou.

Como é que os Johns iriam entrar em casa se a porta da frente estava trancada? Que criadagem mais medíocre. Talvez, a família fosse entrar pela porta da cozinha, mais próxima ao estábulo.

Desceu a escada e se enfiou no pequeno jardim no lado sul da casa. No meio do caminho até o estábulo, parou. Uma das janelas do térreo estava aberta.

— Graças a Deus.

Afastou os arbustos e agarrou a parte debaixo da janela. Com um empurrão, o vidro subiu — demais e muito rápido.

Arfando, Georgiana congelou. Nenhum som veio da casa e, após um instante, ela soltou o ar, trêmula. Erguendo a saia até os joelhos, escalou o peitoril e entrou na casa escura. A barra do vestido ficou presa no trinco e ela quase perdeu o equilíbrio ao soltá-la. Apoiando-se na pesada estante próxima à janela, Georgiana tentou recompor seus nervos em frangalhos.

A parte difícil fora vencida, disse a si mesma. Agora que estava dentro da casa, era apenas uma questão de procurar em alguns quartos vazios até encontrar o correto. Deu um passo adiante, depois outro, quase como se estudasse o caminho até a porta. Então, algo se moveu no seu campo de visão e ela puxou o ar para dar um grito.

Uma mão tapou sua boca. Georgiana se debateu cegamente, acertando algo com o punho, e então se desequilibrou e caiu com o rosto no chão, com uma figura pesada em cima de seu corpo.

— Georgiana, pare — ressoou a voz familiar de Tristan em seu ouvido.

Dando um suspiro abafado, ela relaxou e ele removeu a mão que tapava sua boca.

— O que está fazendo aqui? — sussurrou ela.

Tristan saiu de cima e a ajudou a se levantar.

— A mesma coisa que você, imagino.

Em meio à intensa escuridão, Georgiana conseguiu visualizar uma figura volumosa e olhos que brilhavam de leve, além de vários dentes brancos que formavam um sorriso. É claro que ele achava aquilo muito divertido.

— Como você sabia que era eu?

— Senti cheiro de lavanda — respondeu Tristan, deslizando os dedos pelo cabelo preso dela. — E aí eu a ouvi praguejando.

— Damas não praguejam — retrucou ela no mesmo tom quase inaudível. A presença de Tristan a acalmava imensamente, mas o toque masculino fez os nervos de Georgiana se alvoroçarem em um sentido diferente, e muito mais prazeroso.

Tardiamente, percebeu que, de fato, estavam ali pelo mesmo motivo. Tristan invadira a casa dos Johns para recuperar suas coisas para que ninguém pudesse prejudicá-la. Georgiana ficou na ponta dos pés e encostou os lábios nos dele. Tristan a beijou de volta, abraçando-a.

— Por que isso? — sussurrou ele. — Não que esteja reclamando.

— Para agradecê-lo. Isso é muito heroico da sua parte.

Tristan franziu o cenho.

— Não me agradeça, Georgie. Isso é culpa minha.

— Não, não é...

— Assumirei o comando a partir daqui — continuou ele, ignorando seu protesto. — Vá para casa. Eu a avisarei quando estiver com suas coisas.

— Não. Vá *você* para casa e eu o avisarei quando estiver com as minhas coisas.

— Georgi...

— São *minhas* coisas, Tristan. Quero fazer isso. — Ela o segurou pelas lapelas e o chacoalhou de leve. — Preciso fazer isso. Não quero ser vítima de mais ninguém.

Tristan ficou em silêncio por um bom tempo, até que, finalmente, suspirou derrotado.

— Está bem. Mas me siga e faça exatamente o que eu disser.

Georgiana ia protestar, mas pensou melhor. Sabia, por experiência própria, que ele já entrara escondido em outras casas à noite mais vezes do que ela.

— Está bem.

— Você viu Westbrook ontem — murmurou Tristan, colocando as mãos em seus ombros. — O que disse a ele?

— Este não é o lugar e nem o momento para essa conversa.

— Este é o lugar perfeito para essa conversa. Diga-me que você disse *não*.

Georgiana o encarou na escuridão. Conforto e a paz tinham seus méritos, mas não se comparavam ao calor e ao humor de lorde Dare.

— Eu disse *não*.

— Ótimo. Então vamos.

Tristan pegou a mão de Georgiana e a guiou pelo corredor. A criadagem apagara todas as velas do térreo, fazendo com que atravessar o corredor até a escadaria fosse complicado. Ao menos se algum criado aparecesse, ele e Georgie teriam uma boa chance de se esconder antes de serem vistos.

No topo da escadaria, Tristan hesitou. Georgiana trombou nele e praguejou novamente, bem baixinho.

— Você sabe aonde estamos indo? — sussurrou ela.

Ele se virou para olhá-la.

— E por que eu saberia a localização do quarto de Amelia?

— Você sabia onde era o meu.

— Aquilo foi diferente.

— Por quê?

— Porque eu era louco por você. Agora fique quieta. Estou pensando.

— *Era*? — repetiu Georgie.

— Sou. Quieta.

Amelia, a despeito de sua disposição para tirar todas as peças de roupa no quarto de Tristan, sempre estava plenamente coberta quando saía. Dissera algo sobre o sol fazer mal a sua pele clara, pelo que lembrava.

— Acho que o quarto dela é na ala oeste.

— Poderíamos encontrá-lo mais rapidamente se nos separássemos.

Tristan meneou a cabeça, apertando sua mão enquanto atravessavam o mezanino na direção dos quartos da ala oeste. Por mais perplexo que tenha ficado com o aparecimento repentino de Georgiana na janela da sala de visitas dos Johns, com a saia erguida até os joelhos, não ia perdê-la de vista agora.

— Eles só voltarão do sarau daqui a algumas horas. Temos tempo.

Na primeira porta, Tristan hesitou, certificando-se de que Georgiana ainda estava atrás de si. Pôs a mão em seu ombro, puxando-a para perto.

— Se alguma coisa acontecer, saia pela janela e se esconda no jardim — murmurou. — Não volte direto para a rua. É lá que procurarão primeiro.

— Você também — respondeu Georgie, seu cabelo macio tocando o rosto dele.

Tristan fechou os olhos, inspirando-a, então se sacudiu. Não podia se distrair agora. Inspirando fundo e prendendo a respiração, abaixou a maçaneta devagar e abriu um pouquinho a porta. Os quartos deviam estar desocupados, mas não queria arriscar que um rangido alertasse os criados do piso superior.

O leve aroma de limão flutuou até ele.

— É aqui — murmurou com os lábios no ouvido de Georgiana.

Ele soltou-lhe a mão para poder tatear o quarto e encontrar o caminho. Por sorte, as cortinas estavam levemente abertas, permitindo que uma lasca do luar iluminasse o chão do quarto. O guarda-roupa ficava atrás de um biombo e de um espelho de corpo inteiro, e Tristan se posicionou atrás deles com Georgiana.

Amelia tinha dito que guardaria as meias em sua cômoda, e enquanto Tristan abria a pesada gaveta, rezou para que aquela bruxa não estivesse mentindo.

Uma chama se acendeu ao lado da cama.

Tristan congelou, o braço enfiado até o cotovelo na gaveta. Ao seu lado, Georgiana olhava-o com os olhos arregalados, sem nem respirar. A luz diminuiu, reduzindo-se ao tremeluzir estável de uma lamparina. Os dedos de Tristan tocaram a ponta de um pedaço de pergaminho e ele o agarrou, sem ousar se mexer em meio ao silêncio profundo do quarto.

— Luxley? — perguntou a voz sonolenta de Amelia, quase um sussurro.

Ele e Georgiana trocaram olhares.

— *Luxley*? — fez ela com a boca.

— Seu garoto safado, você está aí? Por onde andou?

Houve um ruído de lençóis se mexendo, e Tristan aproveitou para tirar a mão de dentro da gaveta, puxando as meias e o bilhete junto. Empurrando Georgiana para o canto ao lado do guarda-roupa, se agachou ao lado dela, torcendo para que o biombo e o espelho os ocultassem o suficiente para Amelia não conseguir flagrá-los.

Pés descalços caminharam até a janela e as cortinas foram abertas. Agora seria a melhor chance de escaparem. Mostrando as meias a Georgiana, as enfiou no bolso e segurou a mão da sua cúmplice novamente.

A janela rangeu e se abriu.

— Amelia, minha flor — disse a voz melodiosa de lorde Luxley, seguida por um grunhido e um ruído mais pesado quando o barão saltou para dentro do quarto. — Seu jardineiro precisa dar um trato naquela treliça. Quase quebrei o pescoço.

Em seguida, ouviu-se o ruído inconfundível de um beijo, e Tristan olhou de lado para Georgiana. Ela o olhou de volta, com um misto de horror e imensa surpresa.

— Feche as cortinas, Luxley, pelo amor de Deus — disse a voz suave de Amelia, e os pés descalços voltaram para a cama.

As cortinas se fecharam e a luz do quarto voltou a ficar amarelada com a chama da lamparina enquanto passos mais pesados seguiam na direção da cama. Mais ruídos de beijos se seguiram, com uns grunhidos guturais de ambas as partes. *Meu Senhor*, pensou Tristan, acomodando-se mais confortavelmente no canto e aninhando Georgiana em seu ombro. A menos que Luxley fizesse jus à sua reputação de brevidade, aquilo podia levar um tempo.

— Não podemos ir embora agora — sussurrou Georgie em seu ouvido.

— Eu sei — respondeu ele, virando a cabeça para retribuir o favor. — Teremos de esperar que as coisas se acalmem novamente, ou que fiquem ocupados demais para repararem em nós.

— Ah, céus — murmurou Georgiana, e então, lenta e inequivocamente, lambeu a curva de sua orelha.

Tristan engoliu em seco, congelando de surpresa ao ouvir o som de botas caindo no chão e da cama rangendo com o peso adicional de Luxley. Roupas foram largadas no chão um minuto depois, seguidas pelo ruído inequívoco de grunhidos abafados e chupões.

Ele olhou para Georgiana novamente, sua perplexidade entrando em conflito com algo mais profundo e mais intenso. Vê-la já o excitava. Esta noite, a combinação de escuridão, perigo e os ruídos óbvios do sexo foram suficientes para levá-lo além do limite. Georgiana se aconchegou nele, beijando-lhe o pescoço. Tristan segurou o rosto dela com as mãos e tomou sua boca, beijando-a vorazmente.

Luxley estava emitindo pequenos ruídos de prazer na cama, e Tristan não precisou olhar para saber exatamente quem estava satisfazendo quem. E ele pensando que Amelia era praticamente uma noviça... Chacoalhando-se mentalmente, rompeu o beijo e segurou as mãos de Georgiana. Precisavam se concentrar, esperar pelo momento certo para escapar.

O restante dele, no entanto, especialmente a porção abaixo da cintura, estava concentrado na figura esguia e curvilínea ao seu lado e nos ruídos de sexo a poucos passos dali. Georgiana parecia tanto constrangida quando do excitada, e os lábios se abriram, implorando por mais carícias.

Os corpos na cama se moveram, acompanhados de algumas palavras bastante obscenas que jamais imaginara que Amelia sequer conhecia, muito menos que diria em voz alta. Então, uma batida ritmada começou, ao som dos gemidos de Amelia e dos grunhidos de esforço de Luxley. O barão não parecia gostar muito de conversa fiada ou de preliminares.

Tristan beijou Georgiana novamente, um carinho quente e erótico. De alguma forma, o fato de não poderem fazer barulho tornava os toques ainda mais intensos. Seus dedos escorregaram por debaixo do decote do apertado corpete de Georgiana, segurando o seio e acariciando o mamilo com o indicador e o polegar. Com os olhos fechados, ela projetou o corpo na direção de sua mão, deslizando os dedos pelo cabelo dele e puxando seu rosto para outro beijo devastador.

Georgiana o inebriava, fazia-o se sentir embriagado de desejo, provocando sensações que nem sabia deter antes de tocá-la pela primeira vez. Abrindo os primeiros botões das costas do vestido, Tristan puxou a parte da frente para baixo para capturar o mamilo que tocava com a boca. O corpo dela tremeu contra o seu, fazendo-o ansiar e desejar mais. Georgiana era sua, e não queria mais ninguém, nunca mais.

Os ruídos da cama ficaram mais altos; as batidas ritmadas, mais rápidas e fortes; e as mãos errantes e curiosas de Georgiana encontraram o fecho de suas calças. Desabotoando-as, enfiou a mão lá dentro, acariciando-o enquanto ele estimulava seus seios. Com o coração palpitando, Tristan jogou a cabeça para trás, batendo-a no guarda-roupa.

Na mesma hora, Georgiana arfou tremulamente, colando ainda mais seu corpo ao dele. Um vaso caiu de cima do guarda-roupa, atingindo o biombo e derrubando-o. Tristan teve uma visão inesquecível das nádegas de Luxley se movendo, com os calcanhares delicados de Amelia abraçando-o, antes de o inferno explodir.

Amelia gritou, Luxley urrou e Tristan tirou a mão de dentro do vestido de Georgiana e o puxou novamente para cima. Levantando-se imediatamente, a despeito do intenso desconforto em suas enrijecidas partes íntimas, puxou Georgiana para o seu lado e segurou as calças no lugar.

— Mas que diabos? — vociferou Luxley, olhando por cima do ombro desnudo e claramente dividido entre terminar o serviço e defender sua honra.

A porta se escancarou, e o senhor e a sra. Johns entraram, juntamente com vários criados.

— O que está... *Amelia!*

Obviamente, ou a família Johns não fora ao sarau, ou retornara cedo. Por algum motivo, toda aquela cena pareceu subitamente hilária. Tristan segurou a mão de Georgiana quando ela tentou se esconder.

— Corra — arfou, disparando na direção da porta.

Passaram voando pelos Johns e pela chocada criadagem. Desceram a escada correndo, com Georgiana segurando o vestido meio aberto e Tristan tentando abotoar as calças sem cair e quebrar o pescoço. A janela da sala de visitas ainda estava aberta.

Enquanto luzes eram acesas e vozes se elevavam no piso superior e na ala dos criados, Tristan ergueu Georgiana para que ela pudesse passar pela janela e então a seguiu, pegando sua mão novamente enquanto atravessavam o jardim e saíam na esquina, longe da vista da Residência Johns. Juntos, se esconderam nas sombras de um estábulo vizinho.

Ofegante, Tristan parou e Georgiana capotou ao seu lado. Alarmado, ele se ajoelhou olhando-a.

— Você está bem?

Uma risada estrangulada foi a resposta.

— Você viu a expressão deles? — exclamou Georgiana, desabando no colo de Tristan e jogando os braços em torno de seus ombros. — *Amelia!* Estavam tão chocados!

Ele riu, aliviado, enquanto Georgie se acomodava em seu peito.

— Não acho que Amelia queria ser uma baronesa, mas agora é tarde demais.

É claro que se *eles* também tivessem sido reconhecidos, Georgiana estaria arruinada, mas Tristan tinha a solução perfeita para isso.

— Bem, Amelia terá de se casar com Luxley. Não tem como escapar — concluiu ela.

— Ele não estava em condição nenhuma de escapar. Eu também quase não estava.

Ainda a abraçando forte, Tristan abotoou o vestido. Esta noite não era a melhor para arriscar ficar nu no meio de Mayfair.

— Você acha que nos viram bem o suficiente para saber quem somos?

Ume leve preocupação surgiu dos olhos de Georgiana novamente.

— Não tenho certeza. Amelia saberá, mas o restante tem, hummm, várias outras coisas com que se preocupar.

Isso não era exatamente verdade: ao tentar defender sua honra, Amelia iria identificá-los, e os pais estariam desesperados para dividir parte da culpa e das fofocas com alguém. Tristan tomaria todas as providências necessárias para minimizar os danos, então deixar que Georgiana se preocupasse com isso esta noite não ajudaria em nada.

— Por mais que eu quisesse sentir empatia por Amelia, não consigo evitar pensar que ela teve o que merecia.

— E Luxley, também — concordou Tristan, sentindo uma pontada de raiva —, por cortejar você depois de se deitar com ela, o maldito.

Erguendo a cabeça, Georgiana o beijou. Foi um beijo leve, cheio de riso e de afeição, e fez o coração de Tristan parar.

— Foi uma noite muito interessante — comentou ela, rindo novamente.

— Eu te amo — sussurrou Tristan.

O sorriso de Georgiana desapareceu e ela olhou-o. Então, tocou em seu rosto.

— Eu te amo também — disse Georgiana, no mesmo tom suave, como se nenhum deles ousasse dizê-lo em voz alta.

— É melhor levarmos você para casa, antes que o caos realmente se instale. — Tristan a ajudou a se levantar. — Como você chegou aqui?

— Aluguei um coche. — Georgie apoiou a cabeça no ombro dele, apertando seu braço com as mãos com uma intimidade fácil que o deixou quase sem ar. — Fica a apenas algumas quadras daqui. Será que podemos voltar a pé?

Tristan teria atravessado os Pirineus carregando-a no colo se Georgiana pedisse. Tinha uma pistola no bolso, o que ofereceria ampla proteção contra qualquer salteador que pudesse estar perambulando por Mayfair de madrugada. Não era isso que o preocupava.

— Não. Quero você sã e salva em sua cama caso Johns apareça na Residência Hawthorne exigindo uma explicação.

A expressão de preocupação ressurgiu nos olhos dela.

— Você acha que ele fará isso?

— Para falar a verdade, acho que estará mais preocupado com Luxley e, em segundo plano, com a minha presença. Pode ser que seu nome surja, eventualmente, durante a conversa. Então, tudo que for relacionado a você precisa ser o mais irrepreensível possível.

Tristan assobiou para um coche parar.

— Leve-a para a Residência Hawthorne — instruiu, dando as coordenadas enquanto a ajudava a subir e jogava algumas moedas para o motorista.

— Tristan...

Sem querer parar de tocá-la, muito menos perdê-la de vista, pegou a mão feminina e deu um beijo em seus dedos.

— Eu a visitarei pela manhã, Georgiana. E então resolveremos algumas questões.

Ela sorriu e se recostou na escuridão do coche enquanto partia pela madrugada. Tristan ficou olhando para o coche até o veículo dobrar a esquina e desaparecer de vista. Entendeu o sorriso dela como um ótimo sinal. Georgiana devia saber do que ele estava falando e não se opusera. Assobiando novamente, acenou para outro coche para retornar à Residência Carroway.

Quando se sentou no banco de couro desgastado, o papel em seu bolso amassou. Pegou as meias e o bilhete e o leu mais uma vez. Georgiana lhe dera suas meias e achava que estaria livre dele. Em vez disso, amanhã, Tristan as devolveria e a pediria em casamento.

E rezava para que ela não caísse em si e percebesse que péssimo partido ele era. Se Georgiana não dissesse *sim*... Não conseguia nem contemplar essa possibilidade. Não se quisesse que seu coração continuasse batendo até que a visse de novo.

Capítulo 23

Julia: Vossas razões?
Luceta: São razões femininas, tão somente:
penso que ele é o melhor, porque assim penso.
— *Dois cavalheiros de Verona*, Ato I, Cena II

OS RUMORES CHEGARAM ANTES MESMO do leite.

Danielle abriu as pesadas cortinas cedo demais, e Frederica Brakenridge sentou-se para encarar sua aia enraivecidamente.

— Mas o que é que está acontecendo? — indagou. — É melhor você dizer que os franceses invadiram o país.

A aia fez uma reverência, a preocupação e o nervosismo visíveis em cada linha de seu rotundo corpo.

— Não sei ao certo, Sua Graça. Apenas sei que Pascoe conversou com a moça das verduras um minuto atrás, e disse que eu precisava acordar Sua Graça imediatamente.

Pascoe não era de frivolidades, então Frederica jogou a coberta de lado e se levantou.

— Ajude-me a me vestir, Danielle.

Anos de experiência a haviam ensinado que qualquer situação, não importava quão desastrosa fosse, poderia ser melhorada com o traje adequado. Então, embora estivesse ávida por saber o que perturbara seu estoico mordomo, não se apressou com o cabelo e com a higiene pessoal matinal.

Quando saiu de seus aposentos particulares, Pascoe a estava aguardando, e muitos criados pareciam ter encontrado objetos no corredor que precisavam ser desempoeirados ou polidos. O quarto de Georgiana ficava a apenas duas portas de distância, e se a menina conseguira ter uma boa noite de sono, não era ela quem iria perturbá-la àquela hora da manhã.

— No térreo — comandou, indo na frente.

— Sua Graça — disse o mordomo, seguindo-a —, sinto muitíssimo por tê-la acordado tão cedo, mas me informaram de algo, seja verdadeiro ou não, que precisa desesperadamente de sua atenção.

Frederica parou assim que entrou no salão matinal, indicando que o mordomo a acompanhasse.

— O que e quem perturbou a todos a essa ímpia hora?

O mordomo contraiu o maxilar por um instante.

— Fui informado, por uma fonte nada confiável, de que... algo ocorreu na casa dos Johns na noite passada.

Frederica franziu o cenho.

— Na casa dos Johns? Em que isso me obriga a levantar cedo o bastante para ver o sol nascer?

— O... hummm... ocorrido diz respeito ao fato de a srta. Amelia Johns ter sido pega em flagrante com lorde Luxley.

Frederica ergueu uma sobrancelha.

— É mesmo?

Luxley era um dos cortejadores mais persistentes de Georgiana. A partir de agora, estava oficialmente fora da disputa.

— Sim, Sua Graça.

— E?

— E... hummm... outro casal foi visto... no mesmo quarto, embora tenha fugido às pressas.

Um pedregulho de pavor atingiu a boca do estômago de Frederica. Dare também não comparecera ao sarau na noite anterior. Se tinha traído a confiança de Georgiana de novo...

— Que outro casal, Pascoe? Desembuche.

— Lorde Dare e... e lady Georgiana. Sua Graça.

— *O quê?!*

Engolindo em seco, o mordomo confirmou com a cabeça.

— Essa pessoa também me informou que lorde Dare e lady Georgiana estavam em um estado de seminudez.

— Semi... — Por um instante, Frederica desejou não acreditar que desmaiar era para os fracos de cabeça. — GEORGIANA! — rugiu, subindo as escadas. — GEORGIANA ELIZABETH HALLEY!

Ela se forçou a abrir um olho. Alguém estava gritando seu nome, pensou, embora talvez fosse um sonho. O grito se repetiu, reverberando pela casa.

— Ah, não — murmurou, obrigando o outro olho a se abrir e sentando-se. Tia Frederica nunca gritava.

A porta se escancarou.

— *Georgiana* — ralhou Frederica, coradíssima ao entrar no quarto —, diga que esteve aqui a noite toda. Diga de uma vez!

— O que a senhora ouviu? — perguntou, em vez de responder.

— Ah, não, não, não — grunhiu Frederica, desabando na cama. — Georgiana, o que, em nome dos céus, aconteceu?

— A senhora realmente quer saber? — Indagou baixinho, com o coração palpitando de nervosismo pela primeira vez. Podia não se importar mais com o que a sociedade pensava, mas se preocupava com o que a tia iria pensar.

— Sim, eu quero saber.

— Isso fica entre nós — alertou Georgiana. — A senhora não pode contar nada a Grey, ou a Tristan, ou a qualquer outra pessoa.

— Essas cláusulas, minha querida, não se aplicam a membros da família.

— Aplicam-se desta vez, ou então não direi nada.

A tia suspirou.

— Está bem.

Georgiana estava quase torcendo para que ela não concordasse com seus termos, então teria uma desculpa para não explicar nada. Sem dúvida, Frederica também pensara nisso.

— Está bem. Seis anos atrás, fui objeto de uma aposta... — começou.

Quando terminou, parecia que tia Frederica se arrependia amargamente por ter concordado com quaisquer condições.

— Você devia ter me contado antes — disse ela, cerrando o maxilar. — Eu mesma teria dado um tiro em Dare.

— Tia Frederica, a senhora prometeu.

— Bem, ao menos suas artimanhas farão lorde Westbrook se sentir melhor. Isso é alguma coisa, suponho.

— Deve ser.

Tia Frederica se levantou.

— É melhor você se vestir, Georgiana. Não serei a única a ouvir os rumores hoje.

— Não me importo — respondeu ela, erguendo o queixo.

— Você sempre foi muito respeitada por toda a sociedade, e cortejada por todos os homens elegíveis. Isso mudará.

— Continuo sem me importar.

— Mas se importará. Seu lorde Dare não tem uma tendência muito promissora a permanecer por perto.

— Tristan disse que viria esta manhã — garantiu, um tremor fazendo seus dedos oscilarem. Ele prometeu, então viria.

— Já é de manhã. É cedo, mas é de manhã. Vista-se, minha querida. O dia só piorará, e você precisa estar o melhor possível para encará-lo.

Quanto mais Georgiana pensava naquilo, mais nervosa ficava. Mary a ajudou a colocar seu vestido matinal mais recatado, de musseline estampada amarela e verde, mas, se as notícias já haviam chegado ali, na metade da manhã todos em Londres saberiam que ela e Tristan foram vistos, seminus, no quarto de Amelia Johns, e que sua mão estava dentro da calça dele. Um vestido recatado não impediria os rumores.

Ela e tia Frederica se sentaram para tomar café da manhã, mas nenhuma das duas tinha muito apetite. Os criados foram corretos e gentis como de costume, mas ela sabia muito bem que tinham sido os primeiros a saber da história, e que foram eles que repassaram a informação para sua tia. Quantos outros criados estariam fofocando com seus empregadores esta manhã?

A porta da frente se escancarou. Um instante depois, o duque de Wycliffe entrou no salão do café da manhã, com Pascoe logo atrás agarrando luvas, casaco e chapéu à medida que seu primo as arremessava.

— O que está acontecendo? — indagou ele. — E onde diabos está Dare?

— Bom dia, Greydon. Venha tomar café da manhã.

Ele enfiou o dedo no rosto de Georgiana, mais raivoso do que já o tinha visto desde que resgatara Emma da ruína completa.

— Ele *vai* se casar. Se não, eu o mato.

— E se eu não quiser me casar com Dare? — perguntou Georgiana, grata por sua voz estar estável. Ninguém ditaria seu futuro.

— Você deveria ter pensado nisso antes de participar de uma... *orgia* no quarto de Amelia Johns!

Ela se levantou, empurrando a cadeira para trás e sentindo um calor escarlate inundar seu rosto.

— Não houve nada disso!

— É o que todos estão dizendo. Pelos céus, Georgie!

— Ah, cale a boca! — rosnou ela, saindo do salão pisando firme.

— Geor...

— Greydon — a voz austera da mãe chamou sua atenção —, pare de berrar.

— Não estou berrando!

Georgiana continuou andando e ouvindo a discussão continuar, até chegar ao salão matinal. Bateu a porta com força e se apoiou nela. Tudo estava tão claro na noite anterior. Ouvir Amelia com Luxley tinha sido... excitante, mas a sensação de que podiam ser pegos a qualquer momento foi ainda mais, e a euforia de estar presa ali com Tristan a dominou. Não tinha conseguido tirar as mãos dele, literalmente.

Georgiana sempre se sentira desse jeito perto de Tristan. Mesmo quando estava brava com ele, ainda precisava tocá-lo, fosse batendo em sua mão com o leque ou acertando outras partes do corpo dele. Queria tanto tocá-lo naquele momento... Queria se sentir como na noite passada, quando ele a abraçara e dissera que a amava. Onde Tristan estava? Já devia saber que os rumores estavam se espalhando por todos os cantos.

Alguém bateu à porta e Georgie deu um pulo.

— Vá embora, Greydon.

— Trégua — disse ele, girando a maçaneta e empurrando.

Ela empurrou de volta.

— Por quê?

O primo era muito maior e mais forte, mas só continuou empurrando de leve.

— Georgie, somos família. Posso querer torcer o seu maldito pescoço, mas vou me conter.

— Georgiana — disse a voz de sua tia, igualmente próxima —, precisamos apresentar uma frente unida.

— Ah, está bem.

Ela permitiu que eles entrassem. Tinham razão. Sua desgraça os afetaria também, embora os títulos e seu poder fossem protegê-los de boa parte. Georgiana não tinha essa proteção. Se Tristan não viesse... Ficou andando de um lado para o outro perto da janela, entrelaçando as mãos.

— Qual será nossa história? — perguntou Grey, observando-a se mover para lá e para cá.

— Obviamente, precisamos dizer que, independentemente do que aqueles idiotas dos Johns e seus criados acham que viram, Georgiana estava em casa com um resfriado. Estava escuro, e eles ficaram perturbados com a... indiscrição da filha. É compreensível, mas, pelo amor de Deus, não deviam acusar ninguém de uma boa família de algo tão atroz.

Georgiana parou de andar.

— Não.

Frederica olhou-a.

— Você não tem muita escolha, querida.

— Tia Frederica, não usarei o erro de alguém para melhorar minha situação. Nem mesmo se essa pessoa for Amelia Johns.

— Então você estará arruinada — ponderou Frederica em uma voz calma. — Você compreende isso?

Um arrepio frio de pavor se espalhou por Georgiana.

— Sim, compreendo. E aceito.

— Espere um minuto — rosnou Grey, levantando-se. — Você está dizendo que *realmente* fez o que disseram que fez?

— Não a parte da orgia — retrucou ela.

— Vou matá-lo.

— Você não fará nada di...

A porta se abriu bem quando Grey chegou até ela.

— Suas Graças, lady Georgiana — anunciou o mordomo —, lorde Da...

Grey agarrou Tristan pelo ombro e o empurrou para dentro do salão, batendo a porta no rosto de Pascoe.

— Seu filho da...

Usando uma mão, Tristan empurrou Grey para o lado.

— Não estou aqui para falar com você — disse ele, a expressão séria e determinada.

Seus olhos encontraram Georgiana, imóvel ao lado da janela, e ela se obrigou a voltar a respirar. O motivo pelo qual Tristan usara apenas uma mão para se livrar de seu primo era porque estava segurando um buquê de lírios brancos e uma caixinha envolta em um laço com a outra.

— Bom dia — disse em um tom mais ameno, um sorriso pequeno tocando a boca sensual e escurecendo os olhos de safira.

— Bom dia — suspirou Georgie, o coração palpitando.

— Dare — rosnou Grey, reaproximando-se —, você vai fazer a coisa certa. Não tolerarei seu comportamento imperdo...

— Cale a boca, querido — interrompeu Frederica. Levantando-se, pegou o filho pelo braço e o arrastou até a porta. — Estaremos no salão de café da manhã, se precisarem da nossa presença — avisou, abrindo a porta.

— Eu *não* vou deixá-los sozinhos — ralhou o duque.

— Vai, sim. Eles prometem permanecer vestidos dessa vez.

— Tia Frederica! — exclamou Georgiana, corando.

— Prossigam.

Dando uma breve e encorajadora olhada para a sobrinha, a duquesa viúva fechou a porta. Georgiana e Tristan ficaram parados por um instante, olhando um para o outro em meio ao silêncio repentino.

— Não pensei que as notícias fossem se espalhar tão rápido — disse ele baixinho —, senão eu teria vindo mais cedo. Obviamente, Amelia e Luxley não são tão interessantes para todo mundo quanto pensei que seriam.

— Eu estava torcendo para que todos estivessem ocupados demais falando sobre eles e se esquecessem de nos mencionar.

Tristan pigarreou.

— Preciso lhe fazer uma pergunta. Duas, na verdade.

Se o coração de Georgiana batesse ainda mais rápido, iria desmaiar e morrer.

— Estou ouvindo — respondeu, fingindo, o máximo que conseguia, estar calma.

— Primeiro — começou Tristan, entregando-lhe o buquê —, você confia em mim?

— Não consigo acreditar que se lembrou de que gosto de lírios — disse ela, pegando as flores para ter algo a fazer com as mãos.

— Eu me lembro de tudo, Georgiana. Lembro-me de como você estava vestida na primeira vez que nos vimos, e lembro-me da expressão em seus olhos quando traí sua confiança.

— Mas você não traiu, exatamente — corrigiu ela. — Você me magoou, mas ninguém mais ficou sabendo. Como você conseguiu guardar segredo, com uma aposta dependendo do resultado?

Tristan deu de ombros.

— Com criatividade. Georgiana, você...

— Sim — interrompeu, olhando-o. — Confio em você.

Se Tristan estava esperando por um momento para se vingar, essa seria a hora certa. Georgiana dissera a verdade. Confiava nele e, tão importante quanto isso, gostava de Tristan. Ela o amava.

— Bem, nesse caso — disse ele, como se não tivesse certeza de qual seria sua resposta —, isto aqui também é para você.

E lhe entregou o pacote. Tinha o tamanho de uma caixa de charutos, e estava decorada com um laço prateado, amarrado na parte de cima. Engolindo em seco, Georgiana largou os lírios e a pegou. Era mais leve do que esperava.

— Não é outro leque, é? — perguntou, tentando fazer uma brincadeira.

— Abra e descubra — respondeu Tristan.

Georgie achou que ele parecia nervoso, e perceber que aquele homem fantástico não era invulnerável a deixou um pouco mais estável. Puxou uma das pontas do laço e a fita caiu. Respirando rapidamente, abriu a tampa.

Suas meias estavam dobradas cuidadosamente lado a lado, com o bilhete enrolado entre elas. Georgiana ia agradecê-lo, quando reparou o que estava mantendo o bilhete enrolado. Um anel. O anel de sinete de Tristan.

— Minha nossa — sussurrou, uma lágrima escorrendo por seu rosto.

— E agora minha segunda pergunta — falou ele, com a voz não muito estável. — Algumas pessoas dirão que estou lhe perguntando isso por causa da sua fortuna. E realmente preciso do que você tem para salvar Dare. Outras dirão que é porque não tenho escolha, e que sou obrigado a salvar sua reputação. Nós dois sabemos que há muito mais por trás disso tudo. Preciso de *você*. Mais do que do dinheiro, Georgiana, preciso de você. Aceita se casar comigo?

— Sabe — disse ela, secando outra lágrima, sem saber se ria ou se chorava —, quando tudo isso começou, eu só queria lhe ensinar uma lição sobre as consequências de partir o coração de alguém. O que não percebi era que você também tinha algo a me ensinar: que as pessoas podem mudar, e que, às vezes, *pode-se* confiar no coração. O meu está apaixonado por você há muito tempo, Tristan.

Ele pegou a caixa da mão dela e a colocou na mesa. Tirando o anel do pergaminho, Tristan pegou sua mão.

— Então, responda minha pergunta, Georgiana. Por favor, antes que eu morra com o suspense.

Ela deu um risinho em meio às lágrimas.

— Sim, Tristan. Aceito me casar com você.

Ele colocou o anel no dedo de Georgiana, então a puxou para perto de si, encostando os lábios nos dela.

— Você me salvou — murmurou ele.

— Fico feliz que meu dinheiro possa ajudar Dare — disse ela. — Eu sempre soube que isso seria parte de qualquer proposta que aceitasse.

Olhos de safira a fitaram.

— Não, Georgiana. Você *me* salvou. Eu ficava me perguntando como sequer pude cogitar me casar com outra pessoa, sendo que comparava todas as mulheres que conhecia a você. Mas sabia que me odiava e...

— Não mais. — Ela suspirou. — Nem sei ao certo se um dia odiei.

Tristan a beijou novamente.

— Eu te amo, Georgie, tanto que me assusta. Faz tempo que queria lhe dizer isso, mas não tinha certeza se iria acreditar.

Ela se preocupara com a mesma coisa.

— Acredito em você agora. E também amo você.

Tristan segurou-lhe a mão, olhando para o anel largo demais no dedo delicado.

— Suponho que devamos contar para sua família, antes que me deem um tiro. — Seus olhos se encontraram. — E, por favor, diga-me que suas lições terminaram.

Georgiana riu.

— Sem promessas. Pode ser que eu sinta a necessidade de continuar sua instrução mais além.

— Então que os céus nos acudam — sussurrou Tristan com um sorriso, enquanto a beijava.

Ela é minha, amigo. Como dono de joia de tal preço, mais rico sou do que se proprietário fosse de vinte mares, cujas praias, em vez de areia, pérolas tivessem, em lugar de água, néctar e rochedos alcantilados de ouro.
— Os dois cavalheiros de Verona, Ato II, Cena IV

Este livro foi impresso em 2021, pela Edigráfica, para a Harlequin.
A fonte usada no miolo é Adobe Caslon Pro, corpo 11/15,2.
O papel do miolo é avena 80g/m², e o da capa é cartão 250g/m².